COLLECTION
FOLIO CLASSIQUE

Chamfort

PRODUITS DE LA CIVILISATION
PERFECTIONNÉE

Maximes et pensées

Caractères
et anecdotes

Préface
d'Albert Camus
Notices et notes
de Geneviève Renaux

Gallimard

PRÉFACE

POUR un homme qui observe le monde sans cesser d'y tenir sa place, il est bien difficile de penser toujours comme Chamfort. Et, par exemple, on admettra mal que la supériorité fait toujours des ennemis, que le génie est forcément solitaire. Ce sont là choses qu'on dit pour faire plaisir au génie ou à soi-même. Mais il n'y a rien de vrai. La supériorité va très bien avec l'amitié, le génie est quelquefois de bonne compagnie. La sorte de solitude qu'il rencontre ne lui est pas particulière : il est seul quand il le veut.

Il est bien difficile aussi d'entrer avec Chamfort dans un des sentiments les plus communs et les plus sots qui soient au monde, je veux dire le mépris des femmes en général. Il n'y a pas de mépris ni de passion en général. Tout cela demande la connaissance de cause. Ajouterai-je enfin que la misanthropie me paraît une attitude futile et mal venue et que je n'aime dans Chamfort ni sa hargne rentrée, ni son côté « roquet », ni son désespoir total. J'aurai alors donné tous les éléments du paradoxe qui fait qu'avec cela Chamfort cependant me paraît un des plus enseignants parmi nos moralistes. Mais je le dis tout de suite, c'est qu'en portant ces jugements dans le général, il est infidèle au principe le plus secret de son art. En toute autre occasion, il procède d'une manière bien différente qui fait son originalité et sa profondeur.

Nos plus grands moralistes ne sont pas des faiseurs de maximes, ce sont des romanciers. Qu'est-ce qu'un moraliste en effet? Disons seulement que c'est un homme qui a la passion du cœur humain. Mais qu'est-ce que le cœur humain? Cela

*est bien difficile à savoir, on peut seulement imaginer que
c'est ce qu'il y a de moins général au monde. C'est pourquoi,
et malgré les apparences, il est bien difficile d'apprendre quelque
chose sur la conduite des hommes en lisant les maximes de La
Rochefoucauld. Ce bel équilibre dans la phrase, ces antithèses
calculées, cet amour-propre érigé en raison universelle, cela est
bien loin des replis et des caprices qui font l'expérience d'un
homme. Je donnerais volontiers tout le livre des* Maximes *pour
une phrase heureuse de la* Princesse de Clèves *et pour deux
ou trois petits faits vrais comme savait les collectionner Stendhal.
« On passe souvent de l'amour à l'ambition mais on ne revient
guère de l'ambition à l'amour », dit La Rochefoucauld, et je ne sais
rien de plus sur ces deux passions, car cela peut se retourner.
Julien Sorel tuant sa carrière par le moyen de deux amours si différents m'enseigne bien plus dans chacun de ses actes. Nos vrais
moralistes n'ont pas fait de phrases, ils ont regardé et se sont
regardés. Ils n'ont pas légiféré, ils ont peint. Et par là ils ont plus
fait pour éclairer la conduite des hommes que s'ils avaient poli
patiemment, pour quelques beaux esprits, une centaine de formules définitives, vouées aux dissertations de bacheliers. C'est que
le roman seul est fidèle au particulier. Son objet n'est pas les conclusions de la vie mais son déroulement même. En un mot, il est
plus modeste, c'est en cela qu'il est classique. Du moins, c'est en
cela qu'il sert à la connaissance comme le peuvent les sciences
naturelles ou physiques et comme ne le peuvent ni les mathématiques ni les maximes qui sont toutes deux des jeux de l'esprit aux
prises avec lui-même.*

*Qu'est-ce que la maxime en effet? On peut dire en simpli-
fiant que c'est une équation* où les signes du premier terme se
retrouvent exactement dans le second, mais avec un ordre diffé-
rent. C'est pour cela que la maxime idéale peut toujours être
retournée. Toute sa vérité est en elle-même et pas plus que la
formule algébrique, elle n'a de correspondant dans l'expérience.*

---

* On s'explique ainsi qu'elle ait été cultivée avec un si rare bonheur
en France et particulièrement dans ce xviie siècle qui est celui des
mathématiques.

On peut en faire ce que l'on veut jusqu'à épuisement des combinaisons possibles entre les termes donnés dans l'énoncé, que ces termes soient amour, haine, intérêt ou pitié, liberté ou justice. On peut même, et toujours comme en algèbre, tirer de l'une de ces combinaisons un pressentiment à l'égard de l'expérience. Mais rien de cela n'est réel parce que tout y est général.

Or l'intérêt de Chamfort est qu'il n'écrit pas des maximes, à quelques exceptions près. Et, sauf à céder, quand il s'agit des femmes ou de la solitude, aux mouvements d'une humeur excessive, il n'a rien généralisé. Si l'on regarde de près ce qu'il est convenu d'appeler ses pensées, on verra aisément qu'elles ne cultivent ni l'antithèse ni la formule. L'homme qui écrit : « Le philosophe qui veut éteindre ses passions ressemble au chimiste qui voudrait éteindre son feu » est de la même famille d'esprits que celui qui, à peu près dans le même temps, écrit admirablement : « On déclame contre les passions sans songer que c'est à leur flambeau que la philosophie allume le sien*. » Et le premier comme le dernier s'expriment, non par maximes, mais par remarques qui pourraient aussi bien entrer dans le cours d'un récit. Ce sont des traits**, des coups de sonde, des éclairages brusques, ce ne sont pas des lois. Tous les deux apportent une matière où rien n'est à légiférer, tout à peindre. Et, par exemple, on peut chercher longtemps chez nos moralistes de profession un texte qui aille aussi loin et qui porte plus d'expérience utilisable que celui-ci, dont le mot final me paraît de loin ce qui convient le mieux à l'usage de notre monde : « Il y a des fautes de conduite que, de nos jours, on ne fait plus guère ou qu'on fait beaucoup moins. On est tellement raffiné que, mettant l'esprit à la place de l'âme, un homme vil, pour peu qu'il ait réfléchi, s'abstient de certaines platitudes qui, autrefois, pouvaient réussir. J'ai vu des hommes malhonnêtes avoir quelquefois une conduite fière et décente avec un prince, un ministre; ne point fléchir, etc. Cela trompe les gens et les novices qui ne

---

* Marquis de Sade.
** « Il faut être juste avant d'être généreux, comme on a des chemises avant d'avoir des dentelles. »

savent pas, ou bien oublient, qu'il faut juger un homme par l'ensemble de ses principes ou de son caractère. »

Mais on voit en même temps qu'il ne peut s'agir à aucun moment d'un art de la maxime. Chamfort ne met pas en formules son expérience du monde. Son très grand art abonde seulement en traits infiniment justes dont chacun suppose un portrait ou plusieurs situations que l'esprit peut facilement rétablir après coup*. C'est en cela qu'il fait penser d'abord à Stendhal qui est allé chercher comme lui l'homme où il se trouvait, c'est-à-dire dans la société et la vérité où elle se cache, dans ses traits particuliers. Mais la ressemblance va encore plus loin et il est possible sans paradoxe de parler de Chamfort comme d'un romancier. Car mille traits du même goût finissent par composer chez lui une sorte de roman inorganisé, une chronique collective qui est ici versée tout entière dans les commentaires qu'elle suscite chez un homme. Je parle des Maximes. Mais si l'on considère en même temps les Anecdotes où les personnages cette fois ne sont plus suggérés par les jugements qui se rapportent à eux, mais au contraire mis en scène et représentés dans leurs particularités, on peut prendre une idée encore plus précise de ce roman inavoué. En les joignant aux Maximes, on dispose des matériaux complets, personnages et commentaires, d'une sorte de grande « comédie mondaine » où il est possible, nous le verrons, de distinguer une histoire et un héros. Il suffirait de lui restituer la cohérence que l'auteur n'a pas voulu lui donner et l'on obtiendrait une œuvre bien supérieure au recueil de pensées qu'elle paraît être, le livre vrai d'une expérience humaine dont le pathétique et la cruauté font oublier les vaines injustices. C'est en tout cas un travail qu'il est possible d'indiquer. Et l'on verrait par lui que Chamfort, au contraire de La Rochefoucauld**, est un moraliste aussi profond que

---

* Il en a eu lui-même l'intuition la plus claire : « Les maximes générales sont dans la conduite de la vie ce que les routines sont dans les arts. »

** Et même de Vauvenargues qui ne pratique que la confidence. Il n'a pas l'objectivité apparente qui fait le grand artiste.

Mme de La Fayette ou Benjamin Constant et qu'il se place, mal-
gré et à cause de ses aveuglements passionnés, parmi les plus
grands créateurs d'un certain art où, à aucun moment, la vérité
de la vie n'a été sacrifiée aux artifices du langage.

L'action se passe à la fin du XVIIIᵉ siècle, au milieu d'une
société sans force, sinon sans grâce, et dont l'unique occupation
paraît être de danser sur les volcans. Le décor du roman est donc
fourni par ce qu'on appelait alors le monde. Remarquons tout de
suite que cela enlève de la généralité aux remarques de Cham-
fort. C'est le lecteur pressé qui, la plupart du temps, étend
au cœur humain ce que l'auteur affirme seulement de certaines
têtes folles. Et la fameuse phrase sur l'amour ramené au contact
de deux épidermes, incompréhensible chez un homme qui a
dit tant de choses profondes sur la passion, ne s'entend qu'avec
ce que Chamfort lui-même y ajoute : « L'amour, tel qu'il existe
dans la société... »

Ce qui est attaqué dans la chronique de Chamfort, c'est une
classe, une minorité séparée du reste de la nation, sourde et
aveugle, entêtée de plaisirs. C'est cette classe qui fournit les per-
sonnages du roman, le décor et les sujets de la satire. Car, à le
regarder d'une vue courte, il s'agit d'abord d'un roman satirique.
Ce sont les Anecdotes qui apportent ici la précision. Le roi, la
cour, Madame, fille du roi, s'étonnant que sa bonne puisse,
comme elle-même, avoir cinq doigts; Louis XV bronchant sur
son lit d'agonie parce que son médecin emploie la formule « Il
faut »; la duchesse de Rohan considérant qu'accoucher d'un
Rohan est un honneur; les courtisans préférant se réjouir de la
bonne santé du roi à déplorer cinq défaites des armées françaises;
leur bêtise insondable, l'incroyable prétention qui leur fait dési-
gner Dieu comme « le gentilhomme d'en haut », l'ignorance infinie
d'une classe où d'Alembert n'est rien auprès de l'ambassadeur
de Venise; Berrier faisant empoisonner l'homme qui l'a averti
de l'attentat de Damiens et dont il a négligé l'avis; M. de
Maugeron faisant pendre un marmiton innocent à la place
d'un cuisinier coupable, mais dont il apprécie la cuisine; d'autres

encore. Ce sont des portraits, des images où reviennent souvent les mêmes personnages. Ayant à traiter d'une société figée dans les abstractions de l'étiquette, Chamfort a choisi de les montrer, comme des marionnettes, de l'extérieur. A deux ou trois exceptions près, où il cultive la scène de comédie, sa technique est celle du roman et même du roman moderne. Les êtres sont toujours représentés dans leur action. Ses traits (voir l'anecdote de Maupertuis) ne concluent rien, ils peignent des caractères.

Au milieu de tous ces personnages, le héros du roman, c'est Chamfort lui-même. Sa biographie pourrait nous fournir des renseignements intéressants. Mais cela n'est même pas utile puisqu'il s'est mis en scène dans les Anecdotes et les Maximes, et toujours selon la technique romanesque, c'est-à-dire indirectement. Si on réunissait en effet tous les textes qui concernent un certain M..., on obtiendrait un portrait assez complet de ce personnage pour lequel Chamfort a forgé le mot de « sarcasmatique » et de la conduite de qui il rend un compte scrupuleux au milieu de la société irréelle et folle qui l'entoure. Ce personnage est arrivé à l'âge où la jeunesse se perd et avec elle les êtres, que l'on croyait jusque-là une source de jouissances éternelles. Ennemi de la religion, ayant goûté à tout et désormais détourné de tout, il ne pourrait plus se décrire que par ses refus, s'il ne lui restait deux choses qui lui font un ton irremplaçable : le souvenir de la passion et le culte du caractère. On trouvera dans la bouche de M... assez de déclarations sur le caractère. Ce n'est pas pour rien que Chamfort a intitulé, avec tant de hauteur, une section de ses maximes : « Du goût pour la retraite et de la dignité du caractère. » Il n'est rien qu'il mette plus haut chez un homme et son seul défaut est peut-être de confondre justement le caractère avec la solitude. Mais c'est en même temps le sujet de son livre secret sur lequel nous aurons à revenir. On donnera cependant son vrai sens à ce culte du caractère en considérant qu'il est la réaction évidente d'un homme situé au milieu d'une société décadente où l'esprit se débite dans toutes les maisons, mais où les grandes leçons de la volonté ne peuvent se prendre au sérieux. Mais, en posant cette première valeur, Chamfort ne le fait pas dans l'arbitraire ni le général. Il se réfère à l'expérience pour tempérer son postulat : « Il n'est pas bon, dit-il, de se donner des principes plus forts que son caractère. »

C'est qu'en même temps ce personnage épris de hauteur d'âme a l'expérience de la passion et de ses blessures. Le même homme qui a écrit l'une des plus fières maximes qu'un esprit français ait jamais formées : « *La fortune pour arriver à moi passera par les conditions que lui impose mon caractère* », donne cependant à chaque page toutes les preuves d'une sensibilité frémissante. Simplement, et le personnage nous donne ici sa dernière dimension, il a réalisé ce mélange de la volonté et de la passion qui fait le caractère tragique et qui donne à Chamfort une avance considérable sur son siècle. Car c'est un contemporain de Byron et de Nietzsche qui eût pu écrire : « *J'ai vu peu de fiertés dont j'aie été content. Ce que je connais de mieux dans le genre, c'est celle de Satan dans le Paradis perdu.* » On reconnaît ici le ton tragique et l'allure de ce que Nietzsche appelait l'esprit libre. Qu'on se souvienne seulement de la société à laquelle cet esprit appartient malgré lui et que, pour son malheur, il n'a pu s'empêcher de juger. On imaginera aisément dès lors l'aventure de mépris et de désespoir qu'une âme de cette envergure est destinée à courir dans un monde qu'elle méprise. Et l'on tiendra le roman dont Chamfort nous a laissé les éléments. C'est le roman du refus, le récit d'une négation de tout qui finit par s'étendre à la négation de soi, une course vers l'absolu qui s'achève dans la rage du néant.

Cette aventure ne prend son sens que par les élans confiants dont a été faite la jeunesse de Chamfort. Il était, dit-on, aussi beau que l'amour. Cette vie a commencé par le succès. Les femmes l'ont aimé, ses premières œuvres, si médiocres fussent-elles, lui ont gagné les salons et même la faveur royale. Cette société, en fait, ne lui a pas été si dure et sa qualité d'enfant naturel ne lui a même pas été une gêne. Si la réussite sociale a un sens, on peut dire que, dans ses débuts, la vie de Chamfort est une éclatante

réussite. Mais, justement, il n'est pas sûr que ce mot ait un sens.
C'est ce que nous apprend le roman de Chamfort, qui est l'histoire d'une solitude. Car la réussite sociale n'a de sens que dans
une société à laquelle on croit. Or il y a, d'abord, dans le personnage de Chamfort, cette disposition tragique qui l'empêchera toujours de croire à une société et cette susceptibilité de cœur qui
l'arrêtera d'entrer dans un monde où ses origines risqueraient
d'être contestées. Il est de ceux que poussent à la fois de grandes
et éclatantes vertus qui les mettent au point de tout conquérir et
cette autre vertu plus amère qui les mène à nier cela même qui
vient d'être conquis. Ajoutons enfin qu'il est placé dans une société à laquelle ne croient même plus ceux dont c'est pourtant la
profession d'y croire. Que peut faire alors un homme en face d'un
monde qu'il méprise ? Si sa qualité est bonne, il prendra sur lui
les exigences qui justement ne sont pas satisfaites dans ce monde.
Non pour se donner en exemple, mais par un simple souci de
cohérence. S'il faut à toute intrigue son ressort profond, on trouvera donc le ressort de cette histoire dans le goût de la morale*.

　　Voilà donc notre personnage installé au milieu de ses réus-
sites et de son dédain d'un monde corrompu. La seule chose qui
l'anime, c'est le mouvement d'une morale personnelle. Immédiatement, c'est à ses avantages particuliers qu'il s'attaque. Lui qui
vit de pensions demande leur suppression, qui reçoit de l'Académie ses jetons, l'attaque avec violence et demande sa dissolu-
tion. Homme d'ancien régime, il se jette dans le parti qui finira
par le tuer. Il s'écarte de tout, il refuse tout, il n'épargne personne
ni lui-même : on voit qu'il s'agit d'une tragédie de l'honneur. Solitaire dès lors, il s'acharne aussi contre l'unique recours de l'homme
seul ; jamais l'incroyance n'avait trouvé d'accents si vigoureux**.

---

　　* Il s'agit d'une morale d'engagement, et non d'une moralité. En
fait Chamfort est immoraliste : « Jouis et fais jouir sans faire de mal à
toi et à personne, voilà, je crois, toute la morale. »
　　** Si l'incroyance est la privation volontaire d'espérance, qu'a-t-on
dit de plus définitif à cet égard : « L'espérance n'est qu'un charlatan
qui nous trompe sans cesse et pour moi le bonheur n'a commencé que
lorsque je l'ai eue perdue. »

Son corps lui-même est mis en cause, ce visage si séduisant devient « altéré, puis hideux ».

Notre héros ira encore plus loin, car le renoncement à ses propres avantages n'est rien et la destruction de son corps est peu de chose auprès de la destruction de son âme même. Finalement, c'est cela qui fait la grandeur de Chamfort et l'étonnante beauté du roman qui nous est proposé. Car, en somme, le mépris des hommes est souvent la marque d'un cœur vulgaire. Il s'accompagne alors de la satisfaction de soi. Il n'est légitime au contraire que lorsqu'il se soutient du mépris de soi. « L'homme est un sot animal, dit Chamfort, si j'en juge par moi. » C'est en cela qu'il me paraît être le moraliste de la révolte, dans la mesure précise où il a fait toute l'expérience de la révolte en la tournant contre lui-même, son idéal étant une sorte de sainteté désespérée. Une attitude si extrême et si farouche devait l'amener à la négation ultime qui est le silence : « M... qu'on voulait faire parler sur différents abus publics ou particuliers répondit froidement : « Tous les jours, j'accrois la liste des choses dont je ne parle plus. « Le plus philosophe est celui dont la liste est la plus longue. » Cela même devait le conduire à nier l'œuvre d'art et cette force pure du langage qui, en lui-même, depuis si longtemps, essayait de donner une forme inégalable à sa révolte. Il n'y a pas manqué et c'est ici la négation dernière. A l'un de ses personnages dont on réclame qu'il prenne de l'intérêt à son propre talent, il fait dire : « Mon amour-propre a péri dans le naufrage de l'intérêt que je prenais aux hommes. » Et cela est logique. L'art est le contraire du silence, il est l'une des marques de cette complicité qui nous lie aux hommes dans notre lutte commune. Pour qui a perdu cette complicité et s'est placé tout entier dans le refus, ni le langage ni l'art n'ont plus leur expression. C'est sans doute la raison pour laquelle ce roman d'une négation n'a jamais été écrit. C'est qu'il était justement le roman d'une négation. Il y avait dans cet art les principes mêmes qui devaient le conduire à se nier. Et sans doute Chamfort n'a pas écrit de roman parce que, peut-être, ce n'était pas l'usage. Mais, on le voit bien, c'est surtout parce qu'il n'aimait ni les hommes ni lui-même. On imagine *mal un romancier qui n'aime aucun de ses personnages. Et pas un seul de nos grands romans ne se comprend sans une passion profonde pour l'homme. L'exemple de Chamfort, unique dans notre littérature, peut nous en persuader. Dans tous les cas ici se termine cette « comédie mondaine » qui dément pour finir le titre futile qu'on pouvait lui donner.*

C'est à la biographie de Chamfort qu'il faut demander la fin de cette aventure. Par l'ensemble et par les détails, je n'en connais pas de plus tragique et de plus cohérente. Car c'est par cohérence, en effet, que Chamfort s'est jeté tout entier dans la révolution et que ne pouvant plus parler il a agi, remplaçant le roman par le libelle et le pamphlet. Mais il n'est pas difficile de voir qu'il n'a pris pour lui que la part négative de la révolution. Il avait trop le goût d'une justice idéale pour accepter vraiment l'injustice inséparable de toute action. L'échec l'attendait encore. Pour qui est comme Chamfort, tenté par l'absolu et incapable de s'en délivrer au moyen de l'homme, il ne reste qu'à mourir. Et en vérité c'est ce qu'il a fait, mais dans des circonstances si horribles qu'elles donnent sa dimension exacte à cette tragédie de la morale : elle s'achève en boucherie. La rage de la pureté s'identifie ici à la folie de la destruction. Le jour où Chamfort croit que la révolution l'a condamné, devant l'échec définitif, il se tire un coup de pistolet qui lui fracasse le nez et lui crève l'œil droit. Vivant encore, il revient à la charge, se coupe la gorge avec un rasoir et se déchiquette les chairs. Inondé de sang, il se fouille la poitrine de son arme et enfin, s'ouvrant jarrets et poignets, s'écroule au milieu d'un lac de sang dont le suintement hors des portes finit par donner l'alerte. Cette rage de suicide, ce délire de destruction, sont difficiles à imaginer. Mais on en trouve le commentaire dans les Maximes : *« On s'effraie des partis violents; mais ils conviennent aux âmes fortes et les caractères vigoureux se reposent dans l'extrême. »* Et c'est en effet le culte obstiné de l'extrême et de l'impossible qui est figuré dans le roman de Chamfort. Mais c'est cela que précisément on peut appeler le goût de la morale. Simplement, ce roman d'une moralité supérieure s'achève dans des flots de sang, au milieu d'un monde bouleversé où chaque jour une* dizaine de têtes rebondissent au fond d'un panier. En face des images conventionnelles que l'on nous donne de l'un et de l'autre, cela fournit une idée plus profonde de Chamfort et de la morale.

Car le métier de moraliste ne peut aller sans désordres, sans fureurs ou sans sacrifices — ou alors il n'est qu'une feinte odieuse. C'est pour cela que Chamfort m'apparaît comme un de nos rares grands moralistes : la morale, ce grand tourment des hommes, lui est une passion personnelle, et il en a poussé la cohérence jusqu'à la mort. J'ai lu de tous côtés qu'on lui reprochait son amertume. Mais, en vérité, j'aime mieux cette amertume tout entière éclairée par une grande idée de l'homme que la philosophie sèche du grand seigneur qui a écrit cette maxime impardonnable : « *Le travail du corps délivre des peines de l'esprit et c'est ce qui rend les pauvres heureux**. » Même dans ses plus extrêmes négations, Chamfort n'a pas cessé de prendre le parti des vaincus. Il n'a nui vraiment qu'à lui-même et pour des raisons supérieures. Certes, je vois bien où sa pensée fléchit. Il a cru que le caractère se définissait par le refus et il est des cas où le caractère doit savoir dire oui. Comment imaginer une supériorité qui se sépare des hommes ? C'est pourtant celle que Chamfort et, après lui, Nietzsche qui l'aimait tant, ont choisie. Mais lui et Nietzsche ont payé ce qu'il fallait pour cela, faisant la preuve que l'aventure d'une intelligence en quête de sa justice profonde peut être aussi sanglante que les plus grandes conquêtes. C'est une idée qui force au respect. C'est aussi une idée qui porte son enseignement pour nous et notre monde. Je rappelle ici que Chamfort est un écrivain classique. Mais si la cohérence, le goût du raisonnement, la logique même mortelle, l'exigence obstinée de la morale sont des vertus classiques, on peut bien dire que la façon que Chamfort a choisie d'être classique a été d'en mourir. Cela restitue à cette notion la démesure et le frémissement que nos grands siècles ont su lui donner et que nous avons à lui conserver.

ALBERT CAMUS
1944.

* La Rochefoucauld.

PRODUITS DE LA CIVILISATION PERFECTIONNÉE

QUESTION

Pourquoi ne donnez-vous plus rien au public?

RÉPONSES

C'est que le public me paraît avoir le comble du mauvais goût et la rage du dénigrement.

C'est qu'un homme raisonnable ne peut agir sans motif, et qu'un succès ne me ferait aucun plaisir, tandis qu'une disgrâce me ferait peut-être beaucoup de peine.

C'est que je ne dois pas troubler mon repos, parce que la compagnie prétend qu'il faut divertir la compagnie.

C'est que je travaille pour les variétés amusantes, qui sont le théâtre de la nation, et que je mène de front, avec cela, un ouvrage philosophique, qui doit être imprimé à l'imprimerie royale.

C'est que le public en use avec les gens de lettres comme les racoleurs du pont Saint-Michel avec ceux qu'ils enrôlent, enivrés le premier jour, dix écus et des coups de bâton le reste de leur vie.

C'est qu'on me presse de travailler, par la même raison que quand on se met à sa fenêtre, on souhaite de voir passer, dans les rues, des singes ou des meneurs d'ours.

Exemple de M. Thomas[1], insulté pendant toute sa vie et loué après sa mort.

Gentilshommes de la chambre[2], comédiens, censeurs, la police, Beaumarchais.

C'est que j'ai peur de mourir sans avoir vécu.

C'est que tout ce qu'on me dit pour m'engager à me produire, est bon à dire à Saint-Ange ou à Murville[3].

C'est que j'ai à travailler et que les succès perdent du temps.

C'est que je ne voudrais pas faire comme les gens de lettres, qui ressemblent à des ânes, ruant et se battant devant un râtelier vide.

C'est que si j'avais donné à mesure, les bagatelles dont je pouvais disposer, il n'y aurait plus pour moi de repos sur la terre.

C'est que j'aime mieux l'estime des honnêtes gens, et mon bonheur particulier que quelques éloges, quelques écus, avec beaucoup d'injures et de calomnies.

C'est que s'il y a un homme sur la terre qui ait le droit de vivre pour lui, c'est moi, après les méchancetés qu'on m'a faites à chaque succès que j'ai obtenu.

C'est que jamais, comme dit Bacon, on n'a vu marcher ensemble la gloire et le repos.

Parce que le public ne s'intéresse qu'aux succès qu'il n'estime pas.

Parce que je resterais à moitié chemin de la gloire de Jeannot[4].

Parce que j'en suis à ne plus vouloir plaire qu'à qui me ressemble.

C'est que plus mon affiche littéraire s'efface, plus je suis heureux.

C'est que j'ai connu presque tous les hommes célèbres de notre temps, et que je les ai vus malheureux par cette belle passion de célébrité et mourir, après avoir dégradé par elle leur caractère moral.

PREMIÈRE PARTIE

MAXIMES ET PENSÉES

CHAPITRE PREMIER

MAXIMES GÉNÉRALES

1

Les maximes, les axiomes, sont, ainsi que les abrégés, l'ouvrage des gens d'esprit, qui ont travaillé, ce semble, à l'usage des esprits médiocres ou paresseux. Le paresseux s'accommode d'une maxime qui le dispense de faire lui-même les observations qui ont mené l'auteur de la maxime au résultat dont il fait part à son lecteur. Le paresseux et l'homme médiocre se croient dispensés d'aller au-delà, et donnent à la maxime une généralité que l'auteur, à moins qu'il ne soit lui-même médiocre, ce qui arrive quelquefois, n'a pas prétendu lui donner. L'homme supérieur saisit tout d'un coup les ressemblances, les différences qui font que la maxime est plus ou moins applicable à tel ou tel cas, ou ne l'est pas du tout. Il en est de cela comme de l'histoire naturelle, où le désir de simplifier a imaginé les classes et les divisions. Il a fallu avoir de l'esprit pour les faire. Car il a fallu rapprocher et observer des rapports. Mais le grand naturaliste, l'homme de génie voit que la nature prodigue des êtres individuellement différents, et voit l'insuffisance des divisions et des classes qui sont d'un si grand usage aux esprits médiocres ou paresseux; on peut les associer : c'est souvent la même chose, c'est souvent la cause et l'effet.

2

La plupart des faiseurs de recueils de vers ou de bons mots ressemblent à ceux qui mangent des cerises ou des huîtres, choisissant d'abord les meilleures et finissant par tout manger.

3

Ce serait une chose curieuse qu'un livre qui indiquerait toutes les idées corruptrices de l'esprit humain, de la société, de la morale, et qui se trouvent développées ou supposées dans les écrits les plus célèbres, dans les auteurs les plus consacrés; les idées qui propagent la superstition religieuse, les mauvaises maximes politiques, le despotisme, la vanité de rang, les préjugés populaires de toute espèce. On verrait que presque tous les livres sont des corrupteurs, que les meilleurs font presque autant de mal que de bien.

4

On ne cesse d'écrire sur l'éducation, et les ouvrages écrits sur cette matière ont produit quelques idées heureuses, quelques méthodes utiles, ont fait, en un mot, quelque bien partiel. Mais quelle peut être, en grand, l'utilité de ces écrits, tant qu'on ne fera pas marcher de front les réformes relatives à la législation, à la religion, à l'opinion publique? L'éducation n'ayant d'autre objet que de conformer la raison de l'enfance à la raison publique relativement à ces trois objets, quelle instruction donner tant que ces trois objets se combattent? En formant la raison de l'enfance, que faites-vous que de la préparer à voir plutôt l'absurdité des opinions et des mœurs consacrées par le sceau de l'autorité sacrée, publique, ou législative, par conséquent, à lui en inspirer le mépris ?

5

C'est une source de plaisir et de philosophie de faire l'analyse des idées qui entrent dans les divers jugements que portent tel ou tel homme, telle ou telle société. L'examen des idées qui déterminent telle ou telle opinion publique, n'est pas moins intéressant, et l'est souvent davantage.

6

Il en est de la civilisation comme de la cuisine. Quand on voit sur une table des mets légers, sains et bien préparés, on est fort aise que la cuisine soit devenue une science ; mais quand on y voit des jus, des coulis, des pâtés de truffes, on maudit les cuisiniers et leur art funeste : à l'application.

7

L'homme, dans l'état actuel de la société, me paraît plus corrompu par sa raison que par ses passions. Ses passions (j'entends ici celles qui appartiennent à l'homme primitif) ont conservé, dans l'ordre social, le peu de nature qu'on y retrouve encore.

8

La société n'est pas, comme on le croit d'ordinaire, le développement de la nature, mais bien sa décomposition et sa refonte entière. C'est un second édifice, bâti avec les décombres du premier. On en retrouve les débris avec un plaisir mêlé de surprise. C'est celui qu'occasionne l'expression naïve d'un sentiment naturel qui échappe dans la société; il arrive même qu'il plaît davantage, si la personne à laquelle il échappe est d'un rang plus élevé, c'est-à-dire, plus loin de la nature. Il charme dans un roi, parce qu'un roi est dans l'extrémité opposée. C'est un débris d'ancienne architecture dorique ou corinthienne, dans un édifice grossier et moderne.

9

En général, si la société n'était pas une composition factice, tout sentiment simple et vrai ne produirait pas le grand effet qu'il produit : il plairait sans étonner. Mais il étonne et il plaît. Notre surprise est la satire de la société, et notre plaisir est un hommage à la nature.

10

Les fripons ont toujours un peu besoin de leur honneur, à peu près comme les espions de police, qui sont payés moins cher quand ils voient moins bonne compagnie.

11

Un homme du peuple, un mendiant, peut se laisser mépriser, sans donner l'idée d'un homme vil, si le mépris ne paraît s'adresser qu'à son extérieur. Mais ce même mendiant, qui laisserait insulter sa conscience, fût-ce par le premier souverain de l'Europe, devient alors aussi vil par sa personne que par son état.

12

Il faut convenir qu'il est impossible de vivre dans le monde, sans jouer de temps en temps la comédie. Ce qui distingue l'honnête homme du fripon, c'est de ne la jouer que dans les cas forcés, et pour échapper au péril, au lieu que l'autre va au-devant des occasions.

13

On fait quelquefois dans le monde un raisonnement bien étrange. On dit à un homme, en voulant récuser son témoignage en faveur d'un autre homme : « C'est votre ami. — Eh! morbleu, c'est mon ami, parce que le bien que j'en dis est vrai, parce qu'il est tel que je le peins. Vous prenez la cause pour l'effet, et l'effet pour la cause. Pourquoi supposez-vous que j'en dis du bien, parce qu'il est mon ami; et pourquoi ne supposez-vous pas plutôt qu'il est mon ami, parce qu'il y a du bien à en dire? »

14

Il y a deux classes de moralistes et de politiques : ceux qui n'ont vu la nature humaine que du côté odieux ou ridicule, et c'est le plus grand nombre : Lucien, Montaigne, La Bruyère, La Rochefoucauld, Swift, Mandeville, Helvétius, etc. Ceux qui ne l'ont vue que du beau côté et dans ses perfections; tels sont Shaftesbury et quelques autres. Les premiers ne connaissent pas le palais dont ils n'ont vu que les latrines. Les seconds sont des enthousiastes qui détournent leurs yeux loin de ce qui les offense, et qui n'en existe pas moins. *Est in medio verum.*

15

Veut-on avoir la preuve de la parfaite inutilité de tous livres de morale, de sermons, etc., il n'y a qu'à jeter les yeux sur le préjugé de la noblesse héréditaire. Y a-t-il un travers contre lequel les philosophes, les orateurs, les

poètes, aient lancé plus de traits satyriques, qui ait plus
exercé les esprits de toute espèce, qui ait fait naître plus
de sarcasmes? Cela a-t-il fait tomber les présentations[1],
la fantaisie de monter dans les carrosses? Cela a-t-il fait
supprimer la place de Chérin?

16

Au théâtre, on vise à l'effet; mais ce qui distingue le
bon et le mauvais poète, c'est que le premier veut faire
effet par des moyens raisonnables, et, pour le second,
tous les moyens sont excellents. Il en est de cela comme
des honnêtes gens et des fripons, qui veulent également
faire fortune : les premiers n'emploient que des moyens
honnêtes, et les autres, toutes sortes de moyens.

17

La philosophie, ainsi que la médecine, a beaucoup de
drogues, très peu de bons remèdes, et presque point de
spécifiques.

18

On compte environ 150 millions d'âmes en Europe, le
double en Afrique, plus du triple en Asie; en admettant
que l'Amérique et les Terres Australes n'en contien-
draient que la moitié de ce que donne notre hémisphère,
on peut assurer qu'il meurt tous les jours, sur notre
globe, plus de cent mille hommes. Un homme qui
n'aurait vécu que trente ans aurait échappé environ
1 400 fois à cette épouvantable destruction.

19

J'ai vu des hommes qui n'étaient doués que d'une raison simple et droite, sans une grande étendue ni sans

beaucoup d'élévation d'esprit, et cette raison simple avait suffi pour leur faire mettre à leur place les vanités et les sottises humaines, pour leur donner le sentiment de leur dignité personnelle, leur faire apprécier ce même sentiment dans autrui. J'ai vu des femmes à peu près dans le même cas, qu'un sentiment vrai, éprouvé de bonne heure, avait mises au niveau des mêmes idées. Il suit de ces deux observations que ceux qui mettent un grand prix à ces vanités, à ces sottises humaines, sont de la dernière classe de notre espèce.

20

Celui qui ne sait point recourir à propos à la plaisanterie, et qui manque de souplesse dans l'esprit, se trouve très souvent placé entre la nécessité d'être faux ou d'être pédant, alternative fâcheuse à laquelle un honnête homme se soustrait, pour l'ordinaire, par de la grâce et de la gaieté.

21

Souvent une opinion, une coutume commence à paraître absurde dans la première jeunesse, et en avançant dans la vie, on en trouve la raison; elle paraît moins absurde. En faudrait-il conclure que de certaines coutumes sont moins ridicules? On serait porté à penser quelquefois qu'elles ont été établies par des gens qui avaient lu le livre entier de la vie, et qu'elles sont jugées par des gens qui, malgré leur esprit, n'en ont lu que quelques pages.

22

Il semble que, d'après les idées reçues dans le monde et la décence sociale, il faut qu'un prêtre, un curé croie un peu pour n'être pas hypocrite, ne soit pas sûr de son fait pour n'être pas intolérant. Le Grand Vicaire peut sourire à un propos contre la Religion, l'Évêque rire tout à fait, le Cardinal y joindre son mot.

23

La plupart des nobles rappellent leurs ancêtres, à peu près comme un *Cicerone*[1] d'Italie rappelle Cicéron.

24

J'ai lu, dans je ne sais quel voyageur, que certains sauvages de l'Afrique croient à l'immortalité de l'âme. Sans prétendre expliquer ce qu'elle devient, ils la croient errante, après la mort, dans les broussailles qui environnent leurs bourgades, et la cherchent plusieurs matinées de suite. Ne la trouvant pas, ils abandonnent cette recherche, et n'y pensent plus. C'est à peu près ce que nos philosophes ont fait, et avaient de meilleur à faire.

25

Il faut qu'un honnête homme ait l'estime publique sans y avoir pensé, et, pour ainsi dire, malgré lui. Celui qui l'a cherchée donne sa mesure.

26

C'est une belle allégorie, dans la Bible, que cet arbre de la science du bien et du mal qui produit la mort. Cet emblème ne veut-il pas dire que lorsqu'on a pénétré le fond des choses, la perte des illusions amène la mort de l'âme, c'est-à-dire un désintéressement complet sur tout ce qui touche et occupe les autres hommes?

27

Il faut qu'il y ait de tout dans le monde; il faut que, même dans les combinaisons factices du système social, il se trouve des hommes qui opposent la nature à la société, la vérité à l'opinion, la réalité à la chose convenue. C'est un genre d'esprit et de caractère fort piquant, et dont l'empire se fait sentir plus souvent qu'on ne croit. Il y a des gens à qui on n'a besoin que de présenter le vrai, pour qu'ils y courent avec une surprise naïve et intéressante. Ils s'étonnent qu'une chose frappante (quand on sait la rendre telle) leur ait échappé jusqu'alors.

28

On croit le sourd malheureux dans la société. N'est-ce pas un jugement prononcé par l'amour-propre de la société, qui dit : « Cet homme-là n'est-il pas trop à plaindre de n'entendre pas ce que nous disons? »

29

La pensée console de tout et remédie à tout. Si quelquefois elle vous fait du mal, demandez-lui le remède du mal qu'elle vous a fait, et elle vous le donnera.

30

Il y a, on ne peut le nier, quelques grands caractères dans l'histoire moderne; et on ne peut comprendre comment ils se sont formés. Ils y semblent comme déplacés. Ils y sont comme des cariatides dans un entresol.

31

La meilleure philosophie, relativement au monde, est d'allier, à son égard, le sarcasme de la gaieté avec l'indulgence du mépris.

32

Je ne suis pas plus étonné de voir un homme fatigué
de la gloire, que je ne le suis d'en voir un autre importuné
du bruit qu'on fait dans son antichambre.

33

J'ai vu, dans le monde, qu'on sacrifiait sans cesse
l'estime des honnêtes gens à la considération, et le repos
à la célébrité.

34

Une forte preuve de l'existence de Dieu, selon Dorilas,
c'est l'existence de l'homme, de l'homme par excellence,
dans le sens le moins susceptible d'équivoque, dans le
sens le plus exact, et, par conséquent, un peu circonscrit,
en un mot, de l'homme de qualité. C'est le chef-d'œuvre
de la Providence, ou plutôt le seul ouvrage immédiat de
ses mains. Mais on prétend, on assure qu'il existe des
êtres d'une ressemblance parfaite avec cet être privilégié.
Dorilas a dit : « Est-il vrai ? quoi ! même figure, même
conformation extérieure ! » Eh bien, l'existence de ces
individus, de ces hommes, puisqu'on les appelle ainsi,
qu'il a niée autrefois, qu'il a vue, à sa grande surprise,
reconnue par plusieurs de ses égaux, que, par cette
raison seule, il ne nie plus formellement, sur laquelle il
n'a plus que des nuages, des doutes bien pardonnables,
tout à fait involontaires, contre laquelle il se contente de
protester simplement par des hauteurs, par l'oubli des
bienséances, ou par des bontés dédaigneuses; l'existence
de tous ces êtres, sans doute mal définis, qu'en fera-t-il ?
comment l'expliquera-t-il ? comment accorder ce phé-
nomène avec sa théorie ? Dans quel système physique,
métaphysique, ou, s'il le faut, mythologique, ira-t-il
chercher la solution de ce problème ? Il réfléchit, il rêve,

il est de bonne foi; l'objection est spécieuse; il en est
ébranlé. Il a de l'esprit, des connaissances. Il va trouver
le mot de l'énigme; il l'a trouvé, il le tient; la joie brille
dans ses yeux. Silence. On connaît, dans la théologie
persane, la doctrine des deux principes, celui du Bien et
celui du Mal[1]. Eh quoi! vous ne saisissez pas? Rien de
plus simple. Le génie, les talents, les vertus, sont des
inventions du mauvais principe, d'Orimane, du Diable,
pour mettre en évidence, pour produire au grand jour
certains misérables, plébéiens reconnus, vrais roturiers,
ou à peine gentilshommes.

35

Combien de militaires distingués, combien d'officiers
généraux sont morts, sans avoir transmis leurs noms à la
postérité : en cela moins heureux que Bucéphale, et
même que le dogue espagnol Bérécillo[2], qui dévorait les
Indiens de Saint-Domingue, et qui avait la paie de
trois soldats!

36

On souhaite la paresse d'un méchant et le silence d'un
sot.

37

Ce qui explique le mieux comment le malhonnête
homme, et quelquefois même le sot, réussissent presque
toujours mieux, dans le monde, que l'honnête homme
et que l'homme d'esprit, à faire leur chemin, c'est que le
malhonnête homme et le sot ont moins de peine à se
mettre au courant et au ton du monde, qui, en général,
n'est que malhonnêteté et sottise; au lieu que l'honnête
homme et l'homme sensé, ne pouvant pas entrer si tôt en
commerce avec le monde, perdent un temps précieux
pour la fortune. Les uns sont des marchands qui, sachant

la langue du pays, vendent et s'approvisionnent tout de suite, tandis que les autres sont obligés d'apprendre la langue de leurs vendeurs et de leurs chalands. Avant que d'exposer leur marchandise, et d'entrer en traité avec eux, souvent même ils dédaignent d'apprendre cette langue, et alors ils s'en retournent sans étrenner.

38

Il y a une prudence supérieure à celle qu'on qualifie ordinairement de ce nom : l'une est la prudence de l'aigle, et l'autre, celle des taupes. La première consiste à suivre hardiment son caractère, en acceptant avec courage les désavantages et les inconvénients qu'il peut produire.

39

Pour parvenir à pardonner à la raison le mal qu'elle fait à la plupart des hommes, on a besoin de considérer ce que ce serait que l'homme sans sa raison. C'était un mal nécessaire.

40

Il y a des sottises bien habillées, comme il y a des sots très bien vêtus.

41

Si l'on avait dit à Adam, le lendemain de la mort d'Abel, que dans quelques siècles il y aurait des endroits où, dans l'enceinte de quatre lieues carrées, se trouveraient réunis et amoncelés sept ou huit cent mille hommes, aurait-il cru que ces multitudes pussent jamais vivre ensemble? Ne se serait-il pas fait une idée encore plus affreuse de ce qui s'y commet de crimes et de monstruosités? C'est la réflexion qu'il faut faire pour se consoler des abus attachés à ces étonnantes réunions d'hommes.

42

Les prétentions sont une source de peines, et l'époque du bonheur de la vie commence au moment où elles finissent. Une femme est-elle encore jolie au moment où sa beauté baisse; ses prétentions la rendent ou ridicule ou malheureuse : dix ans après, plus laide et vieille, elle est calme et tranquille. Un homme est dans l'âge où l'on peut réussir et ne pas réussir auprès des femmes; il s'expose à des inconvénients, et même à des affronts : il devient nul; dès lors plus d'incertitude, et il est tranquille. En tout, le mal vient de ce que les idées ne sont pas fixes et arrêtées : il vaut mieux être moins et être ce qu'on est, incontestablement. L'état des ducs et pairs, bien constaté, vaut mieux que celui des princes étrangers, qui ont à lutter sans cesse pour la prééminence. Si Chapelain eût pris le parti que lui conseillait Boileau, par le fameux hémistiche : *que n'écrit-il en prose*[1]*?* il se fût épargné bien des tourments, et se fût peut-être fait un nom, autrement que par le ridicule.

43

« N'as-tu pas honte de vouloir parler mieux que tu ne peux? » disait Sénèque[2] à l'un de ses fils, qui ne pouvait trouver l'exorde d'une harangue qu'il avait commencée. On pourrait dire de même à ceux qui adoptent des principes plus forts que leur caractère : « N'as-tu pas honte de vouloir être philosophe plus que tu ne peux? »

44

La plupart des hommes qui vivent dans le monde y vivent si étourdiment, pensent si peu, qu'ils ne connaissent pas ce monde qu'ils ont toujours sous les yeux. « Ils ne le connaissent pas, disait plaisamment M. de B..., par la raison qui fait que les hannetons ne savent pas l'histoire naturelle. »

45

En voyant Bacon, dans le commencement du xvie siècle, indiquer à l'esprit humain la marche qu'il doit suivre pour reconstruire l'édifice des sciences, on cesse presque d'admirer les grands hommes qui lui ont succédé, tels que Boile[1], Loke, etc. Il leur distribue d'avance le terrain qu'ils ont à défricher ou à conquérir. C'est César, maître du monde après la victoire de Pharsale, donnant des royaumes et des provinces à ses partisans ou à ses favoris.

46

Notre raison nous rend quelquefois aussi malheureux que nos passions; et on peut dire de l'homme, quand il est dans ce cas, que c'est un malade empoisonné par son médecin.

47

Le moment où l'on perd les illusions, les passions de la jeunesse, laisse souvent des regrets; mais quelquefois on hait le prestige qui nous a trompés. C'est Armide qui brûle et détruit le palais où elle fut enchantée.

48

Les médecins et le commun des hommes ne voient pas plus clair les uns que les autres dans les maladies et dans l'intérieur du corps humain. Ce sont tous des aveugles; mais les médecins sont des Quinze-Vingts qui connaissent mieux les rues, et qui se tirent mieux d'affaire.

49

Vous demandez comment on fait fortune. Voyez ce qui se passe au parterre d'un spectacle, le jour où il y a foule; comme les uns restent en arrière, comme les premiers reculent, comme les derniers sont portés en avant. Cette image est si juste que le mot qui l'exprime a passé dans le langage du peuple. Il appelle faire fortune : *se pousser*. « *Mon fils, mon neveu se poussera.* » Les honnêtes gens disent : *s'avancer, avancer, arriver,* termes adoucis, qui écartent l'idée accessoire de force, de violence, de grossièreté, mais qui laissent subsister l'idée principale.

50

Le monde physique paraît l'ouvrage d'un être puissant et bon, qui a été obligé d'abandonner à un être malfaisant l'exécution d'une partie de son plan. Mais le monde moral paraît être le produit des caprices d'un diable devenu fou.

51

Ceux qui ne donnent que leur parole pour garant d'une assertion qui reçoit sa force de ses preuves, ressemblent à cet homme qui disait : « J'ai l'honneur de vous assurer que la terre tourne autour du soleil. »

52

Dans les grandes choses, les hommes se montrent comme il leur convient de se montrer; dans les petites, ils se montrent comme ils sont.

53

Qu'est-ce qu'un philosophe? C'est un homme qui oppose la nature à la loi, la raison à l'usage, sa conscience à l'opinion, et son jugement à l'erreur.

54

Un sot qui a un moment d'esprit étonne et scandalise, comme des chevaux de fiacre au galop.

55

Ne tenir dans la main de personne, être l'*homme de son cœur,* de ses principes, de ses sentiments, c'est ce que j'ai vu de plus rare.

56

Au lieu de vouloir corriger les hommes de certains travers insupportables à la société, il aurait fallu corriger la faiblesse de ceux qui les souffrent.

57

Les trois quarts des folies ne sont que des sottises.

58

L'opinion est la reine du monde, parce que la sottise est la reine des sots.

59

Il faut savoir faire les sottises que nous demande notre caractère.

60

L'importance sans mérite obtient des égards sans estime.

61

Grands et petits, on a beau faire, il faut toujours se dire comme le fiacre aux courtisanes dans « le Moulin de Javelle[1] » « *Vous autres et nous autres, nous ne pouvons nous passer les uns des autres.* »

62

Quelqu'un disait que la providence était le nom de baptême du hasard; quelque dévot dira que le hasard est un sobriquet de la providence.

63

Il y a peu d'hommes qui se permettent un usage vigoureux et intrépide de leur raison, et osent l'appliquer à tous les objets dans toute sa force. Le temps est venu où il faut l'appliquer ainsi à tous les objets de la morale, de la politique et de la société; aux rois, aux ministres, aux grands, aux philosophes, aux principes des sciences, des beaux-arts, etc. Sans quoi, on restera dans la médiocrité.

64

Il y a des hommes qui ont besoin de primer, de s'élever au-dessus des autres, à quelque prix que ce puisse être. Tout leur est égal, pourvu qu'ils soient en évidence sur des tréteaux de charlatan; sur un théâtre, un trône, un échafaud, ils seront toujours bien, s'ils attirent les yeux.

65

Les hommes deviennent petits en se rassemblant : ce sont les diables de Milton, obligés de se rendre Pygmées, pour entrer dans le Pandœmonion[1].

66

On anéantit son propre caractère dans la crainte d'attirer les regards et l'attention, et on se précipite dans la nullité pour échapper au danger d'être peint.

67

Les fléaux physiques et les calamités de la nature humaine ont rendu la société nécessaire. La société a ajouté aux malheurs de la nature. Les inconvénients de la société ont amené la nécessité du gouvernement, et le gouvernement ajoute aux malheurs de la société. Voilà l'histoire de la nature humaine.

68

L'ambition prend aux petites âmes plus facilement qu'aux grandes, comme le feu prend plus aisément à la paille, aux chaumières qu'aux palais.

69

L'homme vit souvent avec lui-même, et il a besoin de vertu; il vit avec les autres, et il a besoin d'honneur.

70

La fable de Tantale n'a presque jamais servi d'emblème qu'à l'avarice. Mais elle est, pour le moins, autant celui de l'ambition, de l'amour de la gloire, de presque toutes les passions.

71

La nature, en faisant naître à la fois la raison et les passions, semble avoir voulu, par le second présent, aider l'homme à s'étourdir sur le mal qu'elle lui a fait par le premier, et en ne le laissant vivre que peu d'années après la perte de ses passions, semble prendre pitié de lui, en le délivrant bientôt d'une vie qui le réduit à sa raison, pour toute ressource.

72

Toutes les passions sont exagératrices, et elles ne sont des passions que parce qu'elles exagèrent.

73

Le philosophe qui veut éteindre ses passions ressemble au chimiste qui voudrait éteindre son feu.

74

Le premier des dons de la nature est cette force de raison qui vous élève au-dessus de vos propres passions et de vos faiblesses, et qui vous fait gouverner vos qualités mêmes, vos talents et vos vertus.

75

Pourquoi les hommes sont-ils si sots, si subjugués par la coutume ou par la crainte de faire un testament, en un mot, si imbéciles, qu'après eux ils laissent aller leurs biens

à ceux qui rient de leur mort plutôt qu'à ceux qui la
pleurent?

76

La nature a voulu que les illusions fussent pour
les sages comme pour les fous, afin que les premiers
ne fussent pas trop malheureux par leur propre
sagesse.

77

A voir la manière dont on en use envers les malades
dans les hôpitaux, on dirait que les hommes ont imaginé
ces tristes asiles, non pour soigner les malades, mais pour
les soustraire aux regards des heureux dont ces infortunés
troubleraient les jouissances.

78

De nos jours, ceux qui aiment la nature sont accusés
d'être romanesques.

79

Le théâtre tragique a le grand inconvénient moral de
mettre trop d'importance à la vie et à la mort.

80

La plus perdue de toutes les journées est celle où l'on
n'a pas ri.

81

La plupart des folies ne viennent que de sottise.

82

On fausse son esprit, sa conscience, sa raison, comme on gâte son estomac.

83

Les lois du secret et du dépôt sont les mêmes.

84

L'esprit n'est souvent au cœur que ce que la bibliothèque d'un château est à la personne du maître.

85

Ce que les poètes, les orateurs, même quelques philosophes nous disent sur l'amour de la gloire, on nous le disait au collège pour nous encourager à avoir les prix. Ce que l'on dit aux enfants pour les engager à préférer à une tartelette les louanges de leurs bonnes, c'est ce qu'on répète aux hommes pour leur faire préférer à un intérêt personnel les éloges de leurs contemporains ou de la postérité.

86

Quand on veut devenir philosophe, il ne faut pas se rebuter des premières découvertes affligeantes qu'on fait dans la connaissance des hommes. Il faut, pour les connaître, triompher du mécontentement qu'ils donnent, comme l'anatomiste triomphe de la nature, de ses organes et de son dégoût, pour devenir habile dans son art.

87

En apprenant à connaître les maux de la nature, on méprise la mort; en apprenant à connaître ceux de la société, on méprise la vie.

88

Il en est de la valeur des hommes comme de celle des diamants, qui, à une certaine mesure de grosseur, de pureté, de perfection, ont un prix fixe et marqué, mais qui, par-delà cette mesure, restent sans prix, et ne trouvent point d'acheteurs.

CHAPITRE II

SUITE
DES MAXIMES GÉNÉRALES

89

En France, tout le monde paraît avoir de l'esprit, et la raison en est simple : comme tout y est une suite de contradictions, la plus légère attention possible suffit pour les faire remarquer et rapprocher deux choses contradictoires. Cela fait des contrastes tout naturels, qui donnent à celui qui s'en avise l'air d'un homme qui a beaucoup d'esprit. Raconter, c'est faire des grotesques. Un simple nouvelliste devient un bon plaisant, comme l'historien, un jour, aura l'air d'un auteur satirique.

90

Le public ne croit point à la pureté dé certaines vertus et de certains sentiments; et, en général, le public ne peut guère s'élever qu'à des idées basses.

91

Il n'y a pas d'homme qui puisse être, à lui tout seul, aussi méprisable qu'un corps. Il n'y a point de corps qui puisse être aussi méprisable que le public.

92

Il y a des siècles où l'opinion publique est la plus mauvaise des opinions.

93

L'espérance n'est qu'un charlatan qui nous trompe sans cesse; et, pour moi, le bonheur n'a commencé que lorsque je l'ai eu perdue. Je mettrais volontiers sur la porte du paradis le vers que le Dante a mis sur celle de l'Enfer : :

> *Lasciate ogni Speranza, voi ch' entrate*[1].

94

L'homme pauvre, mais indépendant des hommes, n'est qu'aux ordres de la nécessité. L'homme riche, mais dépendant, est aux ordres d'un autre homme ou de plusieurs.

95

L'ambitieux qui a manqué son objet, et qui vit dans le désespoir, me rappelle Ixion[2] mis sur la roue pour avoir embrassé un nuage.

96

Il y a, entre l'homme d'esprit, méchant par caractère, et l'homme d'esprit, bon et honnête, la différence qui se trouve entre un assassin et un homme du monde qui fait bien des armes.

97

Qu'importe de paraître avoir moins de faiblesse qu'un autre, et donner aux hommes moins de prises sur vous?

Il suffit qu'il y en ait une, et qu'elle soit connue. Il faudrait être un Achille *sans talon,* et c'est ce qui paraît impossible.

98

Telle est la misérable condition des hommes, qu'il leur faut chercher, dans la société, des consolations aux maux de la nature, et, dans la nature, des consolations aux maux de la société. Combien d'hommes n'ont trouvé, ni dans l'une ni dans l'autre, des distractions à leurs peines!

99

La prétention la plus inique et la plus absurde en matière d'intérêt, qui serait condamnée avec mépris, comme insoutenable, dans une société d'honnêtes gens choisis pour arbitres, faites-en la matière d'un procès en justice réglée. Tout procès peut se perdre ou se gagner, et il n'y a pas plus à parier pour que contre : de même, toute opinion, toute assertion, quelque ridicule qu'elle soit, faites-en la matière d'un débat entre des partis différents dans un corps, dans une assemblée, elle peut emporter la pluralité des suffrages.

100

C'est une vérité reconnue que notre siècle a remis les mots à leur place, qu'en bannissant les subtilités scolastiques, dialecticiennes, métaphysiques, il est revenu au simple et au vrai, en physique, en morale et en politique. Pour ne parler que de morale, on sent combien ce mot, l'*honneur,* renferme d'idées complexes et métaphysiques. Notre siècle en a senti inconvénients; et, pour ramener tout au simple, pour prévenir tout abus de mots, il a

établi que l'*honneur* restait dans son intégrité à tout
homme qui n'avait point été repris de justice. Autrefois
ce mot était une source d'équivoques et de contestations;
à présent, rien de plus clair. Un homme a-t-il été mis au
carcan, n'y a-t-il pas été mis? voilà l'état de la question.
C'est une simple question de fait, qui s'éclaircit facilement
par les registres du Greffe. Un homme n'a pas été mis au
carcan : c'est un homme d'honneur, qui peut prétendre à
tout, aux places du ministère, etc.; il entre dans les
corps, dans les académies, dans les cours souveraines.
On sent combien la netteté et la précision épargnent de
querelles et de discussions, et combien le commerce
de la vie devient commode et facile.

101

L'amour de la gloire, une vertu! Étrange vertu que celle
qui se fait aider par l'action de tous les vices, qui reçoit
pour stimulants l'orgueil, l'ambition, l'envie, la vanité,
quelquefois l'avarice même! Titus serait-il Titus, s'il
avait eu pour ministres Séjan, Narcisse et Tigellin?

102

La gloire met souvent un honnête homme aux mêmes
épreuves que la fortune; c'est-à-dire que l'une et l'autre
l'obligent, avant de le laisser parvenir jusqu'à elles, à faire
ou souffrir des choses indignes de son caractère. L'homme
intrépidement vertueux les repousse alors également
l'une et l'autre, et s'enveloppe ou dans l'obscurité ou dans
l'infortune, et quelquefois dans l'une et dans l'autre.

103

Celui qui est juste au milieu, entre notre ennemi
et nous, nous paraît être plus voisin de notre ennemi.

C'est un effet des lois de l'optique, comme celui par lequel le jet d'eau d'un bassin paraît moins éloigné de l'autre bord que de celui où vous êtes.

104

L'opinion publique est une juridiction que l'honnête homme ne doit jamais reconnaître parfaitement, et qu'il ne doit jamais décliner.

105

Vain veut dire vide; ainsi, la vanité est si misérable, qu'on ne peut guère lui dire pis que son nom. Elle se donne elle-même pour ce qu'elle est.

106

On croit communément que l'art de plaire est un grand moyen de faire fortune : savoir s'ennuyer est un art qui réussit bien davantage. Le talent de faire fortune, comme celui de réussir auprès des femmes, se réduit presque à cet art-là.

107

Il y a peu d'hommes à grand caractère qui n'ait quelque chose de romanesque dans la tête ou dans le cœur. L'homme qui en est entièrement dépourvu, quelque honnêteté, quelque esprit qu'il puisse avoir, est, à l'égard du grand caractère, ce qu'un artiste, d'ailleurs très habile, mais qui n'aspire point au beau idéal, est à l'égard de l'artiste, homme de génie, qui s'est rendu ce beau idéal familier.

108

Il y a de certains hommes dont la vertu brille davantage dans la condition privée, qu'elle ne le ferait dans une fonction publique. Le cadre le déparerait. Plus un diamant est beau, plus il faut que la monture soit légère. Plus le chaton est riche, moins le diamant est en évidence.

109

Quand on veut éviter d'être charlatan, il faut fuir les tréteaux; car, si l'on y monte, on est bien forcé d'être charlatan, sans quoi l'assemblée vous jette des pierres.

110

Il y a peu de vices qui empêchent un homme d'avoir beaucoup d'amis, autant que peuvent le faire de trop grandes qualités.

111

Il y a telle supériorité, telle prétention qu'il suffit de ne pas reconnaître pour qu'elle soit anéantie, telle autre qu'il suffit de ne pas apercevoir pour la rendre sans effet.

112

Ce serait être très avancé dans l'étude de la morale, de savoir distinguer tous les traits qui différencient l'orgueil et la vanité. Le premier est haut, calme, fier, tranquille, inébranlable. La seconde est vile, incertaine, mobile, inquiète et chancelante. L'un grandit l'homme, l'autre le renfle. Le premier est la source de mille vertus, l'autre, celle de presque tous les vices et tous les travers.

Il y a un genre d'orgueil dans lequel sont compris tous les commandements de Dieu, et un genre de vanité qui contient les sept péchés capitaux.

113

Vivre est une maladie dont le sommeil nous soulage toutes les seize heures. C'est un palliatif. La mort est le remède.

114

La nature paraît se servir des hommes pour ses desseins, sans se soucier des instruments qu'elle emploie, à peu près comme les tyrans qui se défont de ceux dont ils se sont servis.

115

Il y a deux choses auxquelles il faut se faire, sous peine de trouver la vie insupportable : ce sont les injures du temps et les injures des hommes.

116

Je ne conçois pas de sagesse sans défiance. L'Écriture a dit[1] que le commencement de la sagesse était la crainte de Dieu; moi, je crois que c'est la crainte des hommes.

117

Il y a certains défauts qui préservent de quelques vices épidémiques : comme on voit, dans un temps de peste, les malades de fièvre quarte échapper à la contagion.

118

Le grand malheur des passions n'est pas dans les tourments qu'elles causent, mais dans les fautes, dans les turpitudes qu'elles font commettre, et qui dégradent l'homme. Sans ces inconvénients, elles auraient trop d'avantages sur la froide raison, qui ne rend point heureux. Les passions font *vivre* l'homme, la sagesse le fait seulement *durer*.

119

Un homme sans élévation ne saurait avoir de bonté; il ne peut avoir que de la bonhomie.

120

Il faudrait pouvoir unir les contraires, l'amour de la vertu avec l'indifférence pour l'opinion publique, le goût du travail avec l'indifférence pour la gloire, et le soin de sa santé avec l'indifférence pour la vie.

121

Celui-là fait plus, pour un hydropique, qui le guérit de sa soif, que celui qui lui donne un tonneau de vin. Appliquez cela aux richesses.

122

Les méchants font quelquefois de bonnes actions. On dirait qu'ils veulent voir s'il est vrai que cela fasse autant de plaisir que le prétendent les honnêtes gens.

123

Si Diogène vivait de nos jours, il faudrait que sa lanterne fût une lanterne sourde.

124

Il faut convenir que, pour être heureux en vivant dans le monde, il y a des côtés de son âme qu'il faut entièrement *paralyser*.

125

La fortune et le costume qui l'entoure fait de la vie une représentation au milieu de laquelle il faut qu'à la longue l'homme le plus honnête devienne comédien malgré lui.

126

Dans les choses, tout est *affaires mêlées;* dans les hommes, tout est *pièces de rapport*. Au moral et au physique, tout est mixte. Rien n'est un, rien n'est pur.

127

Si les vérités cruelles, les fâcheuses découvertes, les secrets de la société, qui composent la science d'un homme du monde parvenu à l'âge de quarante ans, avaient été connus de ce même homme, à l'âge de vingt, ou il fût tombé dans le désespoir, ou il se serait corrompu, par lui-même, par projet; et cependant on voit un petit nombre d'hommes sages, parvenus à cet âge-là, instruits de toutes ces choses et très éclairés, n'être ni corrompus, ni malheureux. La prudence dirige leurs vertus à travers la corruption publique; et la force de leur caractère, jointe aux lumières d'un esprit étendu, les élève au-dessus du chagrin qu'inspire la perversité des hommes.

128

Voulez-vous voir à quel point chaque état de la société corrompt les hommes? Examinez ce qu'ils sont quand ils en ont éprouvé plus longtemps l'influence, c'est-à-dire dans la vieillesse. Voyez ce que c'est qu'un vieux courtisan, un vieux prêtre, un vieux juge, un vieux procureur, un vieux chirurgien, etc.

129

L'homme sans principes est aussi ordinairement un homme sans caractère, car s'il était né avec du caractère, il aurait senti le besoin de se créer des principes.

130

Il y a à parier que toute idée publique, toute convention reçue, est une sottise, car elle a convenu au plus grand nombre.

131

L'estime vaut mieux que la célébrité, la considération vaut mieux que la renommée, et l'honneur vaut mieux que la gloire.

132

C'est souvent le mobile de la vanité qui a engagé l'homme à montrer toute l'énergie de son âme. Du bois ajouté à un acier pointu fait un dard; deux plumes ajoutées au bois font une flèche.

133

Les gens faibles sont les troupes légères de l'armée des méchants. Ils font plus de mal que l'armée même, ils infestent et ils ravagent.

134

Il est plus facile de légaliser certaines choses que de les légitimer.

135

Célébrité : l'avantage d'être connu de ceux qui ne vous connaissent pas.

136

On partage avec plaisir l'amitié de ses amis pour des personnes auxquelles on s'intéresse peu soi-même; mais la haine, même celle qui est la plus juste, a de la peine à se faire respecter.

137

Tel homme a été craint pour ses talents, haï pour ses vertus, et n'a rassuré que par son caractère. Mais combien de temps s'est passé avant que justice se fît!

138

Dans l'ordre naturel comme dans l'ordre social, il ne faut pas vouloir être plus qu'on ne peut.

139

La sottise ne serait pas tout à fait la sottise, si elle ne craignait pas l'esprit. Le vice ne serait pas tout à fait le vice, s'il ne haïssait pas la vertu.

140

Il n'est pas vrai (ce qu'a dit Rousseau après Plutarque) que plus on pense, moins on sente; mais il est vrai que plus on juge, moins on aime. Peu d'hommes vous mettent dans le cas de faire exception à cette règle.

141

Ceux qui rapportent tout à l'opinion ressemblent à ces comédiens qui jouent mal pour être applaudis, quand le goût du public est mauvais. Quelques-uns auraient le moyen de bien jouer, si le goût du public était bon. L'honnête homme joue son rôle le mieux qu'il peut, sans songer à la galerie.

142

Il y a une sorte de plaisir attaché au courage qui se met au-dessus de la fortune. Mépriser l'argent, c'est détrôner un roi. Il y a du ragoût.

143

Il y a un genre d'indulgence pour ses ennemis, qui paraît une sottise plutôt que de la bonté ou de la grandeur d'âme. M. de C... me paraît ridicule par la sienne. Il me paraît ressembler à Arlequin, qui dit : « Tu me donnes un soufflet; eh bien! je ne suis point encore fâché[1]. » Il faut avoir l'esprit de haïr ses ennemis.

144

Robinson dans son île, privé de tout, et forcé aux plus pénibles travaux pour assurer sa subsistance journalière, supporte la vie, et même goûte, de son aveu, plusieurs moments de bonheur. Supposez qu'il soit dans une île enchantée, pourvue de tout ce qui est agréable à la vie, peut-être le désœuvrement lui eût-il rendu l'existence insupportable.

145

Les idées des hommes sont comme les cartes et autres jeux. Des idées que j'ai vu autrefois regarder comme dangereuses et trop hardies, sont depuis devenues communes, et presque triviales et ont descendu jusqu'à des hommes peu dignes d'elles. Quelques-unes de celles à qui nous donnons le nom d'audacieuses seront vues comme faibles et communes par nos descendants.

146

J'ai souvent remarqué dans mes lectures, que le premier mouvement de ceux qui ont fait quelque action héroïque, qui se sont livrés à quelque impression généreuse, qui ont sauvé des infortunés, couru quelque grand risque et procuré quelque grand avantage, soit au public, soit à des particuliers, j'ai, dis-je, remarqué que leur premier mouvement a été de refuser la récompense qu'on leur offrait. Ce sentiment s'est trouvé dans le cœur des hommes les plus indigents et de la dernière classe du peuple. Quel est donc cet instinct moral qui apprend à l'homme sans éducation, que la récompense de ces actions est dans le cœur de celui qui les a faites? Il semble qu'en nous les payant, on nous les ôte.

147

Un acte de vertu, un sacrifice ou de ses intérêts ou de soi-même, est le besoin d'une âme noble, l'amour-propre d'un cœur généreux, et, en quelque sorte, l'égoïsme d'un grand caractère[1].

148

La concorde des frères est si rare que la fable ne cite que deux frères amis[2], et elle suppose qu'ils ne se voyaient jamais, puisqu'ils passaient tour à tour de la terre aux Champs-Élysées, ce qui ne laissait pas d'éloigner tout sujet de dispute et de rupture.

149

Il y a plus de fous que de sages, et dans le sage même, il y a plus de folie que de sagesse.

150

Les maximes générales sont dans la conduite de la vie ce que les routines sont dans les arts.

151

La conviction est la conscience de l'esprit.

152

On est heureux ou malheureux par une foule de choses qui ne paraissent pas, qu'on ne dit point et qu'on ne peut dire.

153

Le plaisir peut s'appuyer sur l'illusion, mais le bonheur repose sur la vérité. Il n'y a qu'elle qui puisse nous donner celui dont la nature humaine est susceptible. L'homme heureux par l'illusion a sa fortune en agiotage; l'homme heureux par la vérité a sa fortune en fonds de terre et en bonnes constitutions.

154

Il y a dans le monde bien peu de choses sur lesquelles un honnête homme puisse reposer agréablement son âme ou sa pensée.

155

Quand on soutient que les gens les moins sensibles sont, à tout prendre, les plus heureux, je me rappelle le proverbe indien : « Il vaut mieux être assis que debout, être couché qu'assis; mais il vaut mieux être mort que tout cela. »

156

L'habileté est à la ruse ce que la dextérité est à la filouterie.

157

L'entêtement représente le *caractère,* à peu près comme le tempérament représente l'*Amour.*

158

Amour, folie aimable; ambition, sottise sérieuse.

159

Préjugé, vanité, calcul, voilà ce qui gouverne le monde. Celui qui ne connaît pour règle de sa conduite que raison, vérité, sentiment, n'a presque rien de commun avec la société. C'est en lui-même qu'il doit chercher et trouver presque tout son bonheur.

160

Il faut être juste avant d'être généreux, comme on a des chemises avant d'avoir des dentelles.

161

Les Hollandais n'ont aucune commisération de ceux qui font des dettes. Ils pensent que tout homme endetté vit aux dépens de ses concitoyens, s'il est pauvre, et de ses héritiers, s'il est riche.

162

La fortune est souvent comme les femmes riches et dépensières, qui ruinent les maisons où elles ont apporté une riche dot.

163

Le changement de modes est l'impôt que l'industrie du pauvre met sur la vanité du riche.

164

L'intérêt d'argent est la grande épreuve des petits caractères, mais ce n'est encore que la plus petite pour les caractères distingués; et il y a loin de l'homme qui méprise l'argent à celui qui est véritablement honnête.

165

Le plus riche des hommes, c'est l'économe. Le plus pauvre, c'est l'avare.

166

Il y a quelquefois entre deux hommes de fausses ressemblances de caractère, qui les rapprochent et qui les unissent pour quelque temps. Mais la méprise cesse par degrés, et ils sont tout étonnés de se trouver très écartés l'un de l'autre, et repoussés, en quelque sorte, par tous leurs points de contact.

167

N'est-ce pas une chose plaisante de considérer que la gloire de plusieurs grands hommes soit d'avoir employé leur vie entière à combattre des préjugés ou des sottises qui font pitié, et qui semblaient ne devoir jamais entrer dans une tête humaine? La gloire de Bayle, par exemple, est d'avoir montré ce qu'il y a d'absurde dans les subtilités philosophiques et scolastiques, qui feraient lever les épaules à un paysan du Gâtinais, doué d'un grand sens naturel. Celle de Loke, d'avoir prouvé qu'on ne doit point parler sans s'entendre, ni croire entendre ce qu'on n'entend pas. Celle de plusieurs philosophes, d'avoir composé de gros livres contre des idées superstitieuses qui feraient fuir, avec mépris, un sauvage du Canada. Celle de Montesquieu, et de quelques auteurs avant lui, d'avoir (en respectant une foule de préjugés misérables) laissé entrevoir que les gouvernants sont faits pour les

gouvernés, et non les gouvernés pour les gouvernants.
Si le rêve des philosophes qui croient au perfectionnement de la société s'accomplit, que dira la postérité de
voir qu'il ait fallu tant d'efforts pour arriver à des résultats si simples et si naturels?

168

Un homme sage en même temps qu'honnête se doit à
lui-même de joindre à la pureté qui satisfait sa conscience,
la prudence qui devine et prévient la calomnie.

169

Le rôle de l'homme prévoyant est assez triste. Il afflige
ses amis, en leur annonçant les malheurs auxquels les
expose leur imprudence. On ne le croit pas; et quand ces
malheurs sont arrivés, ces mêmes amis lui savent mauvais
gré du mal qu'il a prédit, et leur amour-propre baisse les
yeux devant l'ami qui devait être leur consolateur, et
qu'ils auraient choisi s'ils n'étaient pas humiliés en sa
présence.

170

Celui qui veut trop faire dépendre son bonheur de sa
raison, qui le soumet à l'examen, qui chicane, pour ainsi
dire, ses jouissances, et n'admet que des plaisirs délicats,
finit par n'en plus avoir. C'est un homme qui, à force de
faire carder son matelas, le voit diminuer, et finit par
coucher sur la dure.

171

Le temps diminue chez nous l'intensité des plaisirs
absolus, comme parlent les métaphysiciens; mais il

paraît qu'il accroît les plaisirs *relatifs* : et je soupçonne que c'est l'artifice par lequel la nature a su lier les hommes à la vie, après la perte des objets ou des plaisirs qui la rendaient le plus agréable.

172

Quand on a été bien tourmenté, bien fatigué par sa propre sensibilité, on s'aperçoit qu'il faut vivre au jour le jour, oublier beaucoup, enfin, *éponger la vie* à mesure qu'elle s'écoule.

173

La fausse modestie est le plus décent de tous les mensonges.

174

On dit qu'il faut s'efforcer de retrancher tous les jours de nos besoins. C'est surtout aux besoins de l'amour-propre qu'il faut appliquer cette maxime. Ce sont les plus tyranniques, et qu'on doit le plus combattre.

175

Il n'est pas rare de voir des âmes faibles qui, par la fréquentation avec des âmes d'une trempe plus vigoureuse, veulent s'élever au-dessus de leur caractère. Cela produit des disparates aussi plaisantes que les prétentions d'un sot à l'esprit.

176

La vertu, comme la santé, n'est pas le souverain bien. Elle est la place du bien plutôt que le bien même. Il est plus sûr que le vice rend malheureux qu'il ne l'est que la vertu donne le bonheur. La raison pour laquelle la vertu est le plus désirable, c'est parce qu'elle est ce qu'il y a de plus opposé au vice.

CHAPITRE III

DE LA SOCIÉTÉ,
DES GRANDS, DES RICHES,
DES GENS DU MONDE

177

Jamais le monde n'est connu par les livres, on l'a dit autrefois[1], mais ce qu'on n'a pas dit, c'est la raison : la voici. C'est que cette connaissance est un résultat de mille observations fines dont l'amour-propre n'ose faire confidence à personne, pas même au meilleur ami. On craint de se montrer comme un homme occupé de petites choses, quoique ces petites choses soient très importantes au succès des plus grandes affaires.

178

En parcourant les mémoires et monuments du siècle de Louis XIV, on trouve, même dans la mauvaise compagnie de ce temps-là, quelque chose qui manque à la bonne d'aujourd'hui.

179

Qu'est-ce que la société, quand la raison n'en forme pas les nœuds, quand le sentiment n'y jette pas d'intérêt,

quand elle n'est pas un échange de pensées agréables et
de vraie bienveillance? Une foire, un tripot, une auberge,
un bois, un mauvais lieu et des petites maisons : c'est
tout ce qu'elle est tour à tour pour la plupart de ceux qui
la composent.

180

On peut considérer l'édifice métaphysique de la société
comme un édifice matériel qui serait composé de différentes niches, ou compartiments d'une grandeur plus ou
moins considérable. Les places avec leurs prérogatives,
leurs droits, etc., forment ces divers compartiments, ces
différentes niches. Elles sont durables et les hommes
passent. Ceux qui les occupent sont tantôt grands, tantôt
petits, et aucun ou presque aucun n'est fait pour sa place.
Là, c'est un géant, courbé ou accroupi dans sa niche; là,
c'est un nain sous une arcade : rarement la niche est faite
pour la stature; autour de l'édifice circule une foule
d'hommes de différentes tailles. Ils attendent tous qu'il y
ait une niche de vide, afin de s'y placer, quelle qu'elle soit.
Chacun fait valoir ses droits, c'est-à-dire sa naissance, ou
ses protections, pour y être admis. On sifflerait celui qui,
pour avoir la préférence, ferait valoir la proportion qui
existe entre la niche et l'homme, entre l'instrument et
l'étui. Les concurrents même s'abstiennent d'objecter à
leur adversaire cette disproportion.

181

On ne peut vivre dans la société après l'âge des passions. Elle n'est tolérable que dans l'époque où l'on se
sert de son estomac pour s'amuser, et de sa personne
pour tuer le temps.

182

Les gens de robe, les magistrats, connaissent la cour, les intérêts du moment, à peu près comme les écoliers qui ont obtenu un *Exeat,* et qui ont dîné hors du collège, connaissent le monde.

183

Ce qui se dit dans les cercles, dans les salons, dans les soupers, dans les assemblées publiques, dans les livres, même ceux qui ont pour objet de faire connaître la société, tout cela est faux ou insuffisant. On peut dire sur cela le mot italien *per la predica* ou le mot latin *ad populum phaleras*[1]. Ce qui est vrai, ce qui est instructif, c'est ce que la conscience d'un honnête homme, qui a beaucoup vu et bien vu, dit à son ami au coin du feu : quelques-unes de ces conversations-là m'ont plus instruit que tous les livres et le commerce ordinaire de la société. C'est qu'elles me mettaient mieux sur la voie, et me faisaient réfléchir davantage.

184

L'influence qu'exerce sur notre âme une idée morale, contrastante avec des objets physiques et matériels, se montre dans bien des occasions; mais on ne la voit jamais mieux que quand le passage est rapide et imprévu. Promenez-vous sur le boulevard, le soir : vous voyez un jardin charmant, au bout duquel est un salon, illuminé avec goût. Vous entrevoyez des groupes de jolies femmes, des bosquets, et, entre autres, une allée fuyante où vous entendez rire : ce sont des nymphes; vous en jugez par leur taille svelte, etc. Vous demandez quelle est cette femme, et on vous répond : « C'est Mme de B..., la

maîtresse de la maison. » Il se trouve par malheur que
vous la connaissez, et le charme a disparu.

185

Vous rencontrez le baron de Breteuil; il vous entretient
de ses bonnes fortunes, de ses amours grossières, etc.; il
finit par vous montrer le portrait de la reine au milieu
d'une rose, garnie de diamants.

186

Un sot, fier de quelque cordon, me paraît au-dessous
de cet homme ridicule qui, dans ses plaisirs, se faisait
mettre des plumes de paon au derrière par ses maîtresses. Au moins, il y gagnait le plaisir de... Mais
l'autre!... Le baron de Breteuil est fort au-dessous de
Peixoto.

187

On voit par l'exemple de Breteuil qu'on peut ballotter
dans ses poches les portraits en diamants de douze ou
quinze souverains, et n'être qu'un sot.

188

C'est un sot, c'est un sot, c'est bientôt dit : voilà
comme vous êtes extrême en tout. A quoi cela se réduit-
il? Il prend sa place pour sa personne, son importance
pour du mérite, et son crédit pour une vertu. Tout le
monde n'est-il pas comme cela? Y a-t-il là de quoi tant
crier?

189

Quand les sots sortent de place, soit qu'ils aient été ministres ou premiers commis, ils conservent une morgue ou une importance ridicule.

190

Ceux qui ont de l'esprit ont mille bons contes à faire sur les sottises et les valetages dont ils ont été témoins, et c'est ce qu'on peut voir par cent exemples. Comme c'est un mal aussi ancien que la monarchie, rien ne prouve mieux combien il est irrémédiable. De mille traits que j'ai entendu raconter, je conclurais que, si les singes avaient le talent des perroquets, on en ferait volontiers des ministres.

191

Rien de si difficile à faire tomber qu'une idée triviale ou un proverbe accrédité. Louis XV a fait banqueroute en détail trois ou quatre fois[1], et on n'en jure pas moins foi de gentilhomme. Celle de M. de Guéménée n'y réussira pas mieux.

192

Les gens du monde ne sont pas plus tôt attroupés, qu'ils se croient en société.

193

J'ai vu des hommes trahir leur conscience pour complaire à un homme qui a un mortier ou une simarre. Étonnez-vous ensuite de ceux qui l'échangent pour le

mortier, ou pour la simarre même. Tous également vils,
et les premiers absurdes plus que les autres.

194

La société est composée de deux grandes classes : ceux
qui ont plus de dîners que d'appétit, et ceux qui ont plus
d'appétit que de dîners.

195

On donne des repas de dix louis ou de vingt à des gens
en faveur de chacun desquels on ne donnerait pas un
petit écu, pour qu'ils fissent une bonne digestion de ce
même dîner de vingt louis.

196

C'est une règle excellente à adopter sur l'art de la
raillerie et de la plaisanterie, que le plaisant et le railleur
doivent être garants du succès de leur plaisanterie à
l'égard de la personne plaisantée, et que, quand celle-ci
se fâche, l'autre a tort.

197

M... me disait que j'avais un grand malheur, c'était de
ne pas me faire à la toute-puissance des sots. Il avait
raison, et j'ai vu qu'en entrant dans le monde, un sot avait
de grands avantages, celui de se trouver parmi ses pairs.
C'est comme frère Lourdis dans le temple de la Sottise :

> Tout lui plaisait; et, même en arrivant,
> Il crut encore être dans son couvent.

198

En voyant quelquefois les friponneries des petits et les brigandages des hommes en place, on est tenté de regarder la société comme un bois rempli de voleurs, dont les plus dangereux sont les archers, préposés pour arrêter les autres.

199

Les gens du monde et de la cour donnent aux hommes et aux choses une valeur conventionnelle dont ils s'étonnent de se trouver les dupes. Ils ressemblent à des calculateurs, qui, en faisant un compte, donneraient aux chiffres une valeur variable et arbitraire, et qui, ensuite, dans l'addition, leur rendant leur valeur réelle et réglée, seraient tout surpris de ne pas trouver leur compte.

200

Il y a des moments où le monde paraît s'apprécier lui-même ce qu'il vaut. J'ai souvent démêlé qu'il estimait ceux qui n'en faisaient aucun cas; et il arrive souvent que c'est une recommandation auprès de lui que de le mépriser souverainement, pourvu que ce mépris soit vrai, sincère, naïf, sans affectation, sans jactance.

201

Le monde est si méprisable que le peu de gens honnêtes qui s'y trouvent, estiment ceux qui le méprisent, et y sont déterminés par ce mépris même.

202

Amitié de cour, foi de renards, et société de loups.

203

Je conseillerais à quelqu'un qui veut obtenir une grâce d'un ministre de l'aborder d'un air triste, plutôt que d'un air riant. On n'aime pas à voir plus heureux que soi.

204

Une vérité cruelle, mais dont il faut convenir, c'est que dans le monde, et surtout dans un monde choisi, tout est art, science, calcul, même l'apparence de la simplicité, de la facilité la plus aimable. J'ai vu des hommes dans lesquels ce qui paraissait la grâce d'un premier mouvement, était une combinaison, à la vérité très prompte, mais très fine et très savante. J'en ai vu associer le calcul le plus réfléchi à la naïveté apparente de l'abandon le plus étourdi. C'est le négligé savant d'une coquette, d'où l'art a banni tout ce qui ressemble à l'art. Cela est fâcheux, mais nécessaire. En général, malheur à l'homme qui, même dans l'amitié la plus intime, laisse découvrir son faible et sa prise! J'ai vu les plus intimes amis faire des blessures à l'amour-propre de ceux dont ils avaient surpris le secret. Il paraît impossible que, dans l'état actuel de la société (je parle toujours du grand monde), il y ait un seul homme qui puisse montrer le fond de son âme et les détails de son caractère, et surtout de ses faiblesses, à son meilleur ami. Mais, encore une fois, il faut porter (dans ce monde-là) le raffinement si loin qu'il ne puisse pas même y être suspect, ne fût-ce que pour ne pas être méprisé comme acteur dans une troupe d'excellents comédiens.

205

Les gens qui croient aimer un prince, dans l'instant où ils viennent d'en être bien traités, me rappellent les

enfants qui veulent être prêtres le lendemain d'une belle
procession, ou soldats le lendemain d'une revue à
laquelle ils ont assisté.

206

Les favoris, les hommes en place mettent quelquefois
de l'intérêt à s'attacher des hommes de mérite, mais ils
en exigent un avilissement préliminaire qui repousse loin
d'eux tous ceux qui ont quelque pudeur. J'ai vu des
hommes, dont un favori ou un ministre aurait eu bon
marché, aussi indignés de cette disposition qu'auraient
pu l'être des hommes d'une vertu parfaite. L'un d'eux me
disait : « Les grands veulent qu'on se dégrade, non pour
un bienfait, mais pour une espérance. Ils prétendent vous
acheter, non par un lot, mais par un billet de loterie; et je
sais des fripons, en apparence bien traités par eux, qui
dans le fait n'en ont pas tiré meilleur parti que ne l'auraient fait les plus honnêtes gens du monde. »

207

Les actions utiles, même avec éclat, les services réels
et les plus grands qu'on puisse rendre à la nation et même
à la cour, ne sont, quand on n'a point la faveur de la
cour, que des péchés splendides[1], comme disent les
théologiens.

208

On n'imagine pas combien il faut d'esprit pour n'être
jamais ridicule.

209

Tout homme qui vit beaucoup dans le monde me persuade qu'il est peu sensible; car je ne vois presque rien

qui puisse y intéresser le cœur, ou plutôt rien qui ne l'en-
durcisse : ne fût-ce que le spectacle de l'insensibilité, de
la frivolité et de la vanité qui y règnent.

210

Quand les princes sortent de leurs misérables étiquettes,
ce n'est jamais en faveur d'un homme de mérite, mais
d'une fille ou d'un bouffon. Quand les femmes s'affichent,
ce n'est presque jamais pour un honnête homme, c'est
pour une *espèce*. En tout, lorsque l'on brise le joug de
l'opinion, c'est rarement pour s'élever au-dessus, mais
presque toujours pour descendre au-dessous.

211

Il y a des fautes de conduite que, de nos jours, on ne
fait plus guère, ou qu'on fait beaucoup moins. On est
tellement raffiné que, mettant l'esprit à la place de l'âme,
un homme vil, pour peu qu'il ait réfléchi, s'abstient de
certaines platitudes, qui autrefois pouvaient réussir. J'ai
vu des hommes malhonnêtes avoir quelquefois une
conduite fière et décente avec un prince, un ministre, ne
point fléchir, etc. Cela trompe les jeunes gens et les
novices qui ne savent pas, ou bien oublient, qu'il faut
juger un homme par l'ensemble de ses principes et de son
caractère.

212

A voir le soin que les conventions sociales paraissent
avoir pris d'écarter le mérite de toutes les places où il
pourrait être utile à la société, en examinant la ligue des
sots contre les gens d'esprit, on croirait voir une conju-
ration de valets pour écarter les maîtres.

213

Que trouve un jeune homme, en entrant dans le monde? Des gens qui veulent le protéger, prétendent l'*honorer,* le gouverner, le conseiller. Je ne parle point de ceux qui veulent l'écarter, lui nuire, le perdre ou le tromper. S'il est d'un caractère assez élevé pour vouloir n'être protégé que par ses mœurs, ne s'honorer de rien, ni de personne, se gouverner par ses principes, se conseiller par ses lumières, par son caractère, et d'après sa position, qu'il connaît mieux que personne, on ne manque pas de dire qu'il est original, singulier, indomptable. Mais s'il a peu d'esprit, peu d'élévation, peu de principes, s'il ne s'aperçoit pas qu'on le protège, qu'on veut le gouverner, s'il est l'instrument des gens qui s'en emparent, on le trouve charmant, et c'est, comme on dit, le meilleur enfant du monde.

214

La société, ce qu'on appelle le monde, n'est que la lutte de mille petits intérêts opposés, une lutte éternelle de toutes les vanités qui se croisent, se choquent, tour à tour blessées, humiliées l'une par l'autre, qui expient le lendemain, dans le dégoût d'une défaite, le triomphe de la veille. Vivre solitaire, ne point être froissé dans ce choc misérable, où l'on attire un instant les yeux pour être écrasé l'instant d'après, c'est ce qu'on appelle n'être rien, n'avoir pas d'existence. Pauvre humanité!

215

Il y a une profonde insensibilité aux vertus qui surprend et scandalise beaucoup plus que le vice. Ceux que la bassesse publique appelle grands-seigneurs, ou grands, les hommes en place, paraissent, pour la plupart,

doués de cette insensibilité odieuse. Cela ne viendrait-il
pas de l'idée vague et peu développée dans leur tête,
que les hommes, doués de ces vertus, ne sont pas propres
à être des instruments d'intrigue? Ils les négligent, ces
hommes, comme inutiles à eux-mêmes et aux autres, dans
un pays où, sans l'intrigue, la fausseté et la ruse, on
n'arrive à rien!

216

Que voit-on dans le monde? Partout un respect naïf
et sincère pour des conventions absurdes, pour une sottise
(les sots saluent leur reine), ou bien des ménagements
forcés pour cette même sottise (les gens d'esprit craignent
leur tyran).

217

Les bourgeois, par une vanité ridicule, font de leurs
filles un fumier pour les terres des gens de qualité[1].

218

Supposez vingt hommes, même honnêtes, qui tous
connaissent et estiment un homme d'un mérite reconnu,
Dorilas, par exemple; louez, vantez ses talents et ses
vertus; que tous conviennent de ses vertus et de ses
talents. L'un des assistants ajoute : « C'est dommage
qu'il soit si peu favorisé de la fortune. — Que dites-vous?
reprend un autre. C'est que sa modestie l'oblige à vivre
sans luxe. Savez-vous qu'il a vingt-cinq mille livres de
rente? — Vraiment! — Soyez-en sûr, j'en ai la preuve. »
Qu'alors cet homme de mérite paraisse, et qu'il compare
l'accueil de la société et la manière plus ou moins froide,
quoique distinguée, dont il était reçu précédemment.
C'est ce qu'il a fait : il a comparé, et il a gémi. Mais dans
cette société il s'est trouvé un homme dont le maintien a

été le même à son égard. Un sur vingt, dit notre philosophe : je suis content.

219

Quelle vie que celle de la plupart des gens de la cour! Ils se laissent ennuyer, excéder, avilir, asservir, tourmenter pour des intérêts misérables. Ils attendent, pour vivre, pour être heureux, la mort de leurs ennemis, de leurs rivaux d'ambition, de ceux mêmes qu'ils appellent leurs amis; et pendant que leurs vœux appellent cette mort, ils sèchent, ils dépérissent, meurent eux-mêmes, en demandant des nouvelles de la santé de M. tel, de Mme telle, qui s'obstinent à ne pas mourir[1].

220

Quelques folies qu'aient écrites certains physionomistes de nos jours, il est certain que l'habitude de nos pensées peut déterminer quelques traits de notre physionomie. Nombre de courtisans ont l'œil faux, par la même raison que la plupart des tailleurs sont cagneux.

221

Il n'est peut-être pas vrai que les grandes fortunes supposent toujours de l'esprit, comme je l'ai souvent ouï dire même à des gens d'esprit; mais il est bien plus vrai qu'il y a des choses d'esprit et d'habileté à qui la fortune ne saurait échapper, quand bien même celui qui les a posséderait l'honnêteté la plus pure, obstacle qui, comme on sait, est le plus grand de tous pour la fortune.

222

Lorsque Montaigne a dit, à propos de la grandeur : « Puisque nous ne pouvons y atteindre, vengeons-nous-en à en médire[1] », il a dit une chose plaisante, souvent vraie, mais scandaleuse, et qui donne des armes aux sots que la fortune a favorisés. Souvent c'est par petitesse qu'on hait l'inégalité des conditions; mais un vrai sage et un honnête homme pourraient la haïr comme la barrière qui sépare des âmes faites pour se rapprocher. Il est peu d'hommes d'un caractère distingué qui ne se soit refusé aux sentiments que lui inspiraient tel ou tel homme d'un rang supérieur; qui n'ait repoussé, en s'affligeant lui-même, telle ou telle amitié qui pouvait être pour lui une source de douceurs et de consolations. Celui-là, au lieu de répéter le mot de Montaigne, peut dire : « Je hais la grandeur qui m'a fait fuir ce que j'aimais ou ce que j'aurais aimé. »

223

Qui est-ce qui n'a que des liaisons entièrement honorables? Qui est-ce qui ne voit pas quelqu'un dont il demande pardon à ses amis? Quelle est la femme qui ne s'est pas vue forcée d'expliquer à la société la visite de telle ou telle femme qu'on a été surpris de voir chez elle?

224

Êtes-vous l'ami d'un homme de la cour, d'un homme de qualité, comme on dit, et souhaitez-vous de lui inspirer le plus vif attachement dont le cœur humain soit susceptible? Ne vous bornez pas à lui prodiguer les soins de la plus tendre amitié, à le soulager dans ses maux, à le consoler dans ses peines, à lui consacrer tous vos moments, à lui sauver dans l'occasion la vie ou l'honneur; ne perdez point votre temps à ces bagatelles. Faites plus, faites mieux : faites sa généalogie.

225

Vous croyez qu'un ministre, un homme en place, a tel ou tel principe, et vous le croyez parce que vous le lui avez entendu dire. En conséquence, vous vous abstenez de lui demander telle ou telle chose qui le mettrait en contradiction avec sa maxime favorite. Vous apprenez bientôt que vous avez été dupe, et vous lui voyez faire des choses qui vous prouvent qu'un ministre n'a point de principes, mais seulement l'habitude, le tic de dire telle ou telle chose.

226

Plusieurs courtisans sont haïs sans profit, et pour le plaisir de l'être. Ce sont des lézards, qui, à ramper, n'ont gagné que de perdre leur queue.

227

Cet homme n'est pas propre à avoir jamais de la considération : il faut qu'il fasse fortune, et vive avec de la canaille.

228

Les corps (Parlements, Académies, Assemblées) ont beau se dégrader, ils se soutiennent par leur masse, et on ne peut rien contre eux. Le déshonneur, le ridicule glissent sur eux, comme les balles de fusil sur un sanglier, sur un crocodile.

229

En voyant ce qui se passe dans le monde, l'homme le plus misanthrope finirait par s'égayer, et Héraclite[1] par mourir de rire.

230

Il me semble qu'à égalité d'esprit et de lumière, l'homme né riche ne doit jamais connaître, aussi bien que le pauvre, la nature, le cœur humain et la société. C'est que dans le moment où l'autre plaçait une jouissance, le second se consolait par une réflexion.

231

En voyant les princes faire de leur propre mouvement certaines choses honnêtes, on est tenté de reprocher à ceux qui les entourent la plus grande partie de leurs torts ou de leurs faiblesses; on se dit : « Quel malheur que ce prince ait pour amis Damis ou Aramont! » On ne songe pas que, si Damis ou Aramont avaient été des personnages qui eussent de la noblesse ou du caractère, ils n'auraient pas été les amis de ce prince.

232

A mesure que la philosophie fait des progrès, la sottise redouble ses efforts pour établir l'empire des préjugés. Voyez la faveur que le gouvernement donne aux idées de gentilhommerie. Cela est venu au point qu'il n'y a plus que deux états pour les femmes : femmes de qualité, ou filles; le reste n'est rien. Nulle vertu n'élève une femme au-dessus de son état; elle n'en sort que par le vice.

233

Parvenir à la fortune, à la considération, malgré le désavantage d'être sans aïeux, et cela à travers de[1] tant de gens qui ont tout apporté en naissant, c'est gagner ou remettre une partie d'échecs, ayant donné la

tour à son adversaire. Souvent aussi les autres ont sur
vous trop d'avantages conventionnels, et alors il faut
renoncer à la partie. On peut bien céder une tour, mais
non la dame.

234

Les gens qui élèvent les princes et qui prétendent leur
donner une bonne éducation, après s'être soumis à leurs
formalités et à leurs avilissantes étiquettes, ressemblent à
des maîtres d'arithmétique, qui voudraient former de
grands calculateurs, après avoir accordé à leurs élèves
que trois et trois font huit.

235

Quel est l'être le plus étranger à ceux qui l'environnent? est-ce un Français à Pékin ou à Macao? est-ce
un Lapon au Sénégal? ou ne serait-ce pas par hasard
un homme de mérite sans or et sans parchemin, au
milieu de ceux qui possèdent l'un de ces deux avantages,
ou tous les deux réunis? N'est-ce pas une merveille que
la société subsiste avec la convention tacite d'exclure
du partage de ses droits les dix-neuf vingtièmes de la
société?

236

Le monde et la société ressemblent à une bibliothèque
où au premier coup d'œil tout paraît en règle, parce que
les livres y sont placés suivant le format et la grandeur
des volumes, mais où dans le fond tout est en désordre,
parce que rien n'y est rangé suivant l'ordre des sciences,
des matières ni des auteurs.

237

Avoir des liaisons considérables, ou même illustres, ne peut plus être un mérite pour personne, dans un pays où l'on plaît souvent par ses vices, et où l'on est quelquefois recherché pour ses ridicules.

238

Il y a des hommes qui ne sont point aimables, mais qui n'empêchent pas les autres de l'être. Leur commerce est quelquefois supportable; il y en a d'autres qui, n'étant point aimables, nuisent encore par leur seule présence au développement de l'amabilité d'autrui; ceux-là sont insupportables, c'est le grand inconvénient de la pédanterie.

239

L'expérience, qui éclaire les particuliers, corrompt les princes et les gens en place.

240

Le public de ce moment-ci est comme la tragédie moderne, absurde, atroce et plat.

241

L'état de *courtisan* est un métier dont on a voulu faire une science. Chacun cherche à se hausser.

242

La plupart des liaisons de société, la camaraderie, etc., tout cela est à l'amitié ce que le sigisbéisme est à l'amour.

243

L'art de la parenthèse est un des grands secrets de l'éloquence dans la société.

244

A la cour tout est courtisan : le prince du sang, le chapelain de semaine, le chirurgien de quartier, l'apothicaire.

245

Les magistrats chargés de veiller sur l'ordre public tels que le lieutenant criminel, le lieutenant civil, le lieutenant de police, et tant d'autres, finissent presque toujours par avoir une opinion horrible de la société. Ils croient connaître les hommes et n'en connaissent que le rebut. On ne juge pas d'une ville par ses égouts et d'une maison par ses latrines. La plupart de ces magistrats me rappellent toujours le collège où les correcteurs ont une cabane auprès des commodités, et n'en sortent que pour donner le fouet.

246

C'est la plaisanterie qui doit faire justice de tous les travers des hommes et de la société. C'est par elle qu'on évite de se compromettre. C'est par elle qu'on met tout en place sans sortir de la sienne. C'est elle qui atteste notre supériorité sur les choses et sur les personnes dont nous nous moquons, sans que les personnes puissent s'en offenser, à moins qu'elles ne manquent de gaieté ou de mœurs. La réputation de savoir bien manier cette arme donne à l'homme d'un rang inférieur, dans le monde et dans la meilleure compagnie, cette sorte de considéra-

tion que les militaires ont pour ceux qui manient supé-
rieurement l'épée. J'ai entendu dire à un homme d'esprit :
« Ôtez à la plaisanterie son empire, et je quitte demain la
société. » C'est une sorte de duel où il n'y a pas de sang
versé, et qui, comme l'autre, rend les hommes plus mesu-
rés et plus polis.

247

On ne se doute pas, au premier coup d'œil, du mal
que fait l'ambition de mériter cet éloge si commun :
« M. un tel est très aimable. » Il arrive, je ne sais comment,
qu'il y a un genre de facilité, d'insouciance, de faiblesse,
de déraison, qui plaît beaucoup, quand ces qualités se
trouvent mêlées avec de l'esprit; que l'homme, dont on
fait ce qu'on veut, qui appartient au moment, est plus
agréable que celui qui a de la suite, du caractère, des
principes, qui n'oublie pas son ami malade ou absent, qui
sait quitter une partie de plaisir pour lui rendre service,
etc. Ce serait une liste ennuyeuse que celle des défauts,
des torts et des travers qui plaisent. Aussi, les gens du
monde, qui ont réfléchi sur l'art de plaire, plus qu'on
ne croit et qu'ils ne croient eux-mêmes, ont la plupart
de ces défauts, et cela vient de la nécessité de faire dire
de soi : « M. un tel est très aimable. »

248

Il y a des choses indevinables pour un jeune homme
bien né. Comment se défierait-on, à vingt ans, d'un
espion de police, qui a le cordon rouge[1].

249

Les coutumes les plus absurdes, les étiquettes les plus
ridicules, sont en France et ailleurs sous la protection de

ce mot : *C'est l'usage.* C'est précisément ce même mot que répondent les Hottentots, quand les Européens leur demandent pourquoi ils mangent des sauterelles; pourquoi ils dévorent la vermine dont ils sont couverts. Ils disent aussi : « C'est l'usage. »

250

La prétention la plus absurde et la plus injuste, qui serait sifflée dans une assemblée d'honnêtes gens, peut devenir la matière d'un procès, et dès lors être déclarée légitime; car tout procès peut se perdre ou se gagner, de même que dans les Corps, l'opinion la plus folle et la plus ridicule peut être admise, et l'avis le plus sage rejeté avec mépris. Il ne s'agit que de faire regarder l'un ou l'autre comme une affaire de parti, et rien n'est si facile entre les deux partis opposés qui divisent presque tous les Corps.

251

Qu'est-ce que c'est qu'un fat sans sa fatuité? Ôtez les ailes à un papillon, c'est une chenille.

252

Les courtisans sont des pauvres enrichis par la mendicité.

253

Il est aisé de réduire à des termes simples la valeur précise de la célébrité : celui qui se fait connaître par quelque talent ou quelque vertu se dénonce à la bienveillance inactive de quelques honnêtes gens, et à l'active malveillance de tous les hommes malhonnêtes. Comptez les deux classes, et pesez les deux forces.

254

Peu de personnes peuvent aimer un philosophe. C'est presque un ennemi public qu'un homme qui, dans les différentes prétentions des hommes, et dans le mensonge des choses, dit à chaque homme et à chaque chose : « Je ne te prends que pour ce que tu es; je ne t'apprécie que ce que tu vaux. » Et ce n'est pas une petite entreprise de se faire aimer et estimer avec l'annonce de ce ferme propos.

255

Quand on est trop frappé des maux de la société universelle et des horreurs que présentent la capitale ou les grandes villes, il faut se dire : « Il pouvait naître de plus grands malheurs encore de la suite de combinaisons qui a soumis 25 millions d'hommes à un seul, et qui a réuni sept cent mille hommes sur un espace de deux lieues carrées. »

256

Des qualités trop supérieures rendent souvent un homme moins propre à la société. On ne va pas au marché avec des lingots; on y va avec de l'argent ou de la petite monnaie.

257

La société, les cercles, les salons, ce qu'on appelle le monde, est une pièce misérable, un mauvais opéra, sans intérêt, qui se soutient un peu par les machines et les décorations.

258

Pour avoir une idée juste des choses, il faut prendre les mots dans la signification opposée à celle qu'on leur

donne dans le monde. Misanthrope, par exemple, cela
veut dire Philanthrope; mauvais Français, cela veut dire
bon citoyen, qui indique certains abus monstrueux;
philosophe, homme simple, qui sait que deux et deux
font quatre, etc.

259

De nos jours, un peintre fait votre portrait en
sept minutes; un autre vous apprend à peindre en
trois jours; un troisième vous enseigne l'anglais en quarante leçons[1]. On veut vous apprendre huit langues avec
des gravures qui représentent les choses et leurs noms
au-dessous, en huit langues. Enfin, si on pouvait mettre
ensemble les plaisirs, les sentiments ou les idées de la vie
entière, et les réunir dans l'espace de vingt-quatre heures,
on le ferait; on vous ferait avaler cette pilule, et on vous
dirait : « Allez-vous-en. »

260

Il ne faut pas regarder Burrhus comme un homme
vertueux absolument. Il ne l'est qu'en opposition avec
Narcisse. Sénèque et Burrhus sont les honnêtes gens d'un
siècle où il n'y en avait pas.

261

Quand on veut plaire dans le monde, il faut se résoudre
à se laisser apprendre beaucoup de choses qu'on sait par
des gens qui les ignorent.

262

Les hommes qu'on ne connaît qu'à moitié, on ne les
connaît pas; les choses qu'on ne sait qu'aux trois quarts,

on ne les sait pas du tout. Ces deux réflexions suffisent pour faire apprécier presque tous les discours qui se tiennent dans le monde.

263

Dans un pays où tout le monde cherche à *paraître,* beaucoup de gens doivent croire, et croient en effet, qu'il vaut mieux être banqueroutier que de n'être rien.

264

La menace du *rhume négligé* est pour les médecins ce que le purgatoire est pour les prêtres, un *Pérou.*

265

Les conversations ressemblent aux voyages qu'on fait sur l'eau : on s'écarte de la terre sans presque le sentir, et l'on ne s'aperçoit qu'on a quitté le bord que quand on est déjà bien loin.

266

Un homme d'esprit prétendait, devant des million-naires, qu'on pouvait être heureux avec 2.000 écus de rente. Ils soutinrent le contraire avec aigreur, et même avec emportement. Au sortir de chez eux, il cherchait la cause de cette aigreur de la part de gens qui avaient de l'amitié pour lui. Il la trouva enfin. C'est que par là il leur faisait entrevoir qu'il n'était pas dans leur dépendance. Tout homme qui a peu de besoins semble menacer les riches d'être toujours prêt à leur échapper. Les tyrans voient par là qu'ils perdent un esclave. On peut appliquer cette réflexion à toutes les passions en général. L'homme qui a vaincu le penchant à l'amour, montre une indifférence toujours odieuse aux femmes. Elles cessent aussitôt de s'intéresser à lui. C'est peut-être pour cela que personne ne s'intéresse à la fortune d'un philosophe : il n'a pas les passions qui émeuvent la société. On voit qu'on ne peut presque rien faire pour son bonheur, et on le laisse là.

267

Il est dangereux pour un philosophe attaché à un grand (si jamais les grands ont eu auprès d'eux un philosophe) de montrer tout son désintéressement : on le prendrait au mot. Il se trouve dans la nécessité de cacher ses vrais sentiments, et c'est, pour ainsi dire, un hypocrite d'ambition.

CHAPITRE IV

DU GOÛT POUR LA RETRAITE
ET DE LA DIGNITÉ DU CARACTÈRE

268

Un philosophe regarde ce qu'on appelle *un état dans le monde,* comme les Tartares regardent les villes, c'est-à-dire comme une prison. C'est un cercle où les idées se resserrent, se concentrent, en ôtant à l'âme et à l'esprit leur étendue et leur développement. Un homme qui a un grand état dans le monde a une prison plus grande et plus ornée. Celui qui n'y a qu'un petit état est dans un cachot. L'homme sans état est le seul homme libre, pourvu qu'il soit dans l'aisance, ou du moins qu'il n'ait aucun besoin des hommes.

269

L'homme le plus modeste, en vivant dans le monde, doit, s'il est pauvre, avoir un maintien très assuré et une certaine aisance, qui empêche qu'on ne prenne quelque avantage sur lui. Il faut dans ce cas parer sa modestie de sa fierté.

270

La faiblesse de caractère ou le défaut d'idées, en un mot tout ce qui peut nous empêcher de vivre avec nous-mêmes, sont les choses qui préservent beaucoup de gens de la misanthropie.

271

On est plus heureux dans la solitude que dans le monde. Cela ne viendrait-il pas de ce que dans la solitude on pense aux choses, et que dans le monde on est forcé de penser aux hommes?

272

Les pensées d'un solitaire, homme de sens, et fût-il d'ailleurs médiocre, seraient bien peu de chose, si elles ne valaient pas ce qui se dit et se fait dans le monde.

273

Un homme qui s'obstine à ne laisser ployer ni sa raison ni sa probité, ou du moins sa délicatesse, sous le poids d'aucune des conventions absurdes ou malhonnêtes de la société, qui ne fléchit jamais dans les occasions où il a intérêt de fléchir, finit infailliblement par rester sans appui, n'ayant d'autre ami qu'un être abstrait qu'on appelle la vertu, qui vous laisse mourir de faim.

274

Il ne faut pas ne savoir vivre qu'avec ceux qui peuvent nous apprécier : ce serait le besoin d'un amour-propre trop délicat et trop difficile à contenter; mais il faut ne

placer le fond de sa vie habituelle qu'avec ceux qui
peuvent sentir ce que nous valons. Le philosophe même
ne blâme point ce genre d'amour-propre.

275

On dit quelquefois d'un homme qui vit seul : « Il
n'aime pas la société. » C'est souvent comme si on disait
d'un homme qu'il n'aime pas la promenade, sous le prétexte qu'il ne se promène pas volontiers le soir dans la
forêt de Bondy.

276

Est-il bien sûr qu'un homme qui aurait une raison
parfaitement droite, un sens moral parfaitement exquis,
pût vivre avec quelqu'un ? Par vivre, je n'entends pas
se trouver ensemble sans se battre ; j'entends se plaire
ensemble, s'aimer, commercer avec plaisir.

277

Un homme d'esprit est perdu s'il ne joint pas à l'esprit
l'énergie de caractère. Quand on a la lanterne de Diogène, il faut avoir son bâton.

278

Il n'y a personne qui ait plus d'ennemis dans le monde
qu'un homme droit, fier et sensible, disposé à laisser les
personnes et les choses pour ce qu'elles sont, plutôt qu'à
les prendre pour ce qu'elles ne sont pas.

279

Le monde endurcit le cœur à la plupart des hommes.
Mais ceux qui sont moins susceptibles d'endurcissement
sont obligés de se créer une sorte d'insensibilité factice
pour n'être dupes ni des hommes, ni des femmes. Le sentiment qu'un homme honnête emporte, après s'être
livré quelques jours à la société, est ordinairement pénible
et triste. Le seul avantage qu'il produira, c'est de faire
trouver la retraite aimable.

280

Les idées du public ne sauraient manquer d'être
presque toujours viles et basses. Comme il ne lui
revient guère que des scandales et des actions d'une
indécence marquée, il teint de ces mêmes couleurs
presque tous les faits ou les discours qui passent jusqu'à
lui. Voit-il une liaison même de la plus noble espèce,
entre un grand seigneur et un homme de mérite, entre
un homme en place et un particulier? il ne voit, dans
le premier cas, qu'un protecteur et un client, dans
le second, que du manège et de l'espionnage. Souvent dans un acte de générosité, mêlé de circonstances
nobles et intéressantes, il ne voit que de l'argent prêté
à un homme habile par une dupe. Dans le fait qui
donne de la publicité à une passion quelquefois très
intéressante d'une femme honnête et d'un homme
digne d'être aimé, il ne voit que du catinisme ou du
libertinage. C'est que ses jugements sont déterminés
d'avance par le grand nombre de cas où il a dû condamner et mépriser. Il résulte de ces observations que ce
qui peut arriver de mieux aux honnêtes gens, c'est de
lui échapper.

281

La nature ne m'a point dit : « Ne sois point pauvre »;
encore moins : « Sois riche »; mais elle me crie : « Sois
indépendant. »

282

Le philosophe, se portant pour un être qui ne donne
aux hommes que leur valeur véritable, il est fort simple
que cette manière de juger ne plaise à personne.

283

L'homme du monde, l'ami de la fortune, même l'amant
de la gloire, tracent tous devant eux une ligne directe
qui les conduit à un terme inconnu. Le sage, l'ami de
lui-même, décrit une ligne circulaire, dont l'extrémité le ramène à lui. C'est le *totus teres atque rotundus*
d'Horace[1].

284

Il ne faut point s'étonner du goût de J.-J. Rousseau
pour la retraite : de pareilles âmes sont exposées à se voir
seules, à vivre isolées, comme l'aigle; mais, comme lui,
l'étendue de leurs regards et la hauteur de leur vol est le
charme de leur solitude.

285

Quiconque n'a pas de caractère n'est pas un homme,
c'est une chose.

286

On a trouvé le *moi* de Médée[1] sublime; mais celui qui ne peut pas le dire dans tous les accidents de la vie est bien peu de chose, ou plutôt n'est rien.

287

On ne connaît pas du tout l'homme qu'on ne connaît pas très bien; mais peu d'hommes méritent qu'on les étudie. De là vient que l'homme d'un vrai mérite doit avoir en général peu d'empressement d'être connu. Il sait que peu de gens peuvent l'apprécier, que dans ce petit nombre chacun a ses liaisons, ses intérêts, son amour-propre, qui l'empêchent d'accorder au mérite l'attention qu'il faut pour le mettre à sa place. Quant aux éloges communs et usés qu'on lui accorde quand on soupçonne son existence, le mérite ne saurait en être flatté.

288

Quand un homme s'est élevé par son caractère, au point de mériter qu'on devine quelle sera sa conduite dans toutes les occasions qui intéressent l'honnêteté, non seulement les fripons, mais les demi-honnêtes gens le décrient et l'évitent avec soin. Il y a plus : les gens honnêtes, persuadés que par un effet de ses principes ils le trouveront dans les rencontres où ils auront besoin de lui, se permettent de le négliger, pour s'assurer de ceux sur lesquels ils ont des doutes.

289

Presque tous les hommes sont esclaves, par la raison que les Spartiates donnaient de la servitude des Perses,

faute de savoir prononcer la syllabe *non*. Savoir prononcer
ce mot et savoir vivre seul sont les deux seuls moyens de
conserver sa liberté et son caractère.

290

Quand on a pris le parti de ne voir que ceux qui sont
capables de traiter avec vous aux termes de la morale, de
la vertu, de la raison, de la vérité, en ne regardant les
conventions, les vanités, les étiquettes, que comme les
supports de la société civile; quand, dis-je, on a pris ce
parti (et il faut bien le prendre, sous peine d'être sot,
faible et vil), il arrive qu'on vit à peu près solitaire.

291

Tout homme qui se connaît des sentiments élevés a le
droit, pour se faire traiter comme il convient, de partir de
son caractère, plutôt que de sa position.

CHAPITRE V

PENSÉES MORALES

292

LES philosophes reconnaissent quatre vertus principales dont ils font dériver toutes les autres. Ces vertus
sont la justice, la tempérance, la force et la prudence. On
peut dire que cette dernière renferme les deux premières,
la justice et la tempérance, et qu'elle supplée, en quelque
sorte, à la force, en sauvant à l'homme qui a le malheur
d'en manquer, une grande partie des occasions où elle est
nécessaire.

293

Les moralistes, ainsi que les philosophes qui ont fait
des systèmes en physique ou en métaphysique, ont trop
généralisé, ont trop multiplié les maximes. Que devient,
par exemple, le mot de Tacite : *Neque mulier, amissâ pudi-
citiâ, alia abnueri*[1], après l'exemple de tant de femmes
qu'une faiblesse n'a pas empêchées de pratiquer plusieurs
vertus? J'ai vu madame de L..., après une jeunesse peu
différente de celle de Manon Lescaut, avoir, dans l'âge
mûr, une passion digne d'Héloïse. Mais ces exemples

sont d'une morale dangereuse à établir dans les livres. Il faut seulement les observer, afin de n'être pas dupe de la charlatanerie des moralistes.

294

On a, dans le monde, ôté des mauvaises mœurs tout ce qui choque le bon goût; c'est une réforme qui date des dix dernières années.

295

L'âme, lorsqu'elle est malade, fait précisément comme le corps : elle se tourmente et s'agite en tous sens, mais finit par trouver un peu de calme. Elle s'arrête enfin sur le genre de sentiments et d'idées le plus nécessaire à son repos.

296

Il y a des hommes à qui les illusions sur les choses qui les intéressent sont aussi nécessaires que la vie. Quelquefois cependant ils ont des aperçus qui feraient croire qu'ils sont près de la vérité; mais ils s'en éloignent bien vite, et ressemblent aux enfants qui courent après un masque, et qui s'enfuient si le masque vient à se retourner.

297

Le sentiment qu'on a pour la plupart des bienfaiteurs, ressemble à la reconnaissance qu'on a pour les arracheurs de dents. On se dit qu'ils vous ont fait du bien, qu'ils vous ont délivré d'un mal, mais on se rappelle la douleur qu'ils ont causée, et on ne les aime guère avec tendresse.

298

Un bienfaiteur délicat doit songer qu'il y a dans le bienfait une partie matérielle dont il faut dérober l'idée à celui qui est l'objet de sa bienfaisance. Il faut, pour ainsi dire, que cette idée se perde et s'enveloppe dans le sentiment qui a produit le bienfait, comme, entre deux amants, l'idée de la jouissance s'enveloppe et s'anoblit dans le charme de l'amour qui l'a fait naître.

299

Tout bienfait qui n'est pas cher au cœur est odieux. C'est une relique, ou un os de mort. Il faut l'enchâsser ou le fouler aux pieds.

300

La plupart des bienfaiteurs qui prétendent être cachés, après vous avoir fait du bien, s'enfuient comme la Galatée de Virgile : *Et se cupit ante videri*[1].

301

On dit communément qu'on s'attache par ses bienfaits. C'est une bonté de la nature. Il est juste que la récompense de bien faire soit d'aimer.

302

La calomnie est comme la guêpe qui vous importune, et contre laquelle il ne faut faire aucun mouvement, à moins qu'on ne soit sûr de la tuer, sans quoi elle revient à la charge, plus furieuse que jamais.

303

Les nouveaux amis que nous faisons après un certain âge, et par lesquels nous cherchons à remplacer ceux que nous avons perdus, sont à nos anciens amis ce que les yeux de verre, les dents postiches et les jambes de bois sont aux véritables yeux, aux dents naturelles et aux jambes de chair et d'os.

304

Dans les naïvetés d'un enfant bien né, il y a quelquefois une philosophie bien aimable.

305

La plupart des amitiés sont hérissées de *si* et de *mais,* et aboutissent à de simples liaisons, qui subsistent à force de *sous-entendus.*

306

Il y a entre les mœurs anciennes et les nôtres le même rapport qui se trouve entre Aristide, contrôleur général des Athéniens, et l'abbé Terray.

307

Le genre humain, mauvais de sa nature, est devenu plus mauvais par la société. Chaque homme y porte les défauts : 1º de l'humanité; 2º de l'individu; 3º de la classe dont il fait partie dans l'ordre social. Ces défauts s'accroissent avec le temps; et chaque homme, en avançant en âge, blessé de tous ces travers d'autrui, et malheureux par les siens mêmes, prend pour l'humanité et pour la société un mépris qui ne peut tourner que contre l'une et l'autre.

308

Il en est du bonheur comme des montres. Les moins compliquées sont celles qui se dérangent le moins. La montre à répétition est plus sujette aux variations. Si elle marque de plus les minutes, nouvelle cause d'inégalité; puis celle qui marque le jour de la semaine et le mois de l'année, toujours plus prête à se détraquer.

309

Tout est également vain dans les hommes, leurs joies et leurs chagrins; mais il vaut mieux que la boule de savon soit d'or ou d'azur, que noire ou grisâtre.

310

Celui qui déguise la tyrannie, la protection, ou même les bienfaits, sous l'air et le nom de l'amitié, me rappelle ce prêtre scélérat qui empoisonnait dans une hostie.

311

Il y a peu de bienfaiteurs qui ne disent comme Satan : *Si cadens adoraveris me*[1].

312

La pauvreté met le crime au rabais.

313

Les stoïciens sont des espèces d'inspirés qui portent dans la morale l'exaltation et l'enthousiasme poétiques.

314

S'il était possible qu'une personne, sans esprit, pût sentir la grâce, la finesse, l'étendue et les différentes qualités de l'esprit d'autrui, et montrer qu'elle sent, la société d'une telle personne, quand même elle ne produirait rien d'elle-même, serait encore très recherchée. Même résultat de la même supposition à l'égard des qualités de l'âme.

315

En voyant ou en éprouvant les peines attachées aux sentiments extrêmes, en amour, en amitié, soit par la mort de ce qu'on aime, soit par les accidents de la vie, on est tenté de croire que la dissipation et la frivolité ne sont pas de si grandes sottises, et que la vie ne vaut guère que ce qu'en font les gens du monde.

316

Dans de certaines amitiés passionnées, on a le bonheur des passions et l'aveu de la raison par-dessus le marché.

317

L'amitié extrême et délicate est souvent blessée du repli d'une rose.

318

La générosité n'est que la pitié des âmes nobles.

319

Jouis et fais jouir, sans faire de mal ni à toi ni à personne, voilà, je crois, toute la morale.

320

Pour les hommes vraiment honnêtes, et qui ont de certains principes, les commandements de Dieu ont été mis en abrégé sur le frontispice de l'abbaye de Thélème : *Fais ce que tu voudras*[1].

321

L'éducation doit porter sur deux bases, la morale et la prudence : la morale, pour appuyer la vertu; la prudence, pour vous défendre contre les vices d'autrui. En faisant pencher la balance du côté de la morale, vous ne faites que des dupes ou des martyrs; en la faisant pencher de l'autre côté, vous faites des calculateurs égoïstes. Le principe de toute société est de se rendre justice à soi-même et aux autres. Si l'on doit aimer son prochain comme soi-même, il est au moins juste de s'aimer comme son prochain.

322

Il n'y a que l'amitié entière qui développe toutes les qualités de l'âme et de l'esprit de certaines personnes. La société ordinaire ne leur laisse déployer que quelques agréments. Ce sont de beaux fruits, qui n'arrivent à leur maturité qu'au soleil, et qui, dans la serre chaude, n'eussent produit que quelques feuilles agréables et inutiles.

323

Quand j'étais jeune, ayant les besoins des passions, et attiré par elles dans le monde, forcé de chercher dans la société et dans les plaisirs quelques distractions à des peines cruelles, on me prêchait l'amour de la retraite, du travail, et on m'assommait de sermons pédantesques sur ce sujet. Arrivé à quarante ans, ayant perdu les passions qui rendent la société supportable, n'en voyant plus que la misère et la futilité, n'ayant plus besoin du monde pour échapper à des peines qui n'existaient plus, le goût de la retraite et du travail est devenu très vif chez moi, et a remplacé tout le reste. J'ai cessé d'aller dans le monde. Alors, on n'a cessé de me tourmenter pour que j'y revinsse. J'ai été accusé d'être misanthrope, etc. Que conclure de cette bizarre différence? le besoin que les hommes ont de tout blâmer.

324

Je n'étudie que ce qui me plaît; je n'occupe mon esprit que des idées qui m'intéressent. Elles seront utiles ou inutiles, soit à moi, soit aux autres. Le temps amènera ou n'amènera pas les circonstances qui me feront faire de mes acquisitions un emploi profitable. Dans tous les cas, j'aurai eu l'avantage inestimable de ne pas me contrarier, et d'avoir obéi à ma pensée et à mon caractère.

325

J'ai détruit mes passions, à peu près comme un homme violent tue son cheval, ne pouvant le gouverner.

326

Les premiers sujets de chagrin m'ont servi de cuirasse contre les autres.

327

Je conserve pour M. de la B... le sentiment qu'un honnête homme éprouve en passant devant le tombeau d'un ami.

328

J'ai à me plaindre des choses très certainement, et peut-être des hommes; mais je me tais sur ceux-ci; je ne me plains que des choses, et si j'évite les hommes, c'est pour ne pas vivre avec ceux qui me font porter les[1] poids des choses.

329

La fortune, pour arriver à moi, passera par les conditions que lui impose mon caractère.

330

Lorsque mon cœur a besoin d'attendrissement, je me rappelle la perte des amis que je n'ai plus, des femmes que la mort m'a ravies; j'habite leur cercueil, j'envoie mon âme errer autour des leurs. Hélas! je possède trois tombeaux.

331

Quand j'ai fait quelque bien et qu'on vient à le savoir, je me crois puni, au lieu de me croire récompensé.

332

En renonçant au monde et à la fortune, j'ai trouvé le bonheur, le calme, la santé, même la richesse; et en dépit du proverbe, je m'aperçois que qui quitte la partie la gagne.

333

La célébrité est le châtiment du mérite et la punition du talent. Le mien, quel qu'il soit, ne me paraît qu'un délateur, né pour troubler mon repos. J'éprouve, en le détruisant, la joie de triompher d'un ennemi. Le sentiment a triomphé chez moi de l'amour-propre même, et la vanité littéraire a péri dans la destruction de l'intérêt que je prenais aux hommes.

334

L'amitié délicate et vraie ne souffre l'alliage d'aucun autre sentiment. Je regarde comme un grand bonheur que l'amitié fût déjà parfaite entre M[1] et moi, avant que j'eusse occasion de lui rendre le service que je lui ai rendu et que je pouvais seul lui rendre. Si tout ce qu'il a fait pour moi avait pu être suspect d'avoir été dicté par l'intérêt de me trouver tel qu'il m'a trouvé dans cette circonstance, s'il eût été possible qu'il la prévît, le bonheur de ma vie était empoisonné pour jamais.

335

Ma vie entière est un tissu de contrastes apparents avec mes principes. Je n'aime point les princes, et je suis attaché à une princesse et à un prince[2]. On me connaît des maximes républicaines, et plusieurs de mes amis sont revêtus de décorations monarchiques. J'aime la pauvreté

volontaire, et je vis avec des gens riches. Je fuis les
honneurs, et quelques-uns sont venus à moi. Les lettres
sont presque ma seule consolation, et je ne vois point
de beaux esprits, et ne vais point à l'Académie. Ajou-
tez que je crois les illusions nécessaires à l'homme, et je
vis sans illusion; que je crois les passions plus utiles
que la raison, et je ne sais plus ce que c'est que les passions, etc.

336

Ce que j'ai appris, je ne le sais plus. Le peu que je
sais encore, je l'ai deviné.

337

Un des grands malheurs de l'homme, c'est que ses
bonnes qualités même lui sont quelquefois inutiles, et que
l'art de s'en servir et de les bien gouverner n'est souvent
qu'un fruit tardif de l'expérience.

338

L'indécision, l'anxiété sont à l'esprit et à l'âme ce que
la question est au corps.

339

L'honnête homme, détrompé de toutes les illusions,
est l'homme par excellence. Pour peu qu'il ait d'esprit, sa
société est très aimable. Il ne saurait être pédant, ne
mettant d'importance à rien. Il est indulgent, parce qu'il
se souvient qu'il a eu des illusions, comme ceux qui en
sont encore occupés. C'est un effet de son insouciance
d'être sûr dans le commerce, de ne se permettre ni redites,
ni tracasseries. Si on se les permet à son égard, il les

oublie ou les dédaigne. Il doit être plus gai qu'un autre,
parce qu'il est constamment en état d'épigramme contre
son prochain. Il est dans le vrai, et rit des faux pas de
ceux qui marchent à tâtons dans le faux. C'est un homme
qui, d'un endroit éclairé, voit dans une chambre obscure
les gestes ridicules de ceux qui s'y promènent au hasard.
Il brise en riant les faux poids et les fausses mesures qu'on
applique aux hommes et aux choses.

340

On s'effraie des partis violents; mais ils conviennent
aux âmes fortes, et les caractères vigoureux se reposent
dans l'extrême.

341

La vie contemplative est souvent misérable. Il faut agir
davantage, penser moins, et ne pas se regarder vivre.

342

L'homme peut aspirer à la vertu; il ne peut raisonna-
blement prétendre de trouver la vérité.

343

Le jansénisme des chrétiens, c'est le stoïcisme des
païens, dégradé de figure et mis à la portée d'une populace chrétienne; et cette secte a eu des Pascal et des
Arnaud pour défenseurs!

CHAPITRE VI

DES FEMMES, DE L'AMOUR,
DU MARIAGE
ET DE LA GALANTERIE

344

Je suis honteux de l'opinion que vous avez de moi. Je n'ai pas toujours été aussi Céladon que vous me voyez. Si je vous contais trois ou quatre traits de ma jeunesse, vous verriez que cela n'est pas trop honnête, et que cela appartient à la meilleure compagnie.

345

L'amour est un sentiment qui, pour paraître honnête, a besoin de n'être composé que de lui-même, de ne vivre et de ne subsister que par lui.

346

Toutes les fois que je vois de l'engouement dans une femme, ou même dans un homme, je commence à me défier de sa sensibilité. Cette règle ne m'a jamais trompé.

347

En fait de sentiments, ce qui peut être évalué n'a pas de valeur.

348

L'amour est comme les maladies épidémiques. Plus on les craint, plus on y est exposé.

349

Un homme amoureux est un homme qui veut être plus aimable qu'il ne peut; et voilà pourquoi presque tous les amoureux sont ridicules.

350

Il y a telle femme qui s'est rendue malheureuse pour la vie, qui s'est perdue et déshonorée pour un amant qu'elle a cessé d'aimer parce qu'il a mal ôté sa poudre, ou mal coupé un de ses ongles, ou mis son bas à l'envers.

351

Une âme fière et honnête, qui a connu les passions fortes, les fuit, les craint, dédaigne la galanterie; comme l'âme qui a senti l'amitié, dédaigne les liaisons communes et les petits intérêts.

352

On demande pourquoi les femmes affichent les hommes; on en donne plusieurs raisons dont la plupart sont offensantes pour les hommes. La véritable, c'est qu'elles ne peuvent jouir de leur empire sur eux que par ce moyen.

353

Les femmes d'un état mitoyen, qui ont l'espérance ou la manie d'être quelque chose dans le monde, n'ont ni le bonheur de la nature, ni celui de l'opinion; ce sont les plus malheureuses créatures que j'aie connues.

354

La société, qui rapetisse beaucoup les hommes, réduit les femmes à rien.

355

Les femmes ont des fantaisies, des engouements, quelquefois des goûts. Elles peuvent même s'élever jusqu'aux passions : ce dont elles sont le moins susceptibles, c'est l'attachement. Elles sont faites pour commercer avec nos faiblesses, avec notre folie, mais non avec notre raison. Il existe entre elles et les hommes des sympathies d'épiderme, et très peu de sympathies d'esprit, d'âme et de caractère. C'est ce qui est prouvé par le peu de cas qu'elles font d'un homme de 40 ans. Je dis, même celles qui sont à peu près de cet âge. Observez que, quand elles lui accordent une préférence, c'est toujours d'après quelques vues malhonnêtes, d'après un calcul d'intérêt ou de vanité, et alors l'exception prouve la règle, et même plus que la règle. Ajoutons que ce n'est pas ici le cas de l'axiome : *Qui prouve trop ne prouve rien.*

356

C'est par notre amour-propre que l'amour nous séduit; hé! comment résister à un sentiment qui embellit à nos

yeux ce que nous avons, nous rend ce que nous avons
perdu et nous donne ce que nous n'avons pas?

357

Quand un homme et une femme ont l'un pour l'autre
une passion violente, il me semble toujours que, quels
que soient les obstacles qui les séparent, un mari, des
parents, etc., les deux amants sont l'un à l'autre, *de par la
nature,* qu'ils s'appartiennent *de droit divin,* malgré les lois
et les conventions humaines.

358

Ôtez l'amour-propre de l'amour, il en reste trop peu
de chose. Une fois purgé de vanité, c'est un convalescent
affaibli, qui peut à peine se traîner.

359

L'amour, tel qu'il existe dans la société, n'est que
l'échange de deux fantaisies et le contact de deux épidermes.

360

On vous dit quelquefois, pour vous engager à aller
chez telle ou telle femme : *Elle est très aimable;* mais si je
ne veux pas l'aimer! Il vaudrait mieux dire : *Elle est très
aimante,* parce qu'il y a plus de gens qui veulent être
aimés que de gens qui veulent aimer eux-mêmes.

361

Si l'on veut se faire une idée de l'amour-propre des
femmes dans leur jeunesse, qu'on en juge par celui qui
leur reste, après qu'elles ont passé l'âge de plaire.

362

« Il me semble, disait M. de... à propos des faveurs des femmes, qu'à la vérité, cela se dispute au concours, mais que cela ne se donne ni au sentiment, ni au mérite. »

363

Les jeunes femmes ont un malheur qui leur est commun avec les rois, celui de n'avoir point d'amis; mais, heureusement, elles ne sentent pas ce malheur plus que les rois eux-mêmes. La grandeur des uns et la vanité des autres leur en dérobent le sentiment.

364

On dit, en politique, que les sages ne font point de conquêtes : cela peut aussi s'appliquer à la galanterie.

365

Il est plaisant que le mot, *connaître une femme,* veuille dire, coucher avec une femme, et cela dans plusieurs langues anciennes, dans les mœurs les plus simples, les plus approchantes de la nature; comme si on ne connaissait point une femme sans cela. Si les patriarches avaient fait cette découverte, ils étaient plus avancés qu'on ne croit.

366

Les femmes font avec les hommes une guerre où ceux-ci ont un grand avantage, parce qu'ils ont les *filles* de leur côté.

367

Il y a telle fille qui trouve à se vendre, et ne trouverait pas à se donner.

368

L'amour le plus honnête ouvre l'âme aux petites passions. Le mariage ouvre votre âme aux petites passions de votre femme, à l'ambition, à la vanité, etc.

369

Soyez aussi aimable, aussi honnête qu'il est possible, aimez la femme la plus parfaite qui se puisse imaginer; vous n'en serez pas moins dans le cas de lui pardonner ou votre prédécesseur, ou votre successeur.

370

Peut-être faut-il avoir senti l'amour pour bien connaître l'amitié.

371

Le commerce des hommes avec les femmes ressemble à celui que les Européens font dans l'Inde : c'est un commerce guerrier.

372

Pour qu'une liaison d'homme à femme soit vraiment intéressante, il faut qu'il y ait entre eux jouissance, mémoire ou désir.

373

Une femme d'esprit m'a dit un jour un mot qui pourrait bien être le secret de son sexe : c'est que toute femme, en prenant un amant, tient plus de compte de la manière dont les autres femmes voient cet homme, que de la manière dont elle le voit elle-même.

374

Mme de... a été rejoindre son amant en Angleterre, pour faire preuve d'une grande tendresse, quoiqu'elle n'en eût guère. A présent, les scandales se donnent par respect humain.

375

Je me souviens d'avoir vu un homme quitter les filles d'Opéra, parce qu'il y avait vu, disait-il, autant de fausseté que dans les honnêtes femmes.

376

Il y a des redites pour l'oreille et pour l'esprit; il n'y en a point pour le cœur.

377

Sentir fait penser. On en convient assez aisément; on convient moins que penser fasse sentir, mais cela n'est guère moins vrai.

378

Qu'est-ce que c'est qu'une maîtresse? une femme près de laquelle on ne se souvient plus de ce qu'on sait par cœur, c'est-à-dire de tous les défauts de son sexe.

379

Le temps a fait succéder dans la galanterie le piquant du scandale au piquant du mystère.

380

Il semble que l'amour ne cherche pas les perfections réelles; on dirait qu'il les craint. Il n'aime que celles qu'il crée, qu'il suppose; il ressemble à ces rois qui ne reconnaissent de grandeurs que celles qu'ils ont faites.

381

Les naturalistes disent que, dans toutes les espèces animales, la dégénération commence par les femelles. Les philosophes peuvent appliquer au moral cette observation, dans la société civilisée.

382

Ce qui rend le commerce des femmes si piquant, c'est qu'il y a toujours une foule de sous-entendus, et que les sous-entendus qui, entre hommes, sont gênants, ou du moins insipides, sont agréables d'un homme à une femme.

383

On dit communément : « La plus belle femme du monde ne peut donner que ce qu'elle a »; ce qui est très faux : elle donne précisément ce qu'on croit recevoir, puisqu'en ce genre c'est l'imagination qui fait le prix de ce qu'on reçoit.

384

L'indécence, le défaut de pudeur sont absurdes dans tout système : dans la philosophie qui jouit, comme dans celle qui s'abstient.

385

J'ai remarqué, en lisant l'Écriture, qu'en plusieurs passages, lorsqu'il s'agit de reprocher à l'humanité des fureurs ou des crimes, l'auteur dit : les enfants des hommes; et quand il s'agit de sottises ou de faiblesses, il dit : les enfants des femmes.

386

On serait trop malheureux si, auprès des femmes, on se souvenait le moins du monde de ce qu'on sait par cœur.

387

Il semble que la nature, en donnant aux hommes un goût pour les femmes, entièrement indestructible, ait deviné que, sans cette précaution, le mépris qu'inspirent les vices de leur sexe, principalement leur vanité, serait un grand obstacle au maintien et à la propagation de l'espèce humaine.

388

« Celui qui n'a pas vu beaucoup de filles ne connaît point les femmes », me disait gravement un homme, grand admirateur de la sienne, qui le trompait.

389

Le mariage et le célibat ont tous deux des inconvénients; il faut préférer celui dont les inconvénients ne sont pas sans remède.

390

En amour, il suffit de se plaire par ses qualités aimables et par ses agréments. Mais en mariage, pour être heureux, il faut s'aimer, ou du moins, se convenir par ses défauts.

391

L'amour plaît plus que le mariage, par la raison que les romans sont plus amusants que l'histoire.

392

L'hymen vient après l'amour, comme la fumée après la flamme.

393

Le mot le plus raisonnable et le plus mesuré qui ait été dit sur la question du célibat et du mariage est celui-ci : « Quelque parti que tu prennes, tu t'en repentiras. » Fontenelle se repentit, dans ses dernières années, de ne s'être pas marié. Il oubliait 95 ans, passés dans l'insouciance.

394

En fait de mariages, il n'y a de reçu que ce qui est sensé, et il n'y a d'intéressant que ce qui est fou. Le reste est un vil calcul.

395

On marie les femmes avant qu'elles soient rien et qu'elles puissent rien être. Un mari n'est qu'une espèce de manœuvre qui tracasse le corps de sa femme, ébauche son esprit et dégrossit son âme.

396

Le mariage, tel qu'il se pratique chez les grands, est une indécence convenue.

397

Nous avons vu des hommes réputés honnêtes, des sociétés considérables, applaudir au bonheur de Mlle..., jeune personne, belle, spirituelle, vertueuse, qui obtenait l'avantage de devenir l'épouse de M..., vieillard malsain, repoussant, malhonnête, imbécile, mais riche. Si quelque chose caractérise un siècle infâme, c'est un pareil sujet de triomphe, c'est le ridicule d'une telle joie, c'est ce renversement de toutes les idées morales et naturelles.

398

L'état de mari a cela de fâcheux que le mari qui a le plus d'esprit peut être de trop partout, même chez lui, ennuyeux sans ouvrir la bouche, et ridicule en disant la chose la plus simple. Être aimé de sa femme sauve une partie de ces travers. De là vient que M... disait à sa femme : « Ma chère amie, aidez-moi à n'être pas ridicule. »

399

Le divorce est si naturel que, dans plusieurs maisons, il couche toutes les nuits entre deux époux.

400

Grâce à la passion des femmes, il faut que l'homme le plus honnête soit ou un mari, ou un sigisbée; ou un crapuleux, ou un impuissant.

401

La pire de toutes les mésalliances est celle du cœur.

402

Ce n'est pas tout d'être aimé, il faut être apprécié, et on ne peut l'être que par ce qui nous ressemble. De là vient que l'amour n'existe pas, ou du moins ne dure pas, entre des êtres dont l'un est trop inférieur à l'autre; et ce n'est point là l'effet de la vanité, c'est celui d'un juste amour-propre dont il serait absurde et impossible de vouloir dépouiller la nature humaine. La vanité n'appartient qu'à la nature faible ou corrompue; mais l'amour-propre, bien connu, appartient à la nature bien ordonnée.

403

Les femmes ne donnent à l'amitié que ce qu'elles empruntent à l'amour. Une laide impérieuse, et qui veut plaire, est un pauvre qui commande qu'on lui fasse la charité.

404

L'amant, trop aimé de sa maîtresse, semble l'aimer moins, et *vice versa*. En serait-il des sentiments du cœur comme des bienfaits? Quand on n'espère plus pouvoir les payer, on tombe dans l'ingratitude.

405

La femme qui s'estime plus pour les qualités de son âme ou de son esprit que pour sa beauté, est supérieure à son sexe. Celle qui s'estime plus pour sa beauté que pour son esprit ou pour les qualités de son âme, est de son sexe. Mais celle qui s'estime plus pour sa naissance ou pour son rang que pour sa beauté, est hors de son sexe, et au-dessous de son sexe.

406

Il paraît qu'il y a dans le cerveau des femmes une case de moins, et dans leur cœur une fibre de plus, que chez les hommes. Il fallait une organisation particulière, pour les rendre capables de supporter, soigner, caresser des enfants.

407

C'est à l'amour maternel que la nature a confié la conservation de tous les êtres; et pour assurer aux mères leur récompense, elle l'a mise dans les plaisirs, et même dans les peines attachées à ce délicieux sentiment.

408

En amour, tout est vrai, tout est faux; et c'est la seule chose sur laquelle on ne puisse pas dire une absurdité.

409

Un homme amoureux, qui plaint l'homme raisonnable, me paraît ressembler à un homme qui lit des contes de fées, et qui raille ceux qui lisent l'histoire.

410

L'amour est un commerce orageux qui finit toujours par une banqueroute; et c'est la personne à qui on fait banqueroute qui est déshonorée.

411

Une des meilleures raisons qu'on puisse avoir de ne se marier jamais, c'est qu'on n'est pas tout à fait la dupe d'une femme, tant qu'elle n'est point la vôtre.

412

Avez-vous jamais connu une femme qui, voyant un de ses amis assidu auprès d'une autre femme, ait supposé que cette femme lui fût cruelle? On voit par là l'opinion qu'elles ont les unes des autres. Tirez vos conclusions.

413

Quelque mal qu'un homme puisse penser des femmes, il n'y a pas de femme qui n'en pense encore plus mal que lui.

414

Quelques hommes avaient ce qu'il faut pour s'élever au-dessus des misérables considérations qui rabaissent les hommes au-dessous de leur mérite; mais le mariage, les liaisons des femmes, les ont mis au niveau de ceux qui n'approchaient pas d'eux. Le mariage, la galanterie sont une sorte de conducteur qui fait arriver ces petites passions jusqu'à eux.

415

J'ai vu, dans le monde, quelques hommes et quelques femmes qui ne demandent pas l'échange du sentiment contre le sentiment, mais du procédé contre le procédé, et qui abandonneraient ce dernier marché, s'il pouvait conduire à l'autre.

CHAPITRE VII

DES SAVANTS
ET DES GENS DE LETTRES

416

Il y a une certaine énergie ardente, mère ou compagne nécessaire de telle espèce de talents, laquelle pour l'ordinaire condamne ceux qui les possèdent au malheur, non pas d'être sans morale, de n'avoir pas de très beaux mouvements, mais de se livrer fréquemment à des écarts qui supposeraient l'absence de toute morale. C'est une âpreté dévorante dont ils ne sont pas maîtres et qui les rend très odieux. On s'afflige, en songeant que Pope et Swift en Angleterre, Voltaire et Rousseau en France, jugés non par la haine, non par la jalousie, mais par l'équité, par la bienveillance, sur la foi des faits attestés ou avoués par leurs amis et par leurs admirateurs, seraient atteints et convaincus d'actions très condamnables, de sentiments quelquefois très pervers. *O Altitudo*[1]!

417

On a observé que les écrivains en physique, histoire naturelle, physiologie, chimie, étaient ordinairement des hommes d'un caractère doux, égal, et en général heureux; qu'au contraire les écrivains de politique, de législation, même de morale, étaient d'une humeur triste, mélancolique, etc. Rien de plus simple : les uns étudient la nature, les autres la société : les uns contemplent l'ouvrage du grand Être; les autres arrêtent leurs regards sur l'ouvrage de l'homme. Les résultats doivent être différents.

418

Si l'on examinait avec soin l'assemblage de qualités rares de l'esprit et de l'âme qu'il faut pour juger, sentir et apprécier les bons vers; le tact, la délicatesse des organes, de l'oreille et de l'intelligence, etc., on se convaincrait que malgré les prétentions de toutes les classes de la société, à juger les ouvrages d'agrément, les poètes ont dans le fait encore moins de vrais juges que les géomètres. Alors les poètes, comptant le public pour rien, et ne s'occupant que des connaisseurs, feraient à l'égard de leurs ouvrages ce que le fameux mathématicien Viete faisait à l'égard des siens dans un temps où l'étude des mathématiques était moins répandue qu'aujourd'hui. Il n'en tirait qu'un petit nombre d'exemplaires qu'il faisait distribuer à ceux qui pouvaient l'entendre et jouir de son livre ou s'en aider. Quant aux autres, il n'y pensait pas. Mais Viete était riche, et la plupart des poètes sont pauvres. Puis un géomètre a peut-être moins de vanité qu'un poète; ou s'il en a autant, il doit la calculer mieux.

419

Il y a des hommes chez qui l'*esprit* (cet instrument applicable à tout) n'est qu'un *talent* par lequel ils

semblent dominés, qu'ils ne gouvernent pas, et qui n'est
point aux ordres de leur raison.

420

Je dirais volontiers des métaphysiciens ce que Scaliger
disait des Basques : « On dit qu'ils s'entendent, mais je
n'en crois rien. »

421

Le philosophe, qui fait tout pour la vanité, a-t-il droit
de mépriser le courtisan, qui fait tout pour l'intérêt? Il
me semble que l'un emporte les louis d'or et que l'autre se
retire content, après en avoir entendu le bruit. D'Alembert, courtisan de Voltaire par un intérêt de vanité, est-il
bien au-dessus de tel ou tel courtisan de Louis XIV, qui
voulait une pension ou un gouvernement?

422

Quand un homme aimable ambitionne le petit avantage
de plaire à d'autres qu'à ses amis comme le font tant
d'hommes, surtout de gens de lettres, pour qui plaire est
comme un métier, il est clair qu'ils ne peuvent[1] y être
portés que par un motif d'intérêt ou de vanité. Il faut
qu'ils choisissent entre le rôle d'une courtisane et celui
d'une coquette, ou si l'on veut d'un comédien. L'homme
qui se rend aimable pour une société, parce qu'il s'y plaît,
est le seul qui joue le rôle d'un honnête homme.

423

Quelqu'un a dit[2] que de prendre sur les anciens,
c'était pirater au-delà de la ligne; mais que de piller les
modernes, c'était filouter au coin des rues.

424

Les vers ajoutent de l'esprit à la pensée de l'homme qui en a quelquefois assez peu; et c'est ce qu'on appelle talent. Souvent ils ôtent de l'esprit à la pensée de celui qui a beaucoup d'esprit, et c'est la meilleure preuve de l'absence du talent pour les vers.

425

La plupart des livres d'à présent ont l'air d'avoir été faits en un jour avec des livres lus de la veille.

426

Le bon goût, le tact et le bon ton ont plus de rapport que n'affectent de le croire les gens de lettres. Le tact, c'est le bon goût appliqué au maintien et à la conduite; le bon ton, c'est le bon goût appliqué aux discours et à la conversation.

427

C'est une remarque excellente d'Aristote, dans sa rhétorique[1], que toute métaphore fondée sur l'analogie doit être également juste dans le sens renversé. Ainsi, l'on a dit de la vieillesse qu'elle est l'hiver de la vie; renversez la métaphore et vous la trouverez également juste, en disant que l'hiver est la vieillesse de l'année.

428

Pour être un grand homme dans les lettres, ou du moins opérer une révolution sensible, il faut, comme dans l'ordre politique, trouver tout préparé et naître à propos.

429

Les grands seigneurs et les beaux esprits, deux classes qui se recherchent mutuellement, veulent unir deux espèces d'hommes dont les uns font un peu plus de poussière et les autres un peu plus de bruit.

430

Les gens de lettres aiment ceux qu'ils amusent, comme les voyageurs aiment ceux qu'ils étonnent.

431

Qu'est-ce que c'est qu'un homme de lettres qui n'est pas rehaussé par son caractère, par le mérite de ses amis, et par un peu d'aisance? Si ce dernier avantage lui manque au point qu'il soit hors d'état de vivre convenablement dans la société où son mérite l'appelle, qu'a-t-il besoin du monde? Son seul parti n'est-il pas de se choisir une retraite où il puisse cultiver en paix son âme, son caractère et sa raison? Faut-il qu'il porte le poids de la société, sans recueillir un seul des avantages qu'elle procure aux autres classes de citoyens? Plus d'un homme de lettres, forcé de prendre ce parti, y a trouvé le bonheur qu'il eût cherché ailleurs vainement. C'est celui-là qui peut dire qu'en lui refusant tout on lui a tout donné. Dans combien d'occasions ne peut-on pas répéter le mot de Thémistocle : « Hélas! nous périssions si nous n'eussions péri[1]! »

432

On dit et on répète, après avoir lu quelque ouvrage qui respire la vertu : « C'est dommage que les auteurs ne se peignent pas dans leurs écrits, et qu'on ne puisse pas

conclure d'un pareil ouvrage que l'auteur est ce qu'il
paraît être. » Il est vrai que beaucoup d'exemples auto-
risent cette pensée; mais j'ai remarqué qu'on fait souvent
cette réflexion pour se dispenser d'honorer les vertus
dont on trouve l'image dans les écrits d'un honnête
homme.

433

Un auteur, homme de goût, est, parmi ce public blasé,
ce qu'une jeune femme est au milieu d'un cercle de
vieux libertins.

434

Peu de philosophie mène à mépriser l'érudition; beaucoup de philosophie mène à l'estimer.

435

Le travail du poète, et souvent de l'homme de lettres,
lui sont[1] bien peu fructueux à lui-même; et de la part du
public, il se trouve placé entre le *grand merci* et le *va te
promener*. Sa fortune se réduit à jouir de lui-même et du
temps.

436

Le repos d'un écrivain qui a fait de bons ouvrages est
plus respecté du public que la fécondité active d'un
auteur qui multiplie les ouvrages médiocres. C'est ainsi
que le silence d'un homme connu pour bien parler impose beaucoup plus que le bavardage d'un homme qui
ne parle pas mal.

437

Ce qui fait le succès de quantité d'ouvrages est le rapport qui se trouve entre la médiocrité des idées de l'auteur et la médiocrité des idées du public.

438

A voir la composition de l'Académie française, on croirait qu'elle a pris pour devise ce vers de Lucrèce :

Certare ingenio, contendere nobilitate[1].

439

L'honneur d'être de l'Académie française est comme la croix de Saint-Louis, qu'on voit également au souper[2] de Marly et dans les auberges à 22 sols.

440

L'Académie française est comme l'Opéra, qui se soutient par des choses étrangères à lui, les pensions qu'on exige pour lui des Opéras comiques de province, la permission d'aller du parterre aux foyers, etc. De même, l'Académie se soutient par tous les avantages qu'elle procure. Elle ressemble à la Cidalise de Gresset :

Ayez-la, c'est d'abord ce que vous lui devez,
Et vous l'estimerez après, si vous pouvez[3].

441

Il en est un peu des réputations littéraires, et surtout des réputations de théâtre, comme des fortunes qu'on faisait autrefois dans les îles. Il suffisait presque d'y passer, pour parvenir à une grande richesse, mais ces

grandes fortunes même ont nui à celles de la génération
suivante : les terres épuisées n'ont plus rendu si abon-
damment.

442

De nos jours, les succès de théâtre et de littérature ne
sont guère que des ridicules.

443

C'est la philosophie qui découvre les vertus utiles de la
morale et de la politique. C'est l'éloquence qui les rend
populaires. C'est la poésie qui les rend pour ainsi dire
proverbiales.

444

Un sophiste éloquent, mais dénué de logique, est à
un orateur philosophe ce qu'un faiseur de tours de passe-
passe est à un mathématicien, ce que Pinetti est à Archi-
mède.

445

On n'est point un homme d'esprit pour avoir beaucoup d'idées, comme on n'est pas un bon général pour
avoir beaucoup de soldats.

446

On se fâche souvent contre les gens de lettres qui se
retirent du monde. On veut qu'ils prennent intérêt à la
société dont ils ne tirent presque point d'avantage; on
veut les forcer d'assister éternellement aux tirages d'une
loterie où ils n'ont point de billet.

447

Ce que j'admire dans les anciens philosophes, c'est le désir de conformer leurs mœurs à leurs écrits : c'est ce que l'on remarque dans Platon, Théophraste et plusieurs autres. La morale pratique était si bien la partie essentielle de leur philosophie, que plusieurs furent mis à la tête des écoles, sans avoir rien écrit : tels que Xénocrate, Polémon, Heusippe, etc. Socrate, sans avoir donné un seul ouvrage et sans avoir étudié aucune autre science que la morale, n'en fut pas moins le premier philosophe de son siècle.

448

Ce qu'on sait le mieux, c'est : 1° ce qu'on a deviné; 2° ce qu'on a appris par l'expérience des hommes et des choses; 3° ce qu'on a appris, non dans les livres, mais par les livres, c'est-à-dire par les réflexions qu'ils font faire; 4° ce qu'on a appris dans les livres ou avec des maîtres.

449

Les gens de lettres, surtout les poètes, sont comme les paons, à qui on jette mesquinement quelques graines dans leur loge, et qu'on en tire quelquefois pour les voir étaler leur queue; tandis que les coqs, les poules, les canards et les dindons se promènent librement dans la basse-cour, et remplissent leur jabot tout à leur aise.

450

Les succès produisent les succès, comme l'argent produit l'argent.

451

Il y a des livres que l'homme qui a le plus d'esprit ne saurait faire sans un carrosse de remise, c'est-à-dire sans aller consulter les hommes, les choses, les bibliothèques, les manuscrits, etc.

452

Il est presque impossible qu'un philosophe, qu'un poëte ne soient pas misanthropes : 1° párce que leur goût et leur talent les portent à l'observation de la société, étude qui afflige constamment le cœur; 2° parce que leur talent n'étant presque jamais récompensé par la société (heureux même s'il n'est pas puni), ce sujet d'affliction ne fait que redoubler leur penchant à la mélancolie.

453

Les mémoires que les gens en place ou les gens de lettres, même ceux qui ont passé pour les plus modestes, laissent pour servir à l'histoire de leur vie, trahissent leur vanité secrète, et rappellent l'histoire de ce saint qui avait laissé cent mille écus pour servir à sa canonisation.

454

C'est un grand malheur de perdre par notre caractère, les droits que nos talents nous donnent sur la société.

455

C'est après l'âge des passions que les grands hommes ont produit leurs chefs-d'œuvre, comme c'est après les éruptions des volcans que la terre est plus fertile.

456

La vanité des gens du monde se sert habilement de la vanité des gens de lettres. Ceux-ci ont fait plus d'une réputation qui a mené à de grandes places. D'abord, de part et d'autre, ce n'est que du vent; mais les intrigants adroits enflent de ce vent les voiles de leur fortune.

457

Les économistes sont des chirurgiens qui ont un excellent scalpel et un bistouri ébréché, opérant à merveille sur le mort et martyrisant le vif.

458

Les gens de lettres sont rarement jaloux des réputations quelquefois exagérées qu'ont certains ouvrages de gens de la cour; ils regardent ces succès comme les honnêtes femmes regardent la fortune des filles.

459

Le théâtre renforce les mœurs ou les change. Il faut de nécessité qu'il corrige le ridicule ou qu'il le propage. On l'a vu en France opérer tour à tour ces deux effets.

460

Plusieurs gens de lettres croient aimer la gloire et n'aiment que la vanité. Ce sont deux choses bien différentes et même opposées; car l'une est une petite passion, l'autre en est une grande. Il y a, entre la vanité et la gloire, la différence qu'il y a entre un fat et un amant.

461

La postérité ne considère les gens de lettres que par leurs ouvrages, et non par leurs places. *Plutôt ce qu'ils ont fait que ce qu'ils ont été*[1] semble être leur devise.

462

Spéron-Spéroni explique très bien comment un auteur qui s'énonce très clairement pour lui-même est quelquefois obscur pour son lecteur : « C'est, dit-il, que l'auteur va de la pensée à l'expression et que le lecteur va de l'expression à la pensée. »

463

Les ouvrages qu'un auteur fait avec plaisir sont souvent les meilleurs, comme les enfants de l'amour sont les plus beaux.

464

En fait de beaux-arts, et même en beaucoup d'autres choses, on ne sait bien que ce que l'on n'a point appris.

465

Le peintre donne une âme à une figure, et le poète prête une figure à un sentiment et à une idée.

466

Quand La Fontaine est mauvais, c'est qu'il est négligé; quand Lamothe l'est, c'est qu'il est recherché.

467

La perfection d'une comédie de caractère consisterait à disposer l'intrigue, de façon que cette intrigue ne pût servir à aucune autre pièce. Peut-être n'y a-t-il au théâtre que celle du *Tartuffe* qui pût supporter cette épreuve.

468

Il y aurait une manière plaisante de prouver qu'en France les philosophes sont les plus mauvais citoyens du monde. La preuve, la voici : C'est qu'ayant imprimé une grande quantité de vérités importantes dans l'ordre politique et économique, ayant donné plusieurs conseils utiles, consignés dans leurs livres, ces conseils ont été suivis par presque tous les souverains de l'Europe, presque partout, hors en France[1]; d'où il suit que la prospérité des étrangers augmentant leur puissance, tandis que la France reste aux mêmes termes, conserve ses abus, etc., elle finira par être dans l'état d'infériorité, relativement aux autres puissances; et c'est évidemment la faute des philosophes. On sait, à ce sujet, la réponse du duc de Toscane à un Français, à propos des heureuses innovations faites par lui dans ses États : « Vous me louez trop à cet égard, disait-il; j'ai pris toutes mes idées dans vos livres français. »

469

J'ai vu à Anvers, dans une des principales églises[2], le tombeau du célèbre imprimeur Plantin, orné de tableaux superbes, ouvrages de Rubens, et consacrés à sa mémoire. Je me suis rappelé à cette vue que les Étienne (Henri et Robert) qui, par leur érudition grecque et latine, ont rendu les plus grands services aux lettres, traînèrent en France une vieillesse misérable, et que Charles Étienne[3],

leur successeur, mourut à l'hôpital, après avoir contribué
presque autant qu'eux aux progrès de la littérature. Je
me suis rappelé qu'André Duchêne, qu'on peut regarder
comme le père de l'histoire de France, fut chassé de
Paris par la misère et réduit à se réfugier dans une petite
ferme qu'il avait en Champagne. Il se tua en tombant du
haut d'une charrette chargée de foin, à une hauteur
immense. Adrien de Valois, créateur de l'histoire métal-
lique[1], n'eut guère une meilleure destinée. Samson, le
père de la géographie, allait, à 70 ans, faire des leçons,
à pied, pour vivre. Tout le monde sait la destinée des
du Ryer, Tristan, Maynard, et de tant d'autres. Corneille
manquait de bouillon, à sa dernière maladie. La Fontaine
n'était guère mieux. Si Racine, Boileau, Molière et
Quinault eurent un sort plus heureux, c'est que leurs
talents étaient consacrés au Roi plus particulièrement.
L'abbé de Longuerue, qui rapporte et rapproche plusieurs
de ces anecdotes sur le triste sort des hommes de lettres
illustres en France, ajoute : « C'est ainsi qu'on en a toujours usé dans ce misérable pays. » Cette liste si célèbre
des gens de lettres que le roi voulait pensionner, et qui
fut présentée à Colbert, était l'ouvrage de Chapelain,
Perrault, Tallemand, l'abbé Gallois[2], qui omirent ceux
de leurs confrères qu'ils haïssaient, tandis qu'ils y
placèrent les noms de plusieurs savants étrangers,
sachant très bien que le roi et le ministre seraient plus
flattés de se faire louer à 400 lieues de Paris.

CHAPITRE VIII

DE L'ESCLAVAGE ET DE LA LIBERTÉ;
DE LA FRANCE
AVANT ET DEPUIS LA RÉVOLUTION

470

ON s'est beaucoup moqué de ceux qui parlaient avec enthousiasme de l'état sauvage en opposition à l'état social. Cependant je voudrais savoir ce qu'on peut répondre à ces trois objections : il est sans exemple que, chez les sauvages, on ait vu : 1° un fou; 2° un suicide; 3° un sauvage qui ait voulu embrasser la vie sociale; tandis qu'un grand nombre d'Européens, tant au Cap que dans les deux Amériques, après avoir vécu chez les sauvages, se trouvant ramenés chez leurs compatriotes, sont retournés dans les bois. Qu'on réplique à cela sans verbiage, sans sophisme.

471

Le malheur de l'humanité, considérée dans l'état social, c'est que quoiqu'en morale et en politique on puisse donner comme définition que *le mal est ce qui nuit*, on ne peut pas dire que le bien est ce qui sert; car ce·qui sert un moment peut nuire longtemps ou toujours.

472

Lorsque l'on considère que le produit du travail et des lumières de trente ou quarante siècles, a été de livrer trois cents millions d'hommes répandus sur le globe à une trentaine de despotes, la plupart ignorants et imbéciles, dont chacun est gouverné par trois ou quatre scélérats, quelquefois stupides : que penser de l'humanité, et qu'attendre d'elle à l'avenir?

473

Presque toute l'histoire n'est qu'une suite d'horreurs. Si les tyrans la détestent, tandis qu'ils vivent, il semble que leurs successeurs souffrent qu'on transmette à la postérité les crimes de leurs devanciers, pour faire diversion à l'horreur qu'ils inspirent eux-mêmes. En effet, il ne reste guère, pour consoler les peuples, que de leur apprendre que leurs ancêtres ont été aussi malheureux, ou plus malheureux.

474

Le caractère naturel du Français est composé des qualités du singe et du chien couchant. Drôle et gambadant comme le singe, et dans le fond très malfaisant comme lui; il est comme le chien de chasse, né bas, caressant, léchant son maître qui le frappe, se laissant mettre à la chaîne, puis bondissant de joie quand on le délie pour aller à la chasse.

475

Autrefois le trésor royal s'appelait l'épargne. On a rougi de ce nom qui semblait une contrevérité, depuis qu'on a prodigué les trésors de l'État, et on l'a tout simplement appelé le trésor royal.

476

Le titre le plus respectable de la noblesse française c'est de descendre immédiatement de quelques-uns de ces trente mille hommes casqués, cuirassés, brassardés, cuissardés, qui, sur de grands chevaux bardés de fer, foulaient aux pieds huit ou neuf millions d'hommes nus, qui sont les ancêtres de la nation actuelle. Voilà un droit bien avéré à l'amour et au respect de leurs descendants! Et, pour achever de rendre cette noblesse respectable, elle se recrute et se régénère par l'adoption de ces hommes qui ont accru leur fortune en dépouillant la cabane du pauvre hors d'état de payer les impositions. Misérables institutions humaines qui, faites pour inspirer le mépris et l'horreur, exigent qu'on les respecte et qu'on les révère!

477

La nécessité d'être gentilhomme, pour être capitaine de vaisseau, est tout aussi raisonnable que celle d'être secrétaire du roi pour être matelot ou mousse.

478

Cette impossibilité d'arriver aux grandes places, à moins que d'être gentilhomme, est une des absurdités les plus funestes, dans presque tous les pays. Il me semble voir des ânes défendre les carrousels et les tournois aux chevaux.

479

La nature, pour faire un homme vertueux ou un homme de génie, ne va pas consulter Chérin.

480

Qu'importe qu'il y ait sur le trône un Tibère ou un Titus, s'il a des Séjan pour ministres?

481

Si un historien, tel que Tacite, eût écrit l'histoire de nos meilleurs rois, en faisant un relevé exact de tous les actes tyranniques, de tous les abus d'autorité, dont la plupart sont ensevelis dans l'obscurité la plus profonde, il y a peu de règnes qui ne nous inspirassent la même horreur que celui de Tibère.

482

On peut dire qu'il n'y eut plus de gouvernement civil à Rome après la mort de Tiberius Gracchus; et Scipion Nasica, en partant du Sénat pour employer la violence contre le tribun, apprit aux Romains que la force seule donnerait des lois dans le Forum. Ce fut lui qui avait révélé avant Sylla ce mystère funeste.

483

Ce qui fait l'intérêt secret qui attache si fort à la lecture de Tacite, c'est le contraste continuel et toujours nouveau de l'ancienne liberté républicaine avec les vils esclaves que peint l'auteur. C'est la comparaison des anciens Scaurus, Scipion, etc., avec les lâchetés de leurs descendants. En un mot, ce qui contribue à l'effet de Tacite, c'est Tite-Live.

484

Les rois et les prêtres, en proscrivant la doctrine du suicide, ont voulu assurer la durée de notre esclavage. Ils veulent nous tenir enfermés dans un cachot sans issue: semblables à ce scélérat[1], dans le Dante, qui fait murer la porte de la prison où était enfermé le malheureux Ugolin.

485

On a fait des livres sur les intérêts des princes; on parle d'étudier les intérêts des princes : quelqu'un a-t-il jamais parlé d'étudier les intérêts des peuples?

486

Il n'y a d'histoire digne d'attention que celle des peuples libres. L'histoire des peuples soumis au despotisme n'est qu'un recueil d'anecdotes.

487

La vraie Turquie d'Europe, c'était la France. On trouve dans vingt écrivains anglais : *Les pays despotiques, tels que la France et la Turquie.*

488

Les ministres ne sont que des gens d'affaires, et ne sont si importants que parce que la terre du gentilhomme leur maître est très considérable.

489

Un ministre, en faisant faire à ses maîtres des fautes et des sottises nuisibles au public, ne fait souvent que s'affermir dans sa place : on dirait qu'il se lie davantage avec eux par les liens de cette espèce de complicité.

490

Pourquoi arrive-t-il qu'en France un ministre reste placé après cent mauvaises opérations, et pourquoi est-il chassé pour la seule bonne qu'il ait faite?

491

Croirait-on que le despotisme a des partisans, sous le rapport de la nécessité d'encouragement pour les beaux-arts? On ne saurait croire combien l'éclat du siècle de Louis XIV a multiplié le nombre de ceux qui pensent ainsi. Selon eux, le dernier terme de toute société humaine est d'avoir de belles tragédies, de belles comédies, etc. Ce sont des gens qui pardonnent à tout le mal qu'ont fait les prêtres, en considérant que sans les prêtres, nous n'aurions pas la comédie du *Tartuffe*.

492

En France, le mérite et la réputation ne donnent pas plus de droits aux places que le chapeau de rosière ne donne à une villageoise le droit d'être présentée à la cour.

493

La France, pays où il est souvent utile de montrer ses vices, et toujours dangereux de montrer ses vertus.

494

Paris, singulier pays, où il faut 30 sols pour dîner;
4 francs pour prendre l'air; 100 louis pour le superflu
dans le nécessaire, et 400 louis pour n'avoir que le
nécessaire dans le superflu.

495

Paris, ville d'amusements, de plaisirs, etc., où les
quatre cinquièmes des habitants meurent de chagrin.

496

On pourrait appliquer à la ville de Paris les propres
termes de sainte Thérèse, pour définir l'enfer : « L'endroit
où il pue et où l'on n'aime point. »

497

C'est une chose remarquable que la multitude des étiquettes dans une nation aussi vive et aussi gaie que la
nôtre. On peut s'étonner aussi de l'esprit pédantesque
et de la gravité des corps et des compagnies; il semble
que le législateur ait cherché à mettre un contrepoids
qui arrêtât la légèreté du Français.

498

C'est une chose avérée qu'au moment où M. de
Guibert fut nommé gouverneur des Invalides, il se
trouva aux Invalides 600 prétendus soldats qui n'étaient
point blessés et qui, presque tous, n'avaient jamais
assisté à aucun siège, à aucune bataille, mais qui, en récompense, avaient été cochers ou laquais de grands sei-

gneurs ou de gens en place. Quel texte et quelle matière
à réflexions!

499

En France, on laisse en repos ceux qui mettent le
feu, et on persécute ceux qui sonnent le tocsin.

500

Presque toutes les femmes, soit de Versailles, soit de
Paris, quand ces dernières sont d'un état un peu considérable, ne sont autre chose que des bourgeoises de
qualité, des Madame Naquart, présentées ou non présentées.

501

En France, il n'y a plus de public ni de nation, par la
raison que de la charpie n'est pas du linge.

502

Le public est gouverné comme il raisonne. Son droit
est de dire des sottises, comme celui des ministres est
d'en faire.

503

Quand il se fait quelque sottise publique, je songe à
un petit nombre d'étrangers qui peuvent se trouver à
Paris, et je suis prêt à m'affliger, car j'aime toujours
ma patrie.

504

Les Anglais sont le seul peuple qui ait trouvé le moyen
de limiter la puissance d'un homme dont la figure est sur
un petit écu.

505

Comment se fait-il que, sous le despotisme le plus
affreux, on puisse se résoudre à se reproduire? C'est que
la nature a ses lois plus douces, mais plus impérieuses
que celles des tyrans; c'est que l'enfant sourit à sa mère
sous Domitien comme sous Titus.

506

Un philosophe disait : « Je ne sais pas comment un
Français qui a été une fois dans l'antichambre du roi, ou
dans l'œil-de-bœuf[1], peut dire de qui que ce puisse être :
C'est un grand seigneur. »

507

Les flatteurs des princes ont dit que la chasse était une
image de la guerre; et en effet, les paysans, dont elle
vient de ravager les champs, doivent trouver qu'elle la
représente assez bien.

508

Il est malheureux pour les hommes, heureux peut-être
pour les tyrans, que les pauvres, les malheureux, n'aient
pas l'instinct ou la fierté de l'éléphant qui ne se reproduit
point dans la servitude.

509

Dans la lutte éternelle que la société amène entre le pauvre et le riche, le noble et le plébéien, l'homme accrédité et l'homme inconnu, il y a deux observations à faire : la première est que leurs actions, leurs discours sont évalués à des mesures différentes, à des poids différents, l'une d'une livre, l'autre de dix ou de cent, disproportion convenue, et dont on part comme d'une chose arrêtée; et cela même est horrible. Cette acception de personnes, autorisée par la loi et par l'usage, est un des vices énormes de la société, qui suffirait seul pour expliquer tous ses vices.

L'autre observation est qu'en partant même de cette inégalité, il se fait ensuite une autre malversation : c'est qu'on diminue la livre du pauvre, du plébéien, qu'on la réduit à un quart; tandis qu'on porte à cent livres les dix livres du riche ou du noble, à mille ses cent livres, etc. C'est l'effet naturel et nécessaire de leur position respective : le pauvre et le plébéien ayant pour envieux tous leurs égaux, et le riche, le noble, ayant pour appuis et pour complices le petit nombre des siens qui le secondent pour partager ses avantages et en obtenir de pareils.

510

C'est une vérité incontestable qu'il y a en France sept millions d'hommes qui demandent l'aumône, et douze millions hors d'état de la leur faire.

511

« La noblesse, disent les nobles, est un intermédiaire entre le roi et le peuple... » Oui, comme le chien de chasse est un intermédiaire entre le chasseur et les lièvres.

512

Qu'est-ce que c'est qu'un cardinal? C'est un prêtre habillé de rouge, qui a cent mille écus du roi, pour se moquer de lui au nom du pape.

513

La plupart des institutions sociales paraissent avoir pour objet de maintenir l'homme dans une médiocrité d'idées et de sentiments qui le rendent plus propre à gouverner ou à être gouverné.

514

Un citoyen de Virginie, possesseur de 50 acres de terre fertile, paie 42 sols de notre monnaie pour jouir en paix, sous des lois justes et douces, de la protection du gouvernement, de la sûreté de sa personne et de sa propriété, de la liberté civile et religieuse, du droit de voter aux élections, d'être membre du Congrès, et par conséquent législateur, etc. Tel paysan français, de l'Auvergne ou du Limousin, est écrasé de tailles, de vingtièmes, de corvées de toute espèce, pour être insulté par le caprice d'un subdélégué, emprisonné arbitrairement, etc., et transmettre à une famille dépouillée cet héritage d'infortune et d'avilissement.

515

L'Amérique septentrionale est l'endroit de l'univers où les droits de l'homme sont le mieux connus. Les Américains sont les dignes descendants de ces fameux républicains[1] qui se sont expatriés pour fuir la tyrannie. C'est là que se sont formés des hommes dignes de combattre et de vaincre les Anglais mêmes, à l'époque où ceux-ci avaient recouvré leur liberté et étaient parvenus à se former le plus beau gouvernement[1] qui fût jamais. La révolution de l'Amérique sera utile à l'Angleterre même, en la forçant à faire un examen nouveau de sa constitution et à en bannir les abus. Qu'arrivera-t-il? Les Anglais, chassés du continent de l'Amérique septentrionale, se jetteront sur les îles et sur les possessions françaises et espagnoles, leur donneront leur gouvernement qui est fondé sur l'amour naturel que les hommes ont pour la liberté, et qui augmente cet amour même. Il se formera dans ces îles espagnoles et françaises, et surtout dans le continent de l'Amérique espagnole, alors devenue anglaise, il se formera de nouvelles constitutions dont la liberté sera le principe et la base. Ainsi les Anglais auront la gloire unique d'avoir formé presque les seuls des peuples libres de l'univers, les seuls, à proprement parler, dignes du nom d'hommes, puisqu'ils seront les seuls qui aient su connaître et conserver les droits des hommes. Mais combien d'années ne faut-il pas pour opérer cette révolution? Il faut avoir purgé de Français et d'Espagnols ces terres immenses, où il ne pourrait se former que des esclaves, y avoir transplanté des Anglais, pour y porter les premiers germes de la liberté. Ces germes se développeront, et, produisant des fruits nouveaux, opéreront la révolution qui chassera les Anglais eux-mêmes des deux Amériques et de toutes les îles.

516

L'Anglais respecte la loi et repousse ou méprise l'autorité. Le Français, au contraire, respecte l'autorité et méprise la loi. Il faut lui enseigner à faire le contraire, et peut-être la chose est-elle impossible, vu l'ignorance dans laquelle on tient la nation, ignorance qu'il ne faut pas contester en jugeant d'après les lumières répandues dans les capitales.

517

Moi, tout; le reste, rien : voilà le despotisme, l'aristocratie et leurs partisans. — Moi, c'est un autre; un autre, c'est moi : voilà le régime populaire et ses partisans. Après cela décidez.

518

Tout ce qui sort de la classe du peuple s'arme contre lui pour l'opprimer, depuis le milicien, le négociant devenu secrétaire du roi, le prédicateur sorti d'un village, pour prêcher la soumission au pouvoir arbitraire, l'historiographe fils d'un bourgeois, etc. Ce sont les soldats de Cadmus[1] : les premiers armés se tournent contre leurs frères, et se précipitent sur eux.

519

Les pauvres sont les nègres de l'Europe.

520

Semblable aux animaux qui ne peuvent respirer l'air à une certaine hauteur sans périr, l'esclave meurt dans l'atmosphère de la liberté.

521

On gouverne les hommes avec la tête. On ne joue pas aux échecs avec un bon cœur.

522

Il faut recommencer la société humaine, comme Bacon disait[2] qu'il faut recommencer l'entendement humain.

523

Diminuez les maux du peuple, vous diminuez sa férocité, comme vous guérissez ses maladies avec du bouillon.

524

J'observe que les hommes les plus extraordinaires et qui ont fait des révolutions, lesquelles semblent être le produit de leur seul génie, ont été secondés par les circonstances les plus favorables et par l'esprit de leur temps. On sait toutes les tentatives faites avant le grand voyage de Vasco de Gama aux Indes occidentales. On n'ignore pas que plusieurs navigateurs étaient persuadés qu'il y avait de grandes îles, et sans doute un continent à l'Ouest, avant que Colomb l'eût découvert, et il avait lui-même entre les mains les papiers d'un célèbre pilote avec qui il avait été en liaison[1]. Philippe avait tout préparé pour la guerre de Perse, avant sa mort. Plusieurs sectes d'hérétiques, déchaînées contre les abus de la communion romaine, précédèrent Luther et Calvin, et même Viclef.

525

On croit communément que Pierre le Grand se réveilla un jour avec l'idée de tout créer en Russie; M. de Voltaire avoue lui-même que son père, Alexis, forma le dessein d'y transporter les Arts[2]. Il y a dans tout une maturité qu'il faut attendre. Heureux l'homme qui arrive dans le moment de cette maturité!

526

L'Assemblée nationale de 1789 a donné au peuple français une constitution plus forte que lui. Il faut qu'elle

se hâte d'élever la nation à cette hauteur, par une bonne
éducation publique. Les législateurs doivent faire comme
ces médecins habiles qui, traitant un malade épuisé, font
passer les restaurants à l'aide des stomachiques.

527

En voyant le grand nombre des députés à l'Assemblée
nationale de 1789, et tous les préjugés dont la plupart
étaient remplis, on eût dit qu'ils ne les avaient détruits
que pour les prendre, comme ces gens qui abattent un
édifice pour s'approprier les décombres.

528

Une des raisons pour lesquelles les Corps et les Assemblées ne peuvent guère faire autre chose que des sottises,
c'est que dans une délibération publique, la meilleure
chose qu'il y ait à dire ou contre l'affaire ou la personne dont il s'agit, ne peut presque jamais se dire tout
haut, sans de grands dangers ou d'extrêmes inconvénients.

529

Dans l'instant où Dieu créa le monde, le mouvement
du chaos dut faire trouver le chaos plus désordonné que
lorsqu'il reposait dans un désordre paisible. C'est ainsi
que chez nous l'embarras d'une société qui se réorganise
doit paraître l'excès du désordre.

530

Les courtisans et ceux qui vivaient des abus monstrueux qui écrasaient la France sont sans cesse à dire
qu'on pouvait réformer les abus sans détruire comme on

a détruit. Ils auraient bien voulu qu'on nettoyât l'étable d'Augias avec un plumeau.

531

Dans l'ancien régime, un philosophe écrivait des vérités hardies. Un de ces hommes que la naissance ou des circonstances favorables appelaient aux places, lisait ces vérités, les affaiblissait, les modifiait, en prenait un vingtième, passait pour un homme inquiétant, mais pour homme d'esprit. Il tempérait son zèle et parvenait à tout. Le philosophe était mis à la Bastille. Dans le régime nouveau, c'est le philosophe qui parvient à tout ; ses idées lui servent, non plus à se faire enfermer, non plus à déboucher l'esprit d'un sot, à le placer, mais à parvenir lui-même aux places. Jugez comme la foule de ceux qu'il écarte peuvent s'accoutumer à ce nouvel ordre de choses !

532

N'est-il pas trop plaisant de voir le marquis de Bièvre (petit-fils du chirurgien Maréchal) se croire obligé de fuir en Angleterre, ainsi que M. de Luxembourg et les grands aristocrates, fugitifs après la catastrophe du 14 juillet 1789 ?

533

Les théologiens, toujours fidèles au projet d'aveugler les hommes, les suppôts des gouvernements, toujours fidèles à celui de les opprimer, supposent gratuitement que la grande majorité des hommes est condamnée à la stupidité qu'entraînent les travaux purement mécaniques ou manuels ; ils supposent que les artisans ne peuvent s'élever aux connaissances nécessaires pour faire valoir les droits d'hommes et de citoyens. Ne dirait-on pas que ces connaissances sont bien compliquées? Supposons qu'on eût employé, pour éclairer les dernières classes, le quart du temps et des soins qu'on a mis à les abrutir; supposons qu'au lieu de mettre dans leurs mains un catéchisme de métaphysique absurde et inintelligible, on en eût fait un qui eût contenu les premiers principes des droits des hommes et de leurs devoirs, fondés sur leurs droits, on serait étonné du terme où ils seraient parvenus en suivant cette route, tracée dans un bon ouvrage élémentaire. Supposez qu'au lieu de leur prêcher cette doctrine de patience, de souffrance, d'abnégation de soi-même et d'avilissement, si commode aux usurpateurs, on leur eût prêché celle de connaître leurs droits et le devoir de les défendre, on eût vu que la nature qui a formé les hommes pour la société, leur a donné tout le bon sens nécessaire pour former une société raisonnable.

APPENDICE

534

Un homme, attaquant une femme sans être prêt, lui dit : « Madame, s'il vous était égal d'avoir encore un quart d'heure de vertu? »

535

M. de Pl..., étant en Angleterre, voulait engager une jeune Anglaise à ne pas épouser un homme trop inférieur à elle dans tous les sens du mot. La jeune personne écouta tout ce qu'on lui dit et, d'un air fort tranquille : « Que voulez-vous! dit-elle, en arrivant, il change l'air de ma chambre[1]. »

536

La plupart des bienfaiteurs ressemblent à ces généraux maladroits qui prennent la ville et qui laissent la citadelle.

537

Il y a des gens qui mettent leurs livres dans leur bibliothèque, mais M... met sa bibliothèque dans ses livres. (Dit d'un faiseur de livres faits.)

538

M. D... L... vint conter à M. D... un procédé horrible qu'on avait eu pour lui, et ajoutait : « Que feriez-vous à ma place? » Celui-ci, homme devenu indifférent à force d'avoir souffert des injustices, et égoïste par misanthropie, lui répondit froidement : « Moi, Monsieur, dans ces cas-là je soigne mon estomac et je tiens ma langue vermeille et mon urine bien briquetée. »

539

Un amant de la duchesse d'Olonne[1], la voyant faire des coquetteries à son mari, sortit en lui disant : « Parbleu! il faut être bien coquine; celui-là est trop fort. »

540

Les vieillards, dans les capitales, sont plus corrompus que les jeunes gens. C'est là que la pourriture vient à la suite de la maturité.

541

Un curé de campagne dit au prône à ses paroissiens : « Messieurs, priez Dieu pour le possesseur de ce château, mort à Paris de ses blessures. » (Il avait été roué.)

542

Définition d'un gouvernement despotique : Un ordre de choses où le supérieur est vil et l'inférieur avili.

543

Les ministres ont amené la destruction de l'autorité royale, comme le prêtre celle de la religion. Dieu et le roi ont porté la peine des sottises de leurs valets.

544

Un docteur de Sorbonne, furieux contre le *Système de la nature*[1], disait : « C'est un livre exécrable, abominable; c'est l'athéisme démontré. »

545

Un homme d'esprit, s'apercevant qu'il était persiflé par deux mauvais plaisants, leur dit : « Messieurs, vous vous trompez, je ne suis ni sot ni bête, je suis entre deux. »

546

Un homme connu pour avoir fermé les yeux sur les désordres de sa femme, et qui en avait tiré parti plusieurs fois pour sa fortune, montrait le plus grand chagrin de sa mort, et me dit gravement : « Je puis dire ce que Louis XIV disait à la mort de Marie-Thérèse : Voilà le premier chagrin qu'elle m'ait jamais donné.

547

« M. était passionné et se croyait sage. J'étais folle, mais je m'en doutais, et, sous ce point de vue, j'étais plus près que lui de la sagesse. »

548

Un médecin disait : « Il n'y a que les héritiers qui payent bien. »

549

M. le Dauphin, père du roi (Louis XVI), aimait passionnément sa première femme[1], qui était rousse et qui avait le désagrément attaché à cette couleur. Il fut longtemps sans aimer la seconde Dauphine, et en donnait pour raison qu'elle ne sentait pas la femme. Il croyait que cette odeur était celle du sexe.

550

M. D... avait refusé les avances d'une jolie femme. Son mari le prit en haine, comme s'il les eût acceptées, et on riait de M. D..., qui disait : « Morbleu! s'il savait du moins combien il est plaisant! »

551

Une jolie femme dont l'amant était maussade, et avait des manières conjugales, lui dit : « Monsieur, apprenez que, quand vous êtes avec mon mari dans le monde, il est décent que vous soyez plus aimable que lui. »

552

M..., à qui on demandait fréquemment la lecture de ses vers, et qui s'en impatientait, disait qu'en commençant cette lecture il se rappelait toujours ce qu'un charlatant du Pont-Neuf disait à son singe, en commençant ses jeux : « Allons, mon cher Bertrand, il n'est pas question ici de s'amuser. Il nous faut divertir l'honorable compagnie. »

553

On disait de M... qu'il tenait d'autant plus à un grand seigneur qu'il avait fait plus de bassesses pour lui. C'est comme le lierre qui s'attache en rampant.

554

Une femme laide, qui se pare pour se trouver avec de jeunes et jolies femmes, fait, en son genre, ce que font dans une discussion les gens qui craignent d'avoir le dessous : ils s'efforcent de changer habilement l'état de la question. Il s'agissait de savoir quelle était la plus belle. La laide veut qu'on demande quelle est la plus riche.

555

Pardonnez-leur, car ils ne savent ce qu'ils font fut le texte que prit le prédicateur au mariage de d'Aubigné, âgé de soixante-dix ans, et d'une jeune personne de dix-sept[1].

556

Il y a une mélancolie qui tient à la grandeur de l'esprit.

557

Il en est des philosophes comme des moines, dont plusieurs le sont malgré eux, et enragent toute leur vie. Quelques autres prennent patience; un petit nombre enfin est heureux, se tait et ne cherche point à faire des prosélytes, tandis que ceux qui sont désespérés de leur engagement *cherchent à racoler des novices*.

558

M... disait plaisamment qu'à Paris chaque honnête homme contribue à faire vivre les espions de police, comme Pope dit[1] que les poètes nourrissent les critiques et les journalistes.

559

Un homme[2] disait naïvement à un de ses amis : « Nous avons, ce matin, condamné trois hommes à mort. Il y en avait deux qui le méritaient bien. »

560

Un homme fort riche disait en parlant des pauvres : « On a beau ne leur rien donner, ces drôles-là demandent toujours. » Plus d'un prince pourrait dire cela à ses courtisans.

561

Chi manga facili, caga diavoli.
Il pastor romano non vuole pecora senza lana[3].
Il n'est vertu que pauvreté ne gâte.
Ce n'est pas la faute du chat quand il prend le dîner de la servante.

562

« On dit la puissance spirituelle, disait M..., par opposition à la puissance bête. Spirituelle, parce qu'elle a eu l'esprit de s'emparer de l'autorité. »

563

M. de..., amoureux passionné, après avoir vécu plusieurs années dans l'indifférence, disait à ses amis qui le plaisantaient sur sa vieillesse prématurée : « Vous prenez mal votre temps; j'étais bien vieux il y a quelques années, mais je suis bien jeune à présent. »

564

Il y a une sorte de reconnaissance basse.

565

A l'époque de l'Assemblée des notables (1787), lorsqu'il fut question du pouvoir qu'il fallait accorder aux intendants dans les assemblées provinciales, un certain personnage important leur était très favorable. On en parla à un homme d'esprit lié avec lui. Celui-ci promit de le faire changer d'opinion et il y réussit. On lui demanda comment il s'y était pris; il répondit : « Je n'ai point insisté sur les abus tyranniques de l'influence des intendants; mais vous savez qu'il est très entêté de noblesse, et je lui ai dit que de fort bons gentilshommes étaient obligés de les appeler *Monseigneur*. Il a senti que cela était énorme, et c'est ce qui l'a amené à notre avis. »

566

Lorsque M. le duc de Richelieu fut reçu de l'Académie française[1], on loua beaucoup son discours. On lui disait un jour dans une grande assemblée que le ton en était parfait, plein de grâce et de facilité; que les gens de lettres écrivaient plus correctement peut-être, mais non pas avec cet agrément. « Je vous remercie, Messieurs, dit le jeune duc, et je suis charmé de ce que vous me dites. Il ne me reste plus qu'à vous apprendre que mon discours est de M. Roy, et je lui ferai mon compliment de ce qu'il possède le bon ton de la cour. »

567

On demandait à l'abbé Trublet combien de temps il mettait pour faire un livre. Il répondit : « C'est selon le monde qu'on voit. »

568

On pourrait faire un petit chapitre qui serait intitulé : *Des vices nécessaires de la bonne compagnie.* On pourrait y ajouter celui des *qualités médiocres.*

569

Un provincial, à la messe du roi, pressait de questions son voisin : « Quelle est cette dame? — C'est la reine. — Celle-ci? — Madame. — Celle-là, là? — La comtesse d'Artois. — Cette autre? » L'habitant de Versailles, impatienté, lui répondit : « C'est la feue reine. »

570

Une petite fille disait à M..., auteur d'un livre sur l'Italie : « Monsieur, vous avez fait un livre sur l'Italie? — Oui, mademoiselle. — Y avez-vous été? — Certainement. — Est-ce avant ou après votre voyage que vous avez fait votre livre? »

571

C'est une jolie allégorie que celle qui représente Minerve, la déesse de la Sagesse, rejetant la flûte quand elle s'aperçoit que cet instrument ne lui sied pas[1].

572

C'est une jolie allégorie que celle qui fait sortir les songes vrais par la porte de corne, et les songes faux, c'est-à-dire les illusions agréables, par la porte d'ivoire.

573

Un homme d'esprit disait de M..., son ancien ami, qui était revenu à lui dans la prospérité : « Non seulement il veut que ses amis soient heureux, mais il l'exige. »

574

L'amour, dit Plutarque[1], fait taire les autres passions : c'est le dictateur devant qui tous les autres pouvoirs s'évanouissent.

575

M..., entendant prêcher contre l'amour moral, à cause des mauvais effets de l'imagination, disait : « Pour moi, je ne le crains pas. Quand une femme me convient et qu'elle me rend heureux, je me livre aux sentiments qu'elle m'inspire, me réservant de n'être pas sa dupe si elle ne me convient. Mon imagination est le tapissier que j'envoie meubler mon appartement, quand je vois que j'y serai bien logé; sinon, je ne lui donne aucun ordre, et voilà les frais d'un mémoire épargnés. »

576

M. de L... m'a dit qu'au moment où il apprit l'infidélité de Mme de B..., il sentit au milieu de son chagrin qu'il n'aimerait plus, que l'amour disparaissait pour jamais, comme un homme qui, dans un champ, entend le bruit d'une perdrix qui lève et qui s'envole.

577

Vous vous étonnez que M. de L... voie Mme de D...? Mais, monsieur, M. de L... est amoureux, je crois, de Mme de D..., et vous savez qu'une femme a souvent été la nuance intermédiaire qui associe plutôt qu'elle n'assortit deux couleurs tranchantes et opposées.

578

On a comparé les bienfaiteurs maladroits à la chèvre qui se laisse traire et qui, par étourderie, renverse d'un coup de pied la jatte qu'elle a remplie de son lait.

579

Son imagination fait naître une illusion au moment où il vient d'en perdre une, semblable à ces rosiers qui produisent des roses dans toutes les saisons.

580

M... disait que ce qu'il aimait par-dessus tout, c'était paix, silence, obscurité. On lui répondit : *C'est la chambre d'un malade.*

581

On disait à M..., homme brillant dans la société : « Vous n'avez pas fait grande dépense d'esprit hier soir avec MM... » Il répondit : « Souvenez-vous du proverbe hollandais : *Sans petite monnaie, point d'économie.* »

582

Une femme n'est rien par elle-même; elle est ce qu'elle paraît à l'homme qui s'en occupe : voilà pourquoi elle est si furieuse contre ceux à qui elle ne paraît pas ce qu'elle voudrait paraître. Elle y perd son existence. L'homme en est moins blessé parce qu'il reste ce qu'il est.

583

Il avait, par grandeur d'âme, fait quelques pas vers la fortune, et par grandeur d'âme il la méprisa.

584

M..., vieux célibataire, disait plaisamment que le mariage est un état trop parfait pour l'imperfection de l'homme.

585

Mme de Fourq[1]... disait à une demoiselle de compagnie qu'elle avait : « Vous n'êtes jamais au fait des choses qu'il y a à me dire sur les circonstances où je me trouve, de ce qui convient à mon caractère, etc., par exemple dans quel temps il est très vraisemblable que je perdrai mon mari. J'en serai inconsolable. Alors il faudra me dire, etc. »

586

M. d'Osmond jouait dans une société deux ou trois jours après la mort de sa femme, morte en province. « Mais, d'Osmond, lui dit quelqu'un, il n'est pas décent que tu joues le lendemain de la mort de ta femme. — Oh! dit-il, la nouvelle ne m'en a pas encore été notifiée.

— C'est égal, cela n'est pas bien. — Oh! oh! dit-il, je ne
fais que carotter. »

587

« Un homme de lettres, disait Diderot, peut avoir une
maîtresse qui fasse des livres; mais il faut que sa femme
fasse des chemises[1]. »

588

Un médecin avait conseillé un cautère à M. de***.
Celui-ci n'en voulut point. Quelques mois se passèrent,
et la santé du malade revint. Le médecin, qui le rencontra, et le vit mieux portant, lui demanda quel remède
il avait fait. « Aucun, lui dit le malade. J'ai fait bonne
chère tout l'été; j'ai une maîtresse, et je me suis réjoui.
Mais voilà l'hiver qui approche : je crains le retour de
l'humeur qui afflige mes yeux. Ne me conseillez-vous pas
le cautère? — Non, lui dit gravement le médecin; vous
avez une maîtresse : cela suffit. Il serait plus sage de la
quitter et de mettre un cautère; mais vous pouvez peut-
être vous en passer, et je crois que ce cautère suffit. »

589

Un homme d'une grande indifférence sur la vie disait
en mourant : « Le docteur Bouvard sera bien attrapé. »

590

C'est une chose curieuse de voir l'empire de la mode.
M. de la Trémoille, séparé de sa femme, qu'il n'aimait
ni n'estimait, apprend qu'elle a la petite vérole... Il
s'enferme avec elle, prend la même maladie, meurt et
lui laisse une grande fortune avec le droit de convoler.

591

Il y a une modestie d'un mauvais genre, fondée sur l'ignorance, qui nuit quelquefois à certains caractères supérieurs, qui les retient dans une sorte de médiocrité : ce qui me rappelle le mot que disait à un déjeuner à des gens de la cour un homme d'un mérite reconnu : « Ah! Messieurs, que je regrette le temps que j'ai perdu à apprendre combien je valais mieux que vous! »

592

Les conquérants passeront toujours pour les premiers des hommes, comme on dira toujours que le lion est le roi des animaux.

593

M..., ayant voyagé en Sicile, combattait le préjugé où l'on est que l'intérieur des terres est rempli de voleurs. Pour le prouver, il ajoutait que partout où il avait été, on lui avait dit : « Les brigands sont ailleurs. » M. de B..., misanthrope gai, lui dit : « Voilà, par exemple, ce qu'on ne vous dirait pas à Paris. »

594

On sait qu'il y a dans Paris des voleurs connus de la police, presque avoués par elle et qui sont à ses ordres, s'ils ne sont pas les délateurs de leurs camarades. Un jour, le lieutenant de police en manda quelques-uns et leur dit : « Il a été volé tel effet, tel jour, en tel quartier. — Monsieur, à quelle heure? — A deux heures après midi. — Monsieur, ce n'est pas nous, nous ne pouvons en répondre; il faut que cela ait été volé par des FORAINS. »

595

C'est un proverbe turc que ce beau mot : « Ô malheur!
je te rends grâce, si tu es seul. »

596

Les Italiens disent : *Sotto umbilico ne religione ne
verita*[1].

597

Pour justifier la providence, saint Augustin dit[2] qu'elle
laisse le méchant sur la terre pour qu'il devienne bon, ou
que le bon devienne meilleur par lui.

598

Les hommes sont si pervers que le seul espoir et même
le seul désir de les corriger, de les voir raisonnables et
honnêtes, est une absurdité, une idée romanesque qui ne
se pardonne qu'à la simplicité de la première jeunesse.

599

« Je suis bien dégoûté des hommes, disait M. de L...
— Vous n'êtes pas dégoûté », lui dit M. de N..., non
pour lui nier ce qu'il disait, mais par misanthropie, pour
lui dire : votre goût est bon.

600

M..., vieillard détrompé, me disait : « Le reste de ma
vie me paraît une orange à demi sucée, que je presse je
ne sais pas pourquoi, et dont le suc ne vaut pas la peine
que je l'exprime. »

601

Notre langue est, dit-on, amie de la clarté. C'est donc, observe M..., parce qu'on aime le plus ce dont on a le plus besoin; car, si elle n'est maniée très adroitement, elle est toujours prête à tomber dans l'obscurité.

602

Il faut que l'homme à imagination, que le poète, croie en Dieu :

> *Ab Jove principium Musis,*

ou :

> *Ab Jove Musarum primordia*[1].

603

Les vers, disait M..., sont comme les olives, qui gagnent toujours à être pochetées.

604

Les sots, les ignorants, les gens malhonnêtes, vont prendre dans les livres des idées, de la raison, des sentiments nobles et élevés, comme une femme riche va chez un marchand d'étoffes s'assortir pour son argent.

605

M... disait que les érudits sont les paveurs du temple de la gloire.

606

M..., vrai pédant grec, à qui un fait moderne rappelle un trait d'antiquité. Vous lui parlez de l'abbé Terray, il vous cite Aristide, contrôleur général des Athéniens.

607

On offrait à un homme de lettres la collection du *Mercure* à trois sols le volume. « J'attends le rabais », répondit-il.

SECONDE PARTIE

CARACTÈRES ET ANECDOTES

CARACTÈRES ET ANECDOTES

CARACTÈRES ET ANECDOTES

608

NOTRE siècle a produit huit grandes comédiennes : quatre du théâtre et quatre de la société[1]. Les quatre premières sont Mlle d'Angeville, Mlle Dumesnil, Mlle Clairon et Mme Saint-Huberti; les quatre autres[2] sont Mme de Mont..., Mme de Genl..., Mme N... et Mme d'Angiv...

609

M... me disait : « Je me suis réduit à trouver tous mes plaisirs en moi-même, c'est-à-dire dans le seul exercice de mon intelligence. La nature a mis dans le cerveau de l'homme une petite glande appelée cervelet, laquelle fait office d'un miroir; on se représente, tant bien que mal, en petit et en grand, en gros et en détail tous les objets de l'univers et même les produits de sa propre pensée. C'est une lanterne magique dont l'homme est propriétaire et devant laquelle se passent des scènes où il est acteur et spectateur. C'est là proprement l'homme; là se borne son empire. Tout le reste lui est étranger. »

610

« Aujourd'hui, 15 mars 1782, j'ai fait, disait M. de..., une bonne œuvre d'une espèce assez rare. J'ai consolé un homme honnête, plein de vertus, riche de 100 000 livres de rente, d'un très grand nom, de beaucoup d'esprit, d'une très bonne santé, etc. Et moi je suis pauvre, obscur et malade. »

611

On sait le discours fanatique que l'évêque de Dol a tenu au roi, au sujet du rappel des protestants[1]. Il parla au nom du clergé. L'évêque de Saint-Pol lui ayant demandé pourquoi il avait parlé au nom de ses confrères, sans les consulter : « J'ai consulté, dit-il, mon crucifix. — En ce cas, répliqua l'évêque de Saint-Pol, il fallait répéter exactement ce que votre crucifix vous avait répondu. »

612

C'est un fait avéré, que Madame, fille du roi, jouant avec une de ses bonnes, regarda à sa main, et, après avoir compté ses doigts : « Comment! dit l'enfant avec surprise, vous avez cinq doigts aussi, comme moi? » Et elle recompta pour s'en assurer.

613

Le maréchal de Richelieu, ayant proposé pour maîtresse à Louis XV une grande dame, j'ai oublié laquelle, le roi n'en voulut pas, disant qu'elle coûterait trop cher à renvoyer.

614

M. de Tressan avait fait en 1738 des couplets contre M. le duc de Nivernois, et sollicita l'Académie en 1780. Il alla chez M. de Nivernois, qui le reçut à merveille, lui parla du succès de ses derniers ouvrages, et le renvoyait comblé d'espérance, lorsque, voyant M. de Tressan prêt à remonter en voiture, il lui dit : « Adieu, monsieur le comte, je vous félicite de n'avoir pas plus de mémoire. »

615

Le maréchal de Biron eut une maladie très dangereuse; il voulut se confesser, et dit devant plusieurs de ses amis : « Ce que je dois à Dieu, ce que je dois au roi, ce que je dois à l'État... » Un de ses amis l'interrompit : « Tais-toi, dit-il, tu mourras insolvable. »

616

Duclos avait l'habitude de prononcer sans cesse, en pleine Académie, des B..., des F...; l'abbé du Renel, qui à cause de sa longue figure était appelé un grand serpent sans venin, lui dit : « Monsieur, sachez qu'on ne doit prononcer dans l'Académie que des mots qui se trouvent dans le dictionnaire. »

617

M. de L... parlait à son ami M. de B..., homme très respectable, et cependant très peu ménagé par le public; il lui avouait les bruits et les faux jugements qui couraient sur son compte. Celui-ci répondit froidement : « C'est bien à une bête et à un coquin comme le public actuel à juger un caractère de ma trempe. »

618

M... me disait : « J'ai vu des femmes de tous les pays; l'Italienne ne croit être aimée de son amant que quand il est capable de commettre un crime pour elle; l'Anglaise, une folie; et la Française, une sottise. »

619

Duclos disait de je ne sais quel bas coquin qui avait fait fortune : « On lui crache au visage, on le lui essuye avec le pied et il remercie. »

620

D'Alembert, jouissant déjà de la plus grande réputation, se trouvait chez Mme du Défant, où étaient M. le président Hénault et M. de Pont-de-Veyle. Arrive un médecin, nommé Fournier, qui, en entrant, dit à Mme du Défant : « Madame, j'ai l'honneur de vous présenter mon très humble respect »; à M. le président Hénault : « Monsieur, j'ai bien l'honneur de vous saluer »; à M. de Pont-de-Veyle : « Monsieur, je suis votre très humble serviteur »; et à d'Alembert : « Bonjour, Monsieur. »

621

Un homme allait, depuis trente ans, passer toutes les soirées chez Mme de ...[1]; il perdit sa femme; on crut qu'il épouserait l'autre, et on l'y encourageait. Il refusa : « Je ne saurais plus, dit-il, où aller passer mes soirées. »

622

Mme de Tencin, avec des manières douces, était une femme sans principes et capable de tout, exactement. Un jour, on louait sa douceur : « Oui, dit l'abbé Trublet, si elle eût eu intérêt de vous empoisonner, elle eût choisi le poison le plus doux. »

623

M. de Broglie, qui n'admire que le mérite militaire, disait un jour : « Ce Voltaire qu'on vante tant, et dont je fais peu de cas, il a pourtant fait un beau vers :

Le premier qui fut roi fut un soldat heureux[1]. »

624

On réfutait je ne sais quelle opinion de M... sur un ouvrage, en lui parlant du public qui en jugeait autrement : « Le public, le public! dit-il, combien faut-il de sots pour faire un public? »

625

M. d'Argenson disait à M. le comte de Sébourg, qui était l'amant de sa femme : « Il y a deux places qui vous conviendraient également : le gouvernement de la Bastille et celui des Invalides; si je vous donne la Bastille, tout le monde dira que je vous y ai envoyé; si je vous donne les Invalides, on croira que c'est ma femme. »

626

Il existe une médaille que M. le prince de Condé m'a dit avoir possédée, et que je lui ai vu regretter. Cette médaille représente d'un côté Louis XIII, avec les mots ordinaires : *Rex Franc. et Nav.,* et de l'autre le cardinal de Richelieu, avec ces mots autour : *Nil sine Consilio*[1].

627

M..., ayant lu la lettre de saint Jérôme, où il peint avec la plus grande énergie la violence de ses passions[2], disait : « La force de ses tentations me fait plus d'envie que sa pénitence ne me fait peur. »

628

M... disait : « Les femmes n'ont de bon que ce qu'elles ont de meilleur. »

629

Mme la princesse de Marsan, maintenant si dévote, vivait autrefois avec M. de Bissy. Elle avait loué une petite maison, rue Plumet, où elle alla, tandis que M. de Bissy y était avec des filles. Il lui fit refuser la porte; les fruitières de la rue de Sève[3] s'assemblèrent autour de son carrosse, disant : « C'est bien vilain de refuser la maison à la princesse qui paye, pour y donner à souper à des filles de joie! »

630

Un homme, épris des charmes de l'état de prêtrise, disait : « Quand je devrais être damné, il faut que je me fasse prêtre. »

631

Un homme était en deuil, de la tête aux pieds : grandes pleureuses, perruque noire, figure allongée. Un de ses amis l'aborde tristement : « Eh! Bon Dieu! qui est-ce donc que vous avez perdu? — Moi, dit-il, je n'ai rien perdu : c'est que je suis veuf. »

632

Mme de Bassompierre, vivant à la cour du roi Stanislas, était la maîtresse connue de M. de la Galaisière, chancelier du roi de Pologne. Le roi alla un jour chez elle et prit avec elle quelques libertés qui ne réussirent pas : « Je me tais, dit Stanislas, mon chancelier vous dira le reste. »

633

Autrefois on tirait le gâteau des Rois avant le repas. M. de Fontenelle fut roi, et comme il négligeait de servir d'un excellent plat qu'il avait devant lui, on lui dit : « Le roi oublie ses sujets. » A quoi il répondit : « Voilà comme nous sommes, nous autres. »

634

Quinze jours avant l'attentat de Damien, un négociant provençal, passant dans une petite ville à six lieues de Lyon, et étant à l'auberge, entendit dire dans une chambre qui n'était séparée de la sienne que par une cloison, qu'un nommé Damien devait assassiner le roi. Ce négociant venait à Paris : il alla se présenter chez M. Berrier, ne le trouva point, lui écrivit ce qu'il avait entendu, retourna voir M. Berrier et lui dit qui il était. Il repartit pour sa province : comme il était en route, arriva l'attentat de Damien. M. Berrier, qui comprit que ce négociant conterait son histoire, et que cette négligence le perdrait, lui Berrier, envoie un exempt de police et des gardes sur la route de Lyon; on saisit l'homme, on le bâillonne, on l'amène à Paris, on le met à la Bastille, où il est resté pendant 18 ans. M. de Malesherbes, qui en délivra plusieurs prisonniers en 1775[1], conta cette histoire dans le premier moment de son indignation.

635

Le cardinal de Rohan, qui a été arrêté pour dettes dans son ambassade de Vienne, alla, en qualité de grand aumônier, délivrer des prisonniers du Châtelet, à l'occasion de la naissance du dauphin. Un homme, voyant un grand tumulte autour de la prison, en demanda la cause : on lui répondit que c'était pour M. le cardinal de Rohan, qui, ce jour-là, venait au Châtelet : « Comment, dit-il naïvement, est-ce qu'il est arrêté? »

636

M. de Roquemont, dont la femme était très galante, couchait une fois par mois dans la chambre de Madame, pour prévenir les mauvais propos si elle devenait grosse, et s'en allait en disant : « Me voilà net, arrive qui plante. »

637

M. de ..., que des chagrins amers empêchaient de reprendre sa santé, me disait : « Qu'on me montre le fleuve d'oubli, et je trouverai la fontaine de Jouvence. »

638

Un jeune homme sensible, et portant l'honnêteté dans l'amour, était bafoué par des libertins qui se moquaient de sa tournure sentimentale. Il leur répondit avec naïveté : « Est-ce ma faute à moi si j'aime mieux les femmes que j'aime, que les femmes que je n'aime pas? »

639

On faisait une quête à l'Académie française; il manquait un écu de six francs ou un louis d'or : un des membres, connu par son avarice, fut soupçonné de n'avoir pas contribué. Il soutint qu'il avait mis; celui qui faisait la collecte dit : « Je ne l'ai pas vu, mais je le crois. » M. de Fontenelle termina la discussion en disant : « Je l'ai vu, moi, mais je ne le crois pas. »

640

L'abbé Maury, allant chez le cardinal de La Roche-Aimon[1], le rencontra revenant de l'assemblée du clergé. Il lui trouva de l'humeur, et lui en demanda la raison. « J'en ai de bien bonnes, dit le vieux cardinal : on m'a engagé à présider cette assemblée du clergé, où tout s'est passé on ne saurait plus mal. Il n'y a pas jusqu'à ces jeunes agents du clergé, cet abbé de La Luzerne, qui ne veulent pas se payer de mauvaises raisons. »

641

L'abbé Raynal, jeune et pauvre, accepta une messe à dire tous les jours pour 20 sols; quand il fut plus riche, il la céda à l'abbé de La Porte, en retenant 8 sols dessus : celui-ci, devenu moins gueux, la sous-loua à l'abbé Dinouart, en retenant 4 sols dessus, outre la portion de l'abbé Raynal; si bien que cette pauvre messe, grevée de deux pensions, ne valait que 8 sols à l'abbé Dinouart.

642

Un évêque de Saint-Brieuc, dans une oraison funèbre de Marie-Thérèse, se tira d'affaire fort simplement sur le

partage de la Pologne : « La France, dit-il, n'ayant rien
dit sur ce partage, je prendrai le parti de faire comme la
France, et de n'en rien dire non plus. »

643

Mylord Marlborough étant à la tranchée avec un de
ses amis et un de ses neveux, un coup de canon fit sauter
la cervelle à cet ami et en couvrit le visage du jeune
homme, qui recula avec effroi. Marlborough lui dit
intrépidement : « Eh! quoi monsieur, vous paraissez
étonné? — Oui, dit le jeune homme en s'essuyant la
figure, je le suis qu'un homme qui a autant de cervelle
restât exposé gratuitement à un danger inutile. »

644

Mme la duchesse du Maine, dont la santé allait mal,
grondait son médecin, et lui disait : « Était-ce la peine de
m'imposer tant de privations et de me faire vivre en mon
particulier? — Mais V. A. a maintenant 40 personnes
au château? — Eh bien! ne savez-vous pas que 40 ou
50 personnes sont le particulier d'une princesse? »

645

Le duc de Chartres, apprenant l'insulte faite à Mme
la duchesse de Bourbon, sa sœur, par M. le comte
d'Artois, dit : « On est bien heureux de n'être ni père ni
mari. »

646

Un jour que l'on ne s'entendait pas dans une dispute,
à l'Académie, M. de Mairan dit : « Messieurs, si nous ne
parlions que quatre à la fois! »

647

Le comte de Mirabeau, très laid de figure, mais plein d'esprit, ayant été mis en cause pour un prétendu rapt de séduction, fut lui-même son avocat. « Messieurs, dit-il, je suis accusé de séduction; pour toute réponse et pour toute défense, je demande que mon portrait soit mis au greffe. » Le commissaire n'entendait pas : « Bête, dit le juge, regarde donc la figure de monsieur! »

648

M... me disait : « C'est faute de pouvoir placer un sentiment vrai, que j'ai pris le parti de traiter l'amour comme tout le monde. Cette ressource a été mon pis-aller, comme un homme qui, voulant aller au spectacle, et n'ayant pas trouvé de place à *Iphigénie,* s'en va aux Variétés amusantes[1]. »

649

Mme de Brionne rompit avec le cardinal de Rohan, à l'occasion du duc de Choiseul, que le cardinal voulait faire renvoyer. Il y eut entre eux une scène violente, que Mme de Brionne termina en menaçant de le faire jeter par la fenêtre : « Je puis bien descendre, dit-il, par où je suis monté si souvent. »

650

M. le duc de Choiseul était du jeu de Louis XV, quand il fut exilé[2]. M. de Chauvelin qui en était aussi, dit au roi qu'il ne pouvait le continuer, parce que le duc en était de moitié. Le roi dit à M. de Chauvelin : « Demandez-lui s'il veut continuer. » M. de Chauvelin écrivit à Chanteloup; M. de Choiseul accepta. Au bout du mois, le roi

demanda si le partage des gains était fait : « Oui, dit
M. de Chauvelin. M. de Choiseul gagne trois mille louis.
— Ah! j'en suis bien aise, dit le roi; mandez-le-lui bien
vite. »

651

« L'amour, disait M..., devrait n'être le plaisir que des
âmes délicates. Quand je vois des hommes grossiers se
mêler d'amour, je suis tenté de dire : « De quoi vous
« mêlez-vous? Du jeu, de la table, de l'ambition à cette
« canaille. »

652

Ne me vantez point le caractère de N... : c'est un
homme dur, inébranlable, appuyé sur une philosophie
froide, comme une statue de bronze sur du marbre.

653

« Savez-vous pourquoi (me disait M. de...) on est plus
honnête, en France, dans la jeunesse, et jusqu'à trente ans
que passé cet âge? C'est que ce n'est qu'après cet âge
qu'on s'est détrompé; que chez nous il faut être enclume
ou marteau; que l'on voit clairement que les maux dont
gémit la nation sont irrémédiables. Jusqu'alors on avait
ressemblé au chien qui défend le dîner de son maître
contre les autres chiens[1]. Après cette époque, on fait
comme le même chien, qui en prend sa part avec les
autres. »

654

Mme de B... ne pouvant, malgré son grand crédit,
rien faire pour M. de D..., son amant, homme par trop

médiocre, l'a épousé. En fait d'amants, il n'est pas de
ceux que l'on montre; en fait de maris, on montre tout.

655

M. le comte d'Orsai, fils d'un fermier-général, et si
connu par sa manie d'être homme de qualité, se trouva
avec M. de Choiseul-Gouffier chez le prévôt des marchands. Celui-ci venait chez ce magistrat pour faire diminuer sa capitation, considérablement augmentée; l'autre
y venait porter ses plaintes de ce qu'on avait diminué la
sienne, et croyait que cette diminution supposait quelque
atteinte portée à ses titres de noblesse.

656

On disait de M. l'abbé Arnaud, qui ne conte jamais :
« Il parle beaucoup, non qu'il soit bavard, mais c'est
qu'en parlant, on ne conte pas. »

657

M. d'Autrep[1] disait de M. de Ximenez : « C'est un
homme qui aime mieux la pluie que le beau temps, et
qui, entendant chanter le rossignol, dit : « Ah! la
« vilaine bête! »

658

Le tsar Pierre Ier, étant à Spithead[2], voulut savoir ce
que c'était que le châtiment de la cale qu'on inflige aux
matelots. Il ne se trouva pour lors aucun coupable. Pierre
dit : « Qu'on prenne un de mes gens. -- Prince, lui répon-
dit-on, vos gens sont en Angleterre, et par conséquent
sous la protection des lois. »

659

M. de Vaucanson s'était trouvé l'objet principal des attentions d'un prince étranger, quoique M. de Voltaire fût présent. Embarrassé et honteux que ce prince n'eût rien dit à Voltaire, il s'approcha de ce dernier et lui dit : « Le prince vient de me dire telle chose. » (Un compliment très flatteur pour Voltaire.) Celui-ci vit bien que c'était une politesse de Vaucanson, et lui dit : « Je reconnais tout votre talent dans la manière dont vous faites parler le prince[1]. »

660

A l'époque de l'assassinat de Louis XV par Damien, M. d'Argenson était en rupture ouverte avec Mme de Pompadour. Le lendemain de cette catastrophe, le roi le fit venir pour lui donner l'ordre de renvoyer Mme de Pompadour. Il se conduisit en homme consommé dans l'art des cours : sachant bien que la blessure du roi n'était pas considérable, il crut que le roi, après s'être rassuré, rappellerait Mme de Pompadour; en conséquence, il fit observer au roi, qu'ayant eu le malheur de déplaire à la reine, il serait barbare de lui faire porter cet ordre par une bouche ennemie, et il engagea le roi à donner cette commission à M. de Machaut, qui était des amis de Mme de Pompadour, et qui adoucirait cet ordre par toutes les consolations de l'amitié; ce fut cette commission qui perdit M. de Machaut. Mais ce même homme, que cette conduite savante avait réconcilié avec Mme de Pompadour, fit une faute d'écolier, en abusant de sa victoire et en la chargeant d'invectives, lorsque revenue à lui, elle allait mettre la France à ses pieds.

661

Lorsque Mme du Barry et le duc d'Aiguillon firent renvoyer M. de Choiseul, les places que sa retraite laissait vacantes n'étaient point encore données. Le roi ne voulait point de M. d'Aiguillon pour ministre des Affaires étrangères; M. le prince de Condé portait M. de Vergennes[1], qu'il avait connu en Bourgogne; Mme du Barry portait le cardinal de Rohan, qui s'était attaché à elle. M. d'Aiguillon, alors son amant, voulut les écarter l'un et l'autre, et c'est ce qui fit donner l'ambassade de Suède à M. de Vergennes, alors oublié et retiré dans ses terres, et l'ambassade de Vienne au cardinal de Rohan, alors le prince Louis.

662

« Mes idées, mes principes, disait M..., ne conviennent pas à tout le monde : c'est comme les poudres d'Ailhaut et certaines drogues qui ont fait grand tort à des tempéraments faibles et ont été très profitables à des gens robustes. » Il donnait cette raison pour se dispenser de se lier avec M. de J..., jeune homme de la cour, avec qui on voulait le mettre en liaison.

663

. J'ai vu M. de Foncemagne jouir dans sa vieillesse d'une grande considération. Cependant, ayant eu occasion de soupçonner un moment sa droiture, je demandai à M. Saurin, s'il l'avait connu particulièrement. Il me répondit que oui. J'insistai pour savoir s'il n'avait jamais rien eu contre lui. M. Saurin, après un moment de réflexion, me répondit : « Il y a longtemps qu'il est honnête homme. » Je ne pus en tirer rien de positif, sinon qu'autrefois M. de Foncemagne avait tenu une conduite oblique et rusée dans plusieurs affaires d'intérêt.

664

M. d'Argenson, apprenant à la bataille de Raucoux[1] qu'un valet d'armée avait été blessé d'un coup de canon derrière l'endroit où il était lui-même avec le roi, disait : « Ce drôle-là ne nous fera pas l'honneur d'en mourir. »

665

Dans les malheurs de la fin du règne de Louis XIV, après la perte des batailles de Turin, d'Oudenarde, de Malplaquet, de Ramillies, d'Hochstet, les plus honnêtes gens de la cour disaient : « Au moins le roi se porte bien, c'est le principal. »

666

Quand M. le comte d'Estaing, après sa campagne de la Grenade, vint faire sa cour à la reine, pour la première fois, il arriva porté sur ses béquilles, et accompagné de plusieurs officiers blessés comme lui : la reine ne sut lui dire autre chose, sinon : «M. le comte, avez-vous été content du petit Laborde[2]? »

667

« Je n'ai vu dans le monde, disait M..., que des dîners sans digestion, des soupers sans plaisir, des conversations sans confiance, des liaisons sans amitié et des coucheries sans amour. »

668

Le curé de Saint-Sulpice étant allé voir Mme de Mazarin pendant sa dernière maladie, pour lui faire quelques petites exhortations, elle lui dit en l'apercevant : « Ah! M. le curé, je suis enchantée de vous voir; j'ai à vous dire que le beurre de l'enfant Jésus n'est plus à beaucoup près si bon : c'est à vous d'y mettre ordre, puisque l'enfant Jésus est une dépendance de votre église[1]. »

669

Je disais à M. R..., misanthrope plaisant, qui m'avait présenté un jeune homme de sa connaissance : « Votre ami n'a aucun usage du monde, ne sait rien de rien. — Oui, dit-il; et il est déjà triste comme s'il savait tout. »

670

M... disait qu'un esprit sage, pénétrant et qui verrait la société telle qu'elle est, ne trouverait partout que de l'amertume. Il faut absolument diriger sa vue vers le côté plaisant, et s'accoutumer à ne regarder l'homme que comme un pantin et la société comme la planche sur laquelle il saute. Dès lors, tout change : l'esprit des différents états, la vanité particulière à chacun d'eux, ses différentes nuances dans les individus, les friponneries, etc., tout devient divertissant, et on conserve sa santé.

671

« Ce n'est qu'avec beaucoup de peine, disait M..., qu'un homme de mérite se soutient dans le monde sans l'appui d'un nom, d'un rang, d'une fortune : l'homme qui a ces avantages y est, au contraire, soutenu comme

malgré lui-même. Il y a entre ces deux hommes la différence qu'il y a du scaphandre au nageur.

672

M... me disait : « J'ai renoncé à l'amitié de deux
hommes : l'un, parce qu'il ne m'a jamais parlé de
lui; l'autre, parce qu'il ne m'a jamais parlé de moi. »

673

On demandait au même[1], pourquoi les gouverneurs
de province avaient plus de faste que le roi : « C'est,
dit-il, que les comédiens de campagne chargent plus que
ceux de Paris. »

674

Un prédicateur de la Ligue avait pris pour texte de son
sermon : *Eripe nos. Domine, à luto fœcis*[2], qu'il traduisait
ainsi : Seigneur, débourbonez-nous!

675

M..., intendant de province, homme fort ridicule, avait
plusieurs personnes dans son salon, tandis qu'il était dans
son cabinet, dont la porte était ouverte. Il prend un air
affairé, et, tenant des papiers à la main, il dicte gravement
à son secrétaire : « Louis, par la grâce de Dieu, roi de
France et de Navarre, à toux ceux qui ces présentes lettres
verront (verront un t à la fin), Salut. » « Le reste est de
forme », dit-il, en remettant les papiers; et il passe dans
la salle d'audience, pour livrer au public le grand homme
occupé de tant de grandes affaires.

676

M. de Montesquiou priait M. de Maurepas de s'intéresser à la prompte décision de son affaire et de ses prétentions sur le nom de Fezensac. M. de Maurepas lui dit : « Rien ne presse; M. le comte d'Artois a des enfants. » C'était avant la naissance du dauphin.

677

Le Régent envoya demander au président Daron la démission de sa place de premier président du Parlement de Bordeaux. Celui-ci répondit qu'on ne pouvait lui ôter sa place sans lui faire son procès. Le Régent, ayant reçu la lettre, mit au bas : *Qu'à cela ne tienne,* et la renvoya pour réponse. Le président, connaissant le prince auquel il avait affaire, envoya sa démission.

678

Un homme de lettres menait de front un poème et une affaire d'où dépendait sa fortune. On lui demandait comment allait son poème : « Demandez-moi plutôt, dit-il, comment va mon affaire. Je ne ressemble pas mal à ce gentilhomme qui, ayant une affaire criminelle, laissait croître sa barbe, ne voulant pas, disait-il, la faire faire, avant de savoir si sa tête lui appartiendrait. Avant d'être immortel, je veux savoir si je vivrai. »

679

M. de la Reynière, obligé de choisir entre la place d'administrateur des postes et celle de fermier-général, après avoir possédé ces deux places, dans lesquelles il avait été maintenu par le crédit des grands seigneurs qui soupaient chez lui, se plaignit à eux de l'alternative qu'on lui proposait et qui diminuait de beaucoup son revenu. Un d'eux lui dit naïvement : « Eh! mon Dieu, cela ne fait pas une grande différence dans votre fortune. C'est un million à mettre à fond perdu; et nous n'en viendrons pas moins souper chez vous. »

680

M..., Provençal[1], qui a des idées assez plaisantes, me disait, à propos de rois et même de ministres, que la machine étant bien montée, le choix des uns et des autres était indifférent : « Ce sont, disait-il, des chiens dans un tourne-broche; il suffit qu'ils remuent les pattes pour que tout aille bien. Que le chien soit beau, qu'il ait de l'intelligence ou du nez, ou rien de tout cela, la broche tourne, et le souper sera toujours à peu près bon. »

681

On faisait une procession avec la châsse de sainte Geneviève, pour obtenir de la sécheresse. A peine la procession fut-elle en route, qu'il commença à pleuvoir; sur quoi l'évêque de Castres dit plaisamment : « La Sainte se trompe; elle croit qu'on lui demande de la pluie. »

682

« Au ton qui règne depuis dix ans dans la littérature, disait M..., la célébrité littéraire me paraît une espèce de diffamation qui n'a pas encore tout à fait autant de mauvais effets que le carcan, mais cela viendra. »

683

On venait de citer quelques traits de la gourmandise de plusieurs souverains. « Que voulez-vous, dit le bonhomme

M. de Brequigny, que voulez-vous que fassent ces pauvres rois? Il faut bien qu'ils mangent. »

684

On demandait à une duchesse de Rohan à quelle époque elle comptait accoucher. « Je me flatte, dit-elle, d'avoir cet honneur dans deux mois. » L'honneur était d'accoucher d'un Rohan.

685

Un plaisant, ayant vu exécuter en ballet, à l'Opéra, le fameux *Qu'il mourût* de Corneille[1], pria Noverre de faire danser les *Maximes* de La Rochefoucauld.

686

M. de Malesherbes disait à M. de Maurepas qu'il fallait engager le roi à aller voir la Bastille. « Il faut bien s'en garder, lui répondit M. de Maurepas : il ne voudrait plus y faire mettre personne. »

687

Pendant un siège, un porteur d'eau criait dans la ville : « A 6 sols la voie d'eau[2]! » Une bombe vient et emporte un de ses seaux! « A 12 sols le seau d'eau! » s'écrie le porteur sans s'étonner.

688

L'abbé de Molières était un homme simple et pauvre, étranger à tout, hors à ses travaux sur le système de Descartes; il n'avait point de valet et travaillait dans son lit, faute de bois, sa culotte sur sa tête par-dessus son bonnet, les deux côtés pendant à droite et à gauche. Un matin il entend frapper à sa porte : « Qui va là ? — Ouvrez... » Il tire un cordon et la porte s'ouvre. L'abbé de Molières, ne regardant point : « Qui êtes-vous ? — Donnez-moi de l'argent. — De l'argent ? — Oui, de l'argent. — Ah ! j'entends, vous êtes un voleur ? — Voleur ou non, il me faut de l'argent. — Vraiment oui, il vous en faut : eh bien ! cherchez là-dedans... » Il tend le cou, et présente un des côtés de la culotte ; le voleur fouille : « Eh bien ! il n'y a point d'argent. — Vraiment non, mais il y a ma clé. — Eh bien, cette clé... — Cette clé, prenez-la. — Je la tiens. — Allez-vous-en à ce secrétaire ; ouvrez... » Le voleur met la clé à un autre tiroir. « Laissez donc : ne dérangez pas : ce sont mes papiers. Ventrebleu finirez-vous ? ce sont mes papiers : à l'autre tiroir, vous trouverez de l'argent. — Le voilà. — Eh bien prenez. Fermez donc le tiroir... » Le voleur s'enfuit. « M. le voleur, fermez donc la porte. Morbleu ! il laisse la porte ouverte !... Quel chien de voleur ! Il faut que je me lève par le froid qu'il fait ! maudit voleur ! » L'abbé saute en pied, va fermer la porte, et revient se remettre à son travail.

689

M..., à propos des 6.000 ans que Moïse donne[1], disait, en considérant la lenteur des progrès des arts et l'état actuel de la civilisation : « Que veut-il qu'on fasse de ses 6.000 ans ? Il en a fallu plus que cela pour savoir battre le briquet, et pour inventer les allumettes. »

690

La comtesse de Boufflers disait au prince de Conti qu'il était le meilleur des tyrans[2].

691

Mme de Montmorin disait à son fils : « Vous entrez dans le monde, je n'ai qu'un conseil à vous donner, c'est d'être amoureux de toutes les femmes. »

692

Une femme disait à M... qu'elle le soupçonnait de n'avoir jamais *perdu terre* avec les femmes : « Jamais, lui dit-il, si ce n'est dans le ciel. » En effet, son amour s'accroissait toujours par la jouissance, après avoir commencé assez tranquillement.

693

Du temps de M. de Machaut, on présenta au roi le projet d'une cour plénière, telle qu'on a voulu l'exécuter depuis. Tout fut réglé entre le roi, Mme de Pompadour et les ministres. On dicta au roi les réponses qu'il ferait au premier président; tout fut expliqué dans un mémoire dans lequel on disait : « Ici, le roi prendra un air sévère; ici, le front du roi s'adoucira; ici, le roi fera tel geste », etc. Le mémoire existe.

694

« Il faut, disait M..., flatter l'intérêt ou effrayer l'amour-propre des hommes : ce sont des singes qui ne sautent que pour des noix, ou bien dans la crainte du coup de fouet. »

695

Mme de Créqui, parlant à la duchesse de Chaulnes de son mariage avec M. de Giac, après les suites désagréables qu'il a eues[1], lui dit qu'elle aurait dû les prévoir, et insista sur la distance des âges. « Madame, lui dit Mme de Giac, apprenez qu'une femme de la cour n'est jamais vieille, et qu'un homme de robe est toujours vieux. »

696

M. de Saint-Julien, le père, ayant ordonné à son fils de lui donner la liste de ses dettes, celui-ci mit à la tête de son bilan 60 mille livres pour une charge de conseiller au Parlement de Bordeaux. Le père indigné crut que c'était une raillerie, et lui en fit des reproches amers. Le fils soutint qu'il avait payé cette charge. « C'était, dit-il, lorsque je fis connaissance avec Mme Tilaurier. Elle souhaitait d'avoir une charge de conseiller au Parlement de Bordeaux, pour son mari; et jamais, sans cela, elle n'aurait eu d'amitié pour moi; j'ai payé la place, et vous voyez, mon père, qu'il n'y a pas de quoi être en colère contre moi, et que je ne suis pas un mauvais plaisant. »

697

Le comte d'Argenson, homme d'esprit, mais dépravé, et se jouant de sa propre honte, disait : « Mes ennemis ont beau faire, ils ne me culbuteront pas : il n'y a ici personne plus valet que moi. »

698

M. de Boulainvilliers, homme sans esprit, très vain, et fier d'un cordon bleu[2] par charge, disait à un homme, en mettant ce cordon, pour lequel il avait acheté une place de 50 mille écus : « Ne seriez-vous pas bien aise d'avoir un pareil ornement? — Non, dit l'autre; mais je voudrais avoir ce qu'il vous coûte. »

699

Le marquis de Chatelux, amoureux comme à vingt ans, ayant vu sa femme occupée pendant tout un dîner d'un étranger jeune et beau, l'aborda au sortir de table et lui adressait d'humbles reproches; le marquis de Genlis lui dit : « Passez, passez, bonhomme, on vous a donné. » (Formule usitée envers les pauvres qui redemandent l'aumône.)

700

M..., connu par son usage du monde, me disait que ce qui l'avait le plus formé, c'était d'avoir su coucher, dans l'occasion, avec des femmes de 40 ans, et écouter des vieillards de 80.

701

M... disait que de courir après la fortune avec de l'ennui, des soins, des assiduités auprès des grands, en négligeant la culture de son esprit et de son âme, c'est pêcher au goujon avec un hameçon d'or.

702

Le duc de Choiseul et le duc de Praslin avaient eu une dispute pour savoir lequel était le plus bête du roi ou de M. de la Vrilière : le duc de Praslin soutenait que c'était M. de la Vrilière; l'autre, en fidèle sujet, pariait pour le roi. Un jour, au Conseil, le roi dit une grosse bêtise. « Eh bien! M. de Praslin, dit le duc de Choiseul, qu'en pensez-vous? »

703

M. de Buffon s'environne de flatteurs et de sots qui le louent sans pudeur. Un homme avait dîné chez lui avec l'abbé Leblanc, M. de Juvigny et deux autres hommes de cette force. Le soir, il dit à souper qu'il avait vu dans le cœur de Paris, quatre huîtres, attachées à un rocher. On chercha longtemps le sens de cette énigme dont il donna enfin le mot.

704

Pendant la dernière maladie de Louis XV, qui dès les premiers jours se présenta comme mortelle, Lorry, qui fut mandé avec Bordeu, employa, dans le détail des conseils qu'il donnait, le mot : *il faut*. Le roi, choqué de ce mot, répétait tout bas, et d'une voix mourante : *Il faut, il faut!*

705

Voici une anecdote que j'ai ouï conter à M. de Clermont-Tonnerre sur le baron de Breteuil. Le baron, qui s'intéressait à M. de Clermont-Tonnerre, le grondait de ce qu'il ne se montrait pas assez dans le monde. « J'ai trop peu de fortune, répondit M. de Clermont. — Il faut emprunter. Vous paierez avec votre nom. — Mais si je meurs? — Vous ne mourrez pas. — Je l'espère; mais enfin si cela arrivait? — Eh bien! vous mourriez avec des dettes, comme tant d'autres. — Je ne veux pas mourir banqueroutier. — Monsieur, il faut aller dans le monde : avec votre nom, vous devez arriver à tout. Ah! si j'avais eu votre nom! — Voyez à quoi il me sert. — C'est votre faute. Moi, j'ai emprunté; vous voyez le chemin que j'ai fait, moi qui ne suis qu'un *pied-plat*. » Ce mot fut répété deux ou trois fois, à la grande surprise de l'auditeur, qui ne pouvait comprendre qu'on parlât ainsi de soi-même.

706

Cailhava qui, pendant toute la révolution, ne songeait qu'aux sujets de plaintes des auteurs contre les comédiens, se plaignait à un homme de lettres, lié avec plusieurs membres de l'Assemblée nationale, que le décret n'arrivait pas[1]. Celui-ci lui dit : « Mais pensez-vous qu'il ne s'agisse ici que de représentations d'ouvrages dramatiques? — Non, répondit Cailhava, je sais bien qu'il s'agit aussi d'impression. »

707

Quelque temps avant que Louis XV fût arrangé avec Mme de Pompadour, elle courait après lui aux chasses. Le roi eut la complaisance d'envoyer à M. d'Étioles une ramure de cerf. Celui-ci la fit mettre dans sa salle à manger, avec ces mots . « Présent fait par le roi à M. d'Étioles. »

708

Mme de Genlis vivait avec M. de Senevoi. Un jour qu'elle avait son mari à sa toilette, un soldat arrive et lui demande sa protection auprès de M. de Senevoi, son colonel, auquel il demandait un congé. Mme de Genlis se fâche contre cet impertinent; dit qu'elle ne connaît M. de Senevoi que comme tout le monde; en un mot, refuse. M. de Genlis retient le soldat, et lui dit : « Va demander ton congé en mon nom; et si Senevoi te le refuse, dis-lui que je lui ferai donner le sien. »

709

M... débitait souvent des maximes de Roué[1], en fait d'amour; mais, dans le fond, il était sensible, et fait pour les passions. Aussi quelqu'un disait-il de lui : « Il a fait semblant d'être malhonnête, afin que les femmes ne le rebutent pas. »

710

M. de Richelieu disait, au sujet du siège de Mahon par M. le duc de Crillon : « J'ai pris Mahon par une étourderie; et, dans ce genre, M. de Crillon paraît en savoir plus que moi[2]. »

711

A la bataille de Raucoux ou de Lawfeld, le jeune M. de Thianges eut son cheval tué sous lui, et lui-même fut jeté fort loin; cependant il n'en fut point blessé. Le maréchal de Saxe lui dit : « Petit Thianges, tu as eu une belle peur? — Oui, M. le maréchal, dit celui-ci, j'ai craint que vous ne fussiez blessé. »

712

Voltaire disait, à propos de l'*Anti-Machiavel* du roi de Prusse : « Il crache au plat pour en dégoûter les autres. »

713

On faisait compliment à Mme Denis de la façon dont elle venait de jouer Zaïre : « Il faudrait, dit-elle, être belle et jeune. — Ah! Madame, reprit le complimenteur naïvement, vous êtes bien la preuve du contraire. »

714

M. Poissonnier le médecin, après son retour de Russie, alla à Ferney, et parlant à M. de Voltaire de tout ce qu'il avait dit de faux et d'exagéré sur ce pays-là : « Mon ami, répondit naïvement Voltaire, au lieu de s'amuser à contredire, ils m'ont donné de bonnes pelisses, et je suis très frileux. »

715

Mme de Tencin disait que les gens d'esprit faisaient beaucoup de fautes en conduite, parce qu'ils ne croyaient jamais le monde assez bête, aussi bête qu'il l'est.

716

Une femme avait un procès au Parlement de Dijon. Elle vint à Paris, sollicita M. le garde des Sceaux[1] (1784) de vouloir bien écrire, en sa faveur, un mot qui lui faisait gagner un procès très juste; le garde des Sceaux la refusa. La comtesse de Talleyrand prenait intérêt à cette femme; elle en parla au garde des Sceaux : nouveau refus. Mme de Tayllerand en fit parler par la reine : autre refus. Mme de Talleyrand se souvint que le garde des Sceaux caressait beaucoup l'abbé de Périgord, son fils. Elle fit écrire par lui : refus très bien tourné. Cette femme désespérée résolut de faire une tentative, et d'aller à Versailles. Le lendemain, elle part; l'incommodité de la voiture publique l'engage à descendre à Sèvres et à faire le reste de la route à pied. Un homme lui offre de la mener par un chemin plus agréable et qui abrège. Elle accepte, et lui conte son histoire. Cet homme lui dit : « Vous aurez demain ce que vous demandez. » Elle le regarde, et reste confondue. Elle va chez le garde des Sceaux, est refusée encore, veut partir. L'homme l'engage à coucher à Versailles, et, le lendemain matin, lui apporte le papier qu'elle demandait. C'était un commis d'un commis, nommé M. Étienne.

717

Le duc de la Vallière, voyant à l'Opéra la petite Lacour sans diamants, s'approche d'elle et lui demande comment cela se fait. « C'est, lui dit-elle, que les diamants sont la croix de Saint-Louis de notre état. » Sur ce mot, il devint amoureux fou d'elle. Il a vécu avec elle long-temps. Elle le subjuguait par les mêmes moyens qui réus-sirent à Mme du Barry près de Louis XV. Elle lui ôtait son cordon bleu, le mettait à terre, et lui disait : « Mets-toi à genoux là-dessus, vieille Ducaille. »

718

Un joueur fameux, nommé Sablière, venait d'être arrêté. Il était au désespoir et disait à Beaumarchais, qui voulait l'empêcher de se tuer : « Moi, arrêté pour deux cents louis! abandonné par tous mes amis! C'est moi qui les ai formés, qui leur ai appris à friponner. Sans moi, que seraient B..., D..., N...? (ils vivent tous). Enfin Monsieur, jugez de l'excès de mon avilissement : pour vivre, je suis espion de police. »

719

Un banquier anglais, nommé Ser ou Sair, fut accusé d'avoir fait une conspiration pour enlever le roi (George III) et le transporter à Philadelphie. Amené devant ses juges, il leur dit : « Je sais très bien ce qu'un roi peut faire d'un banquier; mais j'ignore ce qu'un ban-quier peut faire d'un roi. »

720

On disait au satirique anglais Donne : « Tonnez sur
les vices, mais ménagez les vicieux. — Comment, dit-il,
condamner les cartes, et pardonner aux escrocs?

721

On demandait à M. de Lauzun ce qu'il répondrait à sa
femme (qu'il n'avait pas vue depuis dix ans), si elle lui
écrivait : « Je viens de découvrir que je suis grosse. » Il
réfléchit, et répondit : « Je lui écrirais : « Je suis charmé
« d'apprendre que le Ciel ait enfin béni notre union. Soi-
« gnez votre santé; j'irai vous faire ma cour ce soir. »

722

Mme de H... me racontait la mort de M. le duc d'Aumont. « Cela a tourné bien court, disait-elle; deux jours
auparavant M. Bouvard lui avait permis de manger; et le
jour même de sa mort, deux heures avant la récidive de
sa paralysie, il était, comme à trente ans, comme il avait
été toute sa vie : il avait demandé son perroquet, avait
dit : « Brossez ce fauteuil, voyons mes deux broderies
« nouvelles »; enfin, toute sa tête, ses idées comme à l'ordinaire. »

723

M..., qui, après avoir connu le monde, prit le parti de
la solitude, disait pour ses raisons, qu'après avoir examiné les conventions de la société dans le rapport qu'il y
a de l'homme de qualité à l'homme vulgaire, il avait
trouvé que c'était un marché d'imbécile et de dupe. « J'ai
ressemblé, ajoutait-il, à un grand joueur d'échecs, qui se
lasse de jouer avec des gens auxquels il faut donner la

dame[1]. On joue divinement, on se casse la tête, et on finit par gagner un petit écu. »

724

Un courtisan disait, à la mort de Louis XIV : « Après la mort du roi, on peut tout croire. »

725

J.-J. Rousseau passe pour avoir eu Mme la comtesse de Boufflers, et même (qu'on me passe ce terme) pour l'avoir manquée, ce qui leur donna beaucoup d'humeur l'un contre l'autre. Un jour on disait devant eux que l'amour du genre humain éteignait l'amour de la patrie. « Pour moi, dit-elle, je sais, par mon exemple, et je sens que cela n'est pas vrai; je suis très bonne Française et je ne m'intéresse pas moins au bonheur de tous les peuples. — Oui, je vous entends, dit Rousseau, vous êtes Française par votre buste et cosmopolite du reste de votre personne. »

726

La maréchale de Noailles, actuellement vivante (1780), est une mystique comme Mme Guyon, à l'esprit près. Sa tête s'était montée au point d'écrire à la Vierge. Sa lettre fut mise dans le tronc de l'église Saint-Roch, et la réponse à cette lettre fut faite par un prêtre de cette paroisse. Ce manège dura longtemps. Le prêtre fut découvert et inquiété, mais on assoupit cette affaire.

727

Un jeune homme avait offensé le complaisant d'un ministre. Un ami, témoin de la scène, lui dit, après le départ de l'offensé : « Apprenez qu'il vaudrait mieux avoir offensé le ministre même que l'homme qui le suit dans sa garde-robe. »

728

Une des maîtresses de M. le Régent lui ayant parlé d'affaires dans un rendez-vous, il parut l'écouter avec attention : « Croyez-vous, lui répondit-il, que le chancelier soit une bonne jouissance? »

729

M. de..., qui avait vécu avec des princesses d'Allemagne, me disait : « Croyez-vous que M. de L... ait Mme de S...? » Je lui répondis : « Il n'en a pas même la prétention; il se donne pour ce qu'il est, pour un libertin, un homme qui aime les filles par-dessus tout. — Jeune homme, me répondit-il, n'en soyez pas dupe; c'est avec cela qu'on a des reines. »

730

M. de Stainville, lieutenant-général, venait de faire enfermer sa femme. M. de Vaubecourt, maréchal de camp, sollicitait un ordre pour faire enfermer la sienne. Il venait d'obtenir l'ordre, et sortait de chez le ministre avec un air triomphant. M. de Stainville, qui crut qu'il venait d'être nommé lieutenant-général, lui dit devant beaucoup de monde : « Je vous félicite, vous êtes sûrement des nôtres. »

731

L'Écluse, celui qui a été à la tête des Variétés amusantes, racontait que, tout jeune et sans fortune, il arriva à Lunéville, où il obtint la place de dentiste du roi Stanislas, précisément le jour où le roi perdit sa dernière dent.

732

On assure que Mme de Montpensier, ayant été quelquefois obligée, pendant l'absence de ses dames, de se faire remettre un soulier par quelqu'un de ses pages, lui demandait s'il n'avait pas eu quelque tentation? Le page répondait que oui. La princesse, trop honnête pour profiter de cet aveu, lui donnait quelques louis pour le mettre en état d'aller chez quelque fille perdre la tentation dont elle était la cause.

733

M. de Marville disait qu'il ne pouvait y avoir d'honnête homme à la police, que le lieutenant de police tout au plus[1].

734

Quand le duc de Choiseul était content d'un maître de poste, par lequel il avait été bien mené, ou dont les enfants étaient jolis, il lui disait : « Combien paie-t-on? Est-ce poste ou poste et demie, de votre demeure à tel endroit? — Poste, Monseigneur. — Eh bien! il y aura désormais poste et demie. » La fortune du maître de poste était faite.

735

Mme de Prie[2] maîtresse du Régent, dirigée par son père, un traitant, nommé, je crois, Pleneuf, avait fait un accaparement de blé qui avait mis le peuple au désespoir et enfin causé un soulèvement. Une compagnie de mousquetaires reçut ordre d'aller apaiser le tumulte; et leur chef, M. d'Avejan, avait ordre, dans ses instructions, de tirer sur la canaille : c'est ainsi qu'on désignait le peuple en France. Cet honnête homme se fit une peine de faire feu sur ses concitoyens, et voici comme il s'y prit pour remplir sa commission. Il fit faire tous les apprêts d'une salve de mousqueterie, et, avant de dire : *« Tirez »,* il s'avança vers la foule, tenant d'une main son chapeau et de l'autre l'ordre de la cour. « Messieurs, dit-il, mes ordres portent de tirer sur la canaille. Je prie tous les honnêtes gens de se retirer, avant que j'ordonne de faire feu. » Tout s'enfuit et disparut.

736

C'est un fait connu que la lettre du roi envoyée à M. de Maurepas avait été écrite pour M. de Machau. On sait quel intérêt particulier fit changer cette disposition[1]; mais ce qu'on ne sait point, c'est que M. de Maurepas escamota, pour ainsi dire, la place qu'on croit qui lui avait été offerte. Le roi ne voulait que causer avec lui; à la fin de la conversation, M. de Maurepas lui dit : « Je développperai mes idées demain au conseil. » On assure aussi que, dans cette même conversation, il avait dit au roi : « V. M. me fait donc premier ministre? — Non, dit le roi, ce n'est point du tout mon intention. — J'entends, dit M. de Maurepas, V. M. veut que je lui apprenne à s'en passer. »

737

On disputait chez Mme de Luxembourg sur ce vers de l'abbé Delille :

Et ces deux grands débris se consolaient entre eux[2];

on annonce le bailli de Breteuil et Mme de la Reynière :
« Le vers est bon », dit la maréchale.

738

M... m'ayant développé ses principes sur la société, sur
le gouvernement, sa manière de voir les hommes et les
choses, qui me sembla triste et affligeante, je lui en fis la
remarque, et j'ajoutai qu'il devait être malheureux : il me
répondit qu'en effet il l'avait été assez longtemps; mais
que ces mêmes idées n'avaient plus rien d'effrayant pour
lui. « Je ressemble, continua-t-il, aux Spartiates, à qui
l'on donnait pour lit des joncs épineux, dont il ne leur
était permis de briser les épines qu'avec leur corps, opération après laquelle leur lit leur paraissait très supportable. »

739

Un homme de qualité se marie, sans aimer sa femme,
prend une fille d'Opéra, qu'il quitte en disant : « C'est
comme ma femme »; prend une femme honnête pour
varier, et quitte celle-ci en disant : « C'est comme une
telle »; ainsi de suite.

740

Des jeunes gens de la cour soupaient chez M. de
Conflans. On débute par une chanson libre, mais sans
excès d'indécence; M. de Fronsac sur-le-champ se met
à chanter des couplets abominables qui étonnent même
la bande joyeuse. M. de Conflans interrompt le silence
universel en disant : « Que diable! Fronsac, il y a dix bouteilles de vin de champagne entre cette chanson et la
première. »

741

Mme du Défant, étant petite fille, et au couvent, y prêchait l'irréligion à ses petites camarades. L'abbesse fit venir Massillon, à qui la petite exposa ses raisons. Massillon se retira, en disant : « Elle est charmante. » L'abbesse, qui mettait de l'importance à tout cela, demanda à l'évêque quel livre il fallait faire lire à cette enfant. Il réfléchit une minute, et il répondit : « Un catéchisme de 5 sols »; on ne put en tirer autre chose.

742

L'abbé Baudeau disait de M. Turgot, que c'était un instrument d'une trempe excellente, mais qui n'avait pas de manche.

743

Le Prétendant, retiré à Rome, vieux et tourmenté de la goutte, criait dans ses accès : *Pauvre roi! pauvre roi!* Un Français voyageur, qui allait souvent chez lui, lui dit qu'il s'étonnait de n'y pas voir d'Anglais. « Je sais pourquoi, répondit-il. Ils s'imaginent que je me ressouviens de ce qui s'est passé[1]. Je les verrais encore avec plaisir. J'aime mes sujets, moi. »

744

M. de Barbançon, qui avait été très beau, possédait un très joli jardin que Mme la duchesse de la Vallière alla voir. Le propriétaire, alors très vieux et très goutteux, lui dit qu'il avait été amoureux d'elle à la folie. Mme de la Vallière lui répondit : « Hélas! mon Dieu, que ne parliez-vous? vous m'auriez eue comme les autres. »

745

L'abbé Fraguier perdit un procès qui avait duré 20 ans. On lui faisait remarquer toutes les peines que lui avait causées un procès qu'il avait fini par perdre. « Oh! dit-il, je l'ai gagné tous les soirs pendant 20 ans. » Ce mot est très philosophique et peut s'appliquer à tout. Il explique comment on aime la coquette : elle vous fait gagner votre procès pendant six mois, pour un jour où elle vous le fait perdre.

746

Mme du Barry, étant à Lucienne[1], eut la fantaisie de voir le Val, maison de M. de Beauvau. Elle fit demander à celui-ci si cela ne déplairait pas à Mme de Beauvau. Mme de Beauvau crut plaisant de s'y trouver et d'en faire les honneurs. On parla de ce qui s'était passé sous Louis XV. Mme du Barry se plaignit de différentes choses qui semblaient faire voir qu'on haïssait sa personne. « Point du tout, dit Mme de Beauvau, nous n'en voulions qu'à votre place. » Après cet aveu naïf, on demanda à Mme du Barry si Louis XV ne disait pas beaucoup de mal d'elle (Mme de Beauvau) et de Mme de Gramont. « Oh! beaucoup. — Eh bien! quel mal, de moi, par exemple? — De vous, Madame, que vous étiez hautaine, intrigante; que vous meniez votre mari par le nez. » M. de Beauvau était présent; on se hâta de changer de conversation.

747

M. de Maurepas et M. de Saint-Florentin, tous deux ministres dans le temps de Mme de Pompadour, firent un jour, par plaisanterie, la répétition du compliment de renvoi qu'ils prévoyaient que l'un ferait un jour ou l'autre. Quinze jours après cette facétie, M. de Maurepas entre un jour chez M. de Saint-Florentin, prend un air triste et grave, et vient lui demander sa démission. M. de Saint-Florentin paraissait en être la dupe, lorsqu'il fut rassuré par un éclat de rire de M. de Maurepas. Trois semaines après, arriva le tour de celui-ci, mais sérieusement. M. de Saint-Florentin entre chez lui, et, se rappelant le commencement de la harangue de M. de Maurepas, le jour de sa facétie, il répéta ses propres mots. M. de Maurepas crut d'abord que c'était une plaisanterie; mais, voyant que l'autre parlait tout de bon : « Allons, dit-il, je vois bien que vous ne me persiflez pas. Vous êtes un honnête homme. Je vais vous donner ma démission. »

748

L'abbé Maury, tâchant de faire conter à l'abbé de Beaumont, vieux et paralytique, les détails de sa jeunesse et de sa vie : « L'Abbé, lui dit celui-ci, vous me prenez mesure », indiquant qu'il cherchait des matériaux pour son éloge à l'Académie.

749

D'Alembert se trouva chez Voltaire avec un célèbre professeur de droit à Genève. Celui-ci, admirant l'universalité de Voltaire, dit à d'Alembert : « Il n'y a qu'en droit public que je le trouve un peu faible. — Et moi, dit d'Alembert, je ne le trouve un peu faible qu'en géométrie. »

750

Mme de Maurepas avait de l'amitié pour le comte Lowendal (fils du maréchal), et celui-ci, à son retour

de Saint-Domingue, bien fatigué du voyage, descendit
chez elle. « Ah! vous voilà, cher comte, dit-elle! vous
arrivez bien à propos, il nous manque un danseur, et
vous nous êtes nécessaire. » Celui-ci n'eut que le temps
de faire une courte toilette et dansa.

751

M. de Calonne, au moment où il fut renvoyé, apprit
qu'on offrait sa place à M. de Fourqueux, mais que
celui-ci balançait à l'accepter. « Je voudrais qu'il la prît,
dit l'ex-ministre : il était ami de M. Turgot, il entrerait
dans mes plans. — Cela est vrai », dit Dupont, lequel
était fort ami de M. de Fourqueux; et il s'offrit pour aller
l'engager à accepter la place. M. de Calonne l'y envoie.
Dupont revient une heure après, criant : « Victoire, victoire! nous le tenons, il accepte. » M. de Calonne pensa
crever de rire.

752

L'archevêque de Toulouse[1] a fait avoir à M. de Cadi-
gnan 40 000 livres de gratifications pour les services qu'il
avait rendus à la province. Le plus grand était d'avoir eu
sa mère, vieille et laide, Mme de Loménie.

753

Le comte de Saint-Priest, envoyé en Hollande, et retenu
à Anvers huit ou quinze jours, après lesquels il est revenu
à Paris, a eu pour son voyage 80 000 livres, dans le
moment même où l'on multipliait les suppressions de
places, d'emplois, de pensions, etc.

754

Le vicomte de Saint-Priest, intendant de Languedoc pendant quelque temps, voulut se retirer, et demanda à M. de Calonne une pension de 10 000 livres. « Que voulez-vous faire de 10 000 livres? », dit celui-ci et il fit porter la pension à 20 000. Elle est du petit nombre de celles qui ont été respectées, à l'époque du retranchement des pensions, par l'archevêque de Toulouse, qui avait fait plusieurs parties de filles avec le vicomte de Saint-Priest.

755

M... disait, à propos de Mme de... : « J'ai cru qu'elle me demandait un fou, et j'étais près de le lui donner; mais elle me demandait un sot, et je le lui ai refusé net. »

756

M... disait, à propos de sottises ministérielles et ridicules : « Sans le gouvernement, on ne rirait plus en France. »

757

« En France, disait M..., il faut purger l'humeur mélancolique et l'esprit patriotique. Ce sont deux maladies contre nature dans le pays qui se trouve entre le Rhin et les Pyrénées; et quand un Français se trouve atteint de l'un de ces deux maux, il y a tout à craindre pour lui. »

758

Il a plu un moment à Mme la duchesse de Gramont de dire que M. de Liancourt avait autant d'esprit que

M. de Lauzun. M. de Créqui rencontre celui-ci, et lui dit :
« Tu dînes aujourd'hui chez moi. — Mon ami, cela m'est
impossible. — Il le faut, et d'ailleurs tu y es intéressé. —
Comment ? — Liancourt y dîne : on lui donne ton esprit ;
il ne s'en sert point ; il te le rendra. »

759

On disait de J.-J. Rousseau : « C'est un hibou. — Oui,
dit quelqu'un, mais c'est celui de Minerve ; et quand je
sors du *Devin du village,* j'ajouterais, déniché par les
grâces. »

760

Deux femmes de la cour, passant sur le Pont-Neuf,
virent en deux minutes un moine et un cheval blanc ; une
des deux, poussant l'autre du coude, lui dit : « Pour la
catin, vous et moi nous n'en sommes pas en peine[1]. »

761

Le prince de Conti actuel s'affligeait de ce que le
comte d'Artois venait d'acquérir une terre auprès de ses
cantons de chasse : on lui fit entendre que les limites
étaient bien marquées, qu'il n'y avait rien à craindre pour
lui, etc. Le prince de Conti interrompit le harangueur, en
lui disant : « Vous ne savez pas ce que c'est que les
princes ! »

762

M... disait que la goutte ressemblait aux bâtards des
princes, qu'on baptise le plus tard qu'on peut.

763

M...[1] disait à M. de Vaudreuil, dont l'esprit est droit et juste, mais encore livré à quelques illusions : « Vous n'avez pas de taie dans l'œil, mais il y a un peu de poussière sur votre lunette. »

764

M. de B... disait qu'on ne dit point à une femme, à trois heures, ce qu'on lui dit à six; à six, ce qu'on lui dit à neuf; à minuit, etc. Il ajoutait que le plein midi a une sorte de sévérité. Il prétendait que son ton de conversation avec Mme de... était changé depuis qu'elle avait changé en cramoisi le meuble de son cabinet qui était bleu.

765

J.-J. Rousseau étant, à Fontainebleau, à la représentation de son *Devin du village*[2], un courtisan l'aborda et lui dit poliment : « Monsieur, permettez-vous que je vous fasse mon compliment? — Oui, monsieur, dit Rousseau, s'il est bien. » Le courtisan s'en alla. On dit à Rousseau : « Mais y songez-vous? quelle réponse vous venez de faire! — Fort bonne, dit Rousseau. Connaissez-vous rien de pire qu'un compliment mal fait? »

766

M. de Voltaire, étant à Potsdam, un soir après souper, fit un portrait d'un bon roi en contraste avec celui d'un tyran, et s'échauffant par degrés, il fit une description épouvantable des malheurs dont l'humanité était accablée sous un roi despotique, conquérant, etc. Le roi de Prusse ému laisse tomber quelques larmes. « Voyez, voyez! s'écria M. de Voltaire : il pleure, le tigre. »

767

On sait que M. de Luynes, ayant quitté le service pour un soufflet qu'il avait reçu sans en tirer vengeance, fut fait bientôt après archevêque de Sens. Un jour qu'il avait officié pontificalement, un mauvais plaisant prit sa mitre et l'écartant des deux côtés : « C'est singulier, dit-il, comme cette mitre ressemble à un soufflet. »

768

Fontenelle avait été refusé trois fois de l'Académie, et le racontait souvent. Il ajoutait : « J'ai fait cette histoire à tous ceux que j'ai vus s'affliger d'un refus de l'Académie, et je n'ai consolé personne. »

769

A propos des choses de ce bas monde, qui vont de mal en pis, M... disait : « J'ai lu quelque part, qu'en politique il n'y avait rien de si malheureux pour les peuples que les règnes trop longs. J'entends dire que Dieu est éternel; tout est dit. »

770

C'est une remarque très fine et très judicieuse de M..., que quelque importuns, quelque insupportables que nous soient les défauts des gens avec qui nous vivons, nous ne laissons pas d'en prendre une partie : être la victime de ces défauts étrangers à notre caractère, n'est pas même un préservatif contre eux.

771

J'ai assisté hier à une conversation philosophique entre M. D... et M. L..., où un mot m'a frappé. M... disait :

« Peu de personnes et peu de choses m'intéressent, mais rien ne m'intéresse moins que moi. » M. L... lui répondit : « N'est-ce point par la même raison; et l'un n'explique-t-il pas l'autre? — Cela est très bien, ce que vous dites là, reprit froidement M. D..., mais je vous dis le fait. J'ai été amené là par degrés : en vivant et en voyant les hommes, il faut que le cœur se brise ou se bronze. »

772

C'est une anecdote, connue en Espagne, que le comte d'Aranda reçut un soufflet du prince des Asturies (aujourd'hui roi). Ce fait se passa à l'époque où il fut envoyé ambassadeur en France.

773

Dans ma première jeunesse, j'eus occasion d'aller voir dans la même journée M. Marmontel et M. d'Alembert. J'allai le matin chez M. Marmontel, qui demeurait alors chez Mme Geoffrin; je frappe en me trompant de porte; je demande M. Marmontel; le Suisse me répond : « M. de Montmartel ne demeure plus dans ces quartiers-ci », et il me donna son adresse. Le soir, je vais chez M. d'Alembert, rue Saint-Dominique. Je demande l'adresse à un Suisse, qui me dit : « M. Staremberg, ambassadeur de Venise? La troisième porte... — Non, M. d'Alembert, de l'Académie française. — Je ne connais pas. »

774

M. Helvétius dans sa jeunesse était beau comme l'amour. Un soir qu'il était assis dans le foyer et fort tranquille, quoique auprès de Mlle Gaussin, un célèbre financier vint dire à l'oreille de cette actrice, assez haut pour qu'Helvétius l'entendît : « Mademoiselle, vous serait-il agréable d'accepter 600 louis en échange de quelques complaisances? — Monsieur, répondit-elle (assez haut pour être entendue aussi, et en montrant Helvétius), je vous en donnerai 200 si vous voulez venir demain matin chez moi avec cette figure-là. »

775

La duchesse de Fronsac, jeune et jolie, n'avait point eu d'amants et l'on s'en étonnait; une autre femme, voulant rappeler qu'elle était rousse et que cette raison avait pu contribuer à la maintenir dans sa tranquille sagesse, dit : « Elle est comme Samson, sa force est dans ses cheveux. »

776

Mme Brisard, célèbre par ses galanteries, étant à Plombières, plusieurs femmes de la cour ne voulaient point la voir. La duchesse de Gisors était du nombre; et, comme elle était très dévote, les amis de Mme Brisard comprirent que, si Mme de Gisors la recevait, les autres n'en feraient aucune difficulté. Ils entreprirent cette négociation et réussirent. Comme Mme Brisard était aimable, elle plut bientôt à la dévote, et elles en vinrent à l'intimité. Un jour Mme de Gisors lui fit entendre que, tout en concevant très bien qu'on eût une faiblesse, elle ne comprenait pas qu'une femme vînt à multiplier à un certain point le nombre de ses amants. « Hélas! lui dit Mme Brisard, c'est qu'à chaque fois j'ai cru que celui-là serait le dernier. »

777

C'est une chose remarquable que Molière, qui n'épargnait rien, n'ait pas lancé un seul trait contre les gens de finance. On dit que Molière et les auteurs comiques du .emps eurent là-dessus des ordres de Colbert.

778

Le Régent voulait aller au bal, et n'y être pas reconnu : « J'en sais un moyen », dit l'abbé Dubois; et, dans le bal, il lui donna des coups de pied dans le derrière. Le Régent, qui les trouva trop forts, lui dit : « L'Abbé, tu me déguises trop. »

779

Un énergumène de gentilhommerie, ayant observé que le contour du château de Versailles était empuanti d'urine, ordonna à ses domestiques et à ses vassaux de venir lâcher de l'eau autour de son château.

780

La Fontaine, entendant plaindre le sort des damnés au milieu du feu de l'Enfer, dit : « Je me flatte qu'ils s'y accoutument, et qu'à la fin, ils sont là comme le poisson dans l'eau. »

781

Mme de Nesle avait M. de Soubise. M. de Nesle, qui méprisait sa femme, eut un jour une dispute avec elle en présence de son amant; il lui dit : « Madame, on sait bien que je vous passe tout; je dois pourtant vous dire que vous avez des fantaisies trop dégradantes, que je ne vous passerai pas : telle est celle que vous avez pour le perruquier de mes gens, avec lequel je vous ai vue sortir et rentrer chez vous. » Après quelques menaces, il sortit, et la laissa avec M. de Soubise, qui la souffleta, quoi qu'elle pût dire. Le mari alla ensuite conter cet exploit, ajoutant que l'histoire du perruquier était fausse, se moquant de M. de Soubise qui l'avait cru, et de sa femme qui avait été souffletée.

782

On a dit, sur le résultat du conseil de guerre tenu à Lorient pour juger l'affaire de M. de Grasse[1] : *L'Armée innocentée, le Général innocent, le Ministre hors de cour, le Roi condamné aux dépens.* Il faut savoir que ce conseil coûta au roi quatre millions, et qu'on prévoyait la chute de M. de Castries.

783

On répétait cette plaisanterie devant une assemblée de jeunes gens de la cour. Un d'eux, enchanté jusqu'à l'ivresse, dit, en levant les mains après un instant de silence, et avec un air profond : « Comment ne serait-on pas charmé des grands événements, des bouleversements même qui font dire de si jolis mots ? » On suivit cette idée, on repassa les mots, les chansons faites sur tous les désastres de la France. La chanson sur la bataille d'Höchstädt fut trouvée mauvaise, et quelques-uns dirent à ce sujet : « Je suis fâché de la perte de cette bataille : la chanson ne vaut rien. »

784

Il s'agissait de corriger Louis XV, jeune encore, de l'habitude de déchirer les dentelles de ses courtisans ; M. de Maurepas s'en chargea. Il parut devant le roi avec les plus belles dentelles du monde ; le roi s'approche, et lui en déchire une ; M. de Maurepas froidement déchire celle de l'autre main, et dit simplement : « Cela ne m'a fait nul plaisir. » Le roi surpris devint rouge, et depuis ce temps ne déchira plus de dentelles.

785

Beaumarchais, qui s'était laissé maltraiter par le duc de Chaulnes, sans se battre avec lui, reçut un défi de M. de la Blache. Il lui répondit : « J'ai refusé mieux. »

786

M..., pour peindre d'un seul mot la rareté des honnêtes gens, me disait que, dans la société, l'honnête homme est une variété de l'espèce humaine.

787

Louis XV pensait qu'il fallait changer l'esprit de la nation, et causait sur les moyens d'opérer ce grand effet avec M. Bertin (le petit ministre[1]), lequel demanda gravement du temps pour y rêver. Le résultat de son rêve, c'est-à-dire de ses réflexions, fut qu'il serait à souhaiter que la nation fût animée de l'esprit qui règne à la Chine. Et c'est cette belle idée qui a valu au public la collection intitulée : *Histoire de la Chine,* ou *Annales des Chinois.*

788

M. de Sourches, petit fat, hideux, le teint noir, et ressemblant à un hibou, dit un jour en se retirant : « Voilà la première fois, depuis deux ans, que je vais coucher chez moi. » L'évêque d'Agde, se retournant et voyant cette figure, lui dit en le regardant : « Monsieur perche apparemment ? »

789

M. de R... venait de lire dans une société trois ou quatre épigrammes contre autant de personnes dont aucune n'était vivante. On se tourna vers M. de..., comme pour lui demander s'il n'en avait pas quelques-unes dont il pût régaler l'assemblée. « Moi! dit-il naïvement : tout mon monde vit, je ne puis vous rien dire. »

790

Plusieurs femmes s'élèvent dans le monde au-dessus de leur rang, donnent à souper aux grands seigneurs, aux grandes dames, reçoivent des princes, des princesses, qui doivent cette considération à la galanterie. Ce sont, en quelque sorte, des filles avouées par les honnêtes gens, et chez lesquelles on va, comme en vertu de cette convention tacite, sans que cela signifie quelque chose et tire le moins du monde à conséquence. Telles ont été, de nos jours, Mme Brisard, Mme Caze et tant d'autres.

791

M. de Fontenelle, âgé de 97 ans, venant de dire à Mme Helvétius, jeune, belle et nouvellement mariée, mille choses aimables et galantes, passa devant elle pour se mettre à table, ne l'ayant pas aperçue. « Voyez, lui dit Mme Helvétius, le cas que je dois faire de vos galanteries; vous passez devant moi sans me regarder. — Madame, dit le vieillard, si je vous eusse regardée, je n'aurais pas passé. »

792

Dans les dernières années du règne de Louis XV, le roi, étant à la chasse et ayant peut-être de l'humeur contre

Mme du Barry, s'avisa de dire un mot contre les femmes; le maréchal de Noailles se répandit en invectives contre elles, et dit que quand on avait fait d'elles ce qu'il faut en faire, elles n'étaient bonnes qu'à renvoyer. Après la chasse, le maître et le valet se retrouvèrent chez Mme du Barry, à qui M. de Noailles dit mille jolies choses. « Ne le croyez pas », dit le roi, et alors il répéta ce qu'avait dit le maréchal à la chasse. Mme du Barry se mit en colère, et le maréchal lui répondit : « Madame, à la vérité, j'ai dit cela au roi; mais c'était à propos des dames de Saint-Germain, et non pas de celles de Versailles. » Les dames de Saint-Germain étaient sa femme, Mme de Tessé, Mme de Duras, etc.[1] Cette anecdote m'a été contée par le maréchal de Duras, témoin oculaire.

793

Le duc de Lauzun disait : « J'ai souvent de vives disputes avec M. de Calonne; mais comme ni l'un ni l'autre nous n'avons de caractère, c'est à qui se dépêchera de céder, et celui de nous deux qui trouve la plus jolie tournure pour battre en retraite est celui qui se retire le premier. »

794

Le roi Stanislas venait d'accorder des pensions à plusieurs ex-jésuites[2]; M. de Tressan lui dit : « Sire, Votre Majesté ne fera-t-elle rien pour la famille de Damien, qui est dans la plus profonde misère? »

795

Fontenelle, âgé de 80 ans, s'empressa de relever l'éventail d'une femme jeune et belle, mais mal élevée, qui reçut sa politesse dédaigneusement. « Ah! Madame, lui dit-il, vous prodiguez bien vos rigueurs. »

796

M. de Brissac, ivre de gentilhommerie, désignait souvent Dieu par cette phrase : « Le Gentilhomme d'en haut. »

797

M... disait que d'obliger, rendre service, sans y mettre toute la délicatesse possible, était presque peine perdue. Ceux qui y manquent n'obtiennent jamais le cœur, et c'est lui qu'il faut conquérir. Ces bienfaiteurs maladroits ressemblent à ces généraux qui prennent une ville, en laissant la garnison se retirer dans la citadelle, et qui rendent ainsi leur conquête presque inutile.

798

M. Lorri, médecin, racontait que Mme de Sully, étant indisposée, l'avait appelé et lui avait conté une insolence de Bordeu, lequel lui avait dit : « Votre maladie vient de vos besoins : voilà un homme »; et en même temps il se présenta dans un état peu décent. Lorri excusa son confrère et dit à Mme de Sully force galanteries respectueuses. Il ajoutait : « Je ne sais ce qui est arrivé depuis, mais ce qu'il y a de certain, c'est qu'après m'avoir rappelé une fois, elle reprit Bordeu. »

799

L'abbé Arnaud avait tenu autrefois sur ses genoux une petite fille, devenue depuis Mme du Barry. Un jour elle lui dit qu'elle voulait lui faire du bien; elle ajouta :

« Donnez-moi un mémoire. — Un mémoire! lui dit-il;
il est tout fait; le voici : je suis l'abbé Arnaud. »

800

Le curé de Bray, ayant passé trois ou quatre fois de la
religion catholique à la religion protestante, et ses amis
s'étonnant de cette indifférence : « Moi, indifférent! dit le
curé; moi, inconstant! rien de tout cela; au contraire, je
ne change point : je veux être curé de Bray. »

801

On sait quelle familiarité le roi de Prusse permettait à
quelques-uns de ceux qui vivaient avec lui. Le général
Quintus-Icilius[1] était celui qui en profitait le plus librement. Le roi de Prusse, avant la bataille de Rosbak, lui
dit que s'il la perdait, il se rendrait à Venise, où il vivrait
en exerçant la médecine. Quintus lui répondit : *Toujours
assassin!*

802

Le chevalier de Montbarey avait vécu dans je ne sais
quelle ville de province, et à son retour, ses amis le plaignaient de la société qu'il avait eue. « C'est ce qui vous
trompe, répondit-il; la bonne compagnie de cette ville y
est comme partout, et la mauvaise y est excellente. »

803

Un paysan partagea le peu de biens qu'il avait entre
ses quatre fils, et alla vivre, tantôt chez l'un, tantôt chez
l'autre. On lui dit, à son retour d'un de ses voyages
chez ses enfants : « Eh bien! comment vous ont-ils reçu?
comment vous ont-ils traité? — Ils m'ont traité, dit-il.

comme leur enfant. » Ce mot paraît sublime dans la bouche d'un père tel que celui-ci.

804

Dans une société où se trouvait M. de Schwalow, ancien amant de l'impératrice Élisabeth, on voulait savoir quelque fait relatif à la Russie. Le bailli de Chabrillant dit : « M. de Schwalow, dites-nous cette histoire : vous devez la savoir, vous qui étiez le Pompadour de ce pays-là. »

805

Le comte d'Artois, le jour de ses noces, prêt à se mettre à table, et environné de tous ses grands officiers et de ceux de Mme la comtesse d'Artois, dit à sa femme, de façon que plusieurs personnes l'entendirent : « Tout ce monde que vous voyez, ce sont nos gens. » Ce mot a couru, mais c'est le millième; et cent mille autres pareils n'empêcheront jamais la noblesse française de briguer en foule des emplois où on fait exactement la fonction de valet.

806

« Pour juger de ce que c'est que la noblesse, disait M..., il suffit d'observer que M. le prince de Turenne, actuellement vivant, est plus noble que M. de Turenne, et que le marquis de Laval[1] est plus noble que le connétable de Montmorency. »

807

M. de..., qui voyait la source de la dégradation de l'espèce humaine dans l'établissement de la secte nazaréenne et dans la féodalité, disait que pour valoir quelque chose, il fallait se défranciser et se débaptiser, et redevenir Grec ou Romain par l'âme.

808

Le roi de Prusse demandait à d'Alembert s'il avait vu le roi de France. « Oui, Sire, dit celui-ci, en lui présentant mon Discours de réception à l'Académie française. — Eh bien! reprit le roi de Prusse, que vous a-t-il dit? — Il ne m'a pas parlé, Sire. — A qui donc parle-t-il? » poursuivit Frédéric.

809

M. Amelot, ministre de Paris, homme excessivement borné, disait à M. Bignon : « Achetez beaucoup de livres pour la bibliothèque du roi, que nous ruinions ce Necker. » Il croyait que trente ou quarante mille francs de plus feraient une grande affaire.

810

C'est un fait certain et connu des amis de M. d'Aiguillon que le roi ne l'a jamais nommé ministre des Affaires étrangères; ce fut Mme du Barry qui lui dit : « Il faut que tout ceci finisse, et je veux que vous alliez demain matin remercier le roi de vous avoir nommé à la place. » Elle dit au roi : « M. d'Aiguillon ira demain vous remercier de sa nomination à la place de secrétaire d'État des Affaires étrangères »; le roi ne dit mot. M. d'Aiguillon n'osait pas y aller : Mme du Barry le lui ordonna; il y alla. Le roi ne lui dit rien, et M. d'Aiguillon entra en fonction sur-le-champ.

811

M..., faisant sa cour au prince Henri, à Neufchâtel[1], lui dit que les Neufchâtelois adoraient le roi de Prusse. « Il est fort simple, dit le prince, que les sujets aiment un maître qui est à trois cents lieues d'eux. »

812

L'abbé Raynal, dînant à Neufchâtel avec le prince Henri, s'empara de la conversation et ne laissa point au prince le moment de placer un mot. Celui-ci, pour obtenir audience, fit semblant de croire que quelque chose tombait du plancher, et profita du silence pour parler à son tour.

813

Le roi de Prusse causant avec d'Alembert, il entra chez le roi un de ses gens du service domestique, homme de la plus belle figure qu'on pût voir; d'Alembert en parut frappé. « C'est, dit le roi, le plus bel homme de mes États : il a été quelque temps mon cocher, et j'ai eu une tentation bien violente de l'envoyer ambassadeur en Russie. »

814

Quelqu'un disait que la goutte est la seule maladie qui donne de la considération dans le monde. « Je le crois bien, répondit M..., c'est la croix de Saint-Louis de la galanterie. »

815

M. de la Reynière devait épouser Mlle de Jarinte, jeune et aimable. Il revenait de la voir, enchanté du bon-

heur qui l'attendait, et disait à M. de Malesherbes, **son**
beau-frère[1] : « Ne pensez-vous pas en effet que mon bonheur sera parfait? — Cela dépend de quelques circonstances. — Comment! que voulez-vous dire? — Cela
dépend du premier amant qu'elle aura. »

816

Diderot était lié avec un mauvais sujet qui, par je ne
sais quelle mauvaise action récente, venait de perdre
l'amitié d'un oncle, riche chanoine, qui voulait le priver
de sa succession. Diderot va voir l'oncle, prend un air
grave et philosophique, prêche en faveur du neveu, et
essaie de remuer la passion et de prendre le ton pathétique. L'oncle prend la parole et lui conte deux ou trois
indignités de son neveu. « Il a fait pis que tout cela,
reprend Diderot. — Et quoi? dit l'oncle. — Il a voulu
vous assassiner un jour dans la sacristie, au sortir de
votre messe; et c'est l'arrivée de deux ou trois personnes
qui l'en a empêché. — Cela n'est pas vrai, s'écria l'oncle;
c'est une calomnie. — Soit, dit Diderot; mais quand cela
serait vrai, il faudrait encore pardonner à la vérité de son
repentir, à sa position et aux malheurs qui l'attendent,
si vous l'abandonnez. »

817

Parmi cette classe d'hommes nés avec une imagination
vive et une sensibilité délicate qui font regarder les
femmes avec un vif intérêt, plusieurs m'ont dit qu'ils
avaient été frappés de voir combien peu de femmes
avaient de goût pour les arts, et particulièrement pour la
poésie. Un poète connu par des ouvrages très agréables
me peignait un jour la surprise qu'il avait éprouvée en
voyant une femme pleine d'esprit, de grâces, de sentiment, de goût dans sa parure, bonne musicienne et

jouant de plusieurs instruments, qui n'avait pas l'idée de
la mesure d'un vers, du mélange des rimes, qui substi-
tuait à un mot heureux et de génie un autre mot trivial et
qui même rompait la mesure du vers. Il m'ajoutait qu'il
avait éprouvé plusieurs fois ce qu'il appelait un petit
malheur, mais qui en était un très grand pour un poète
érotique, lequel avait sollicité toute sa vie le suffrage des
femmes.

818

M. de Voltaire se trouvant avec Mme la duchesse de
Chaulnes, celle-ci, parmi les éloges qu'elle lui donna,
insista principalement sur l'harmonie de sa prose. Tout
d'un coup, voilà M. de Voltaire qui se jette à ses pieds.
« Ah! Madame, je vis avec un cochon qui n'a pas d'or-
gane, qui ne sait ce que c'est qu'harmonie, mesure, etc. »
Le cochon dont il parlait, c'était Mme du Châtelet, son
Émilie[1].

819

Le roi de Prusse a fait plus d'une fois lever des plans
géographiques très défectueux de tel ou tel pays; la carte
indiquait tel marais impraticable qui ne l'était point, et
que les ennemis croyaient tel sur la foi du faux plan.

820

M... disait que le grand monde est un mauvais lieu que
l'on avoue.

821

Je demandais à M... pourquoi aucun des plaisirs ne
paraissait avoir prise sur lui; il me répondit : « Ce n'est

pas que j'y sois insensible; mais il n'y en a pas un qui ne m'ait paru surpayé. La gloire expose à la calomnie; la considération demande des soins continuels; les plaisirs, du mouvement, de la fatigue corporelle. La société entraîne mille inconvénients : tout est vu, revu et jugé. Le monde ne m'a rien offert de tel qu'en descendant en moi-même, je n'aie trouvé encore mieux chez moi. Il est résulté de ces expériences réitérées cent fois, que, sans être apathique ni indifférent, je suis devenu comme immobile, et que ma position actuelle me paraît toujours la meilleure, parce que sa bonté même résulte de son immobilité et s'accroît avec elle. L'amour est une source de peines, la volupté sans amour est un plaisir de quelques minutes; le mariage est jugé encore plus que le reste; l'honneur d'être père amène une suite de calamités; tenir maison est le métier d'un aubergiste. Les misérables motifs qui font que l'on recherche un homme ou qu'on le considère, sont transparents et ne peuvent tromper qu'un sot, ni flatter qu'un homme ridiculement vain. J'en ai conclu que le repos, l'amitié et la pensée étaient les seuls biens qui convinssent à un homme qui a passé l'âge de la folie. »

822

Le marquis de Villequier était des amis du Grand Condé. Au moment où ce prince fut arrêté par ordre de la cour[1], le marquis de Villequier, capitaine des gardes, était chez Mme de Motteville, lorsqu'on annonça cette nouvelle. « Ah! mon Dieu! s'écria le marquis, je suis perdu. » Mme de Motteville, surprise de cette exclamation, lui dit : « Je savais bien que vous étiez des amis de M. le prince, mais j'ignorais que vous fussiez son ami à ce point. — Comment! dit le marquis de Villequier, ne voyez-vous pas que cette exécution me regardait; et, puisqu'on ne m'a point employé, n'est-il pas clair qu'on n'a nulle confiance en moi ? » Mme de Motteville, indignée, lui répondit : « Il me semble que, n'ayant point donné lieu à la cour de soupçonner votre fidélité, vous devriez n'avoir point cette inquiétude, et jouir tranquillement du plaisir de n'avoir point mis votre ami en prison. » Villequier fut honteux du premier mouvement qui avait trahi la bassesse de son âme.

823

On annonça, dans une maison où soupait Mme d'Egmont, un homme qui s'appelait Duguesclin. A ce nom son imagination s'allume ; elle fait mettre cet homme à table à côté d'elle, lui fait mille politesses et enfin lui offre du plat qu'elle avait devant elle. C'étaient des truffes. « Madame, répond le sot, il n'en faut pas à côté de vous. » A ce ton, dit-elle en contant cette histoire, j'eus grand regret à mes honnêtetés. Je fis comme ce dauphin qui, dans le naufrage d'un vaisseau, crut sauver un homme et le rejeta dans la mer en voyant que c'était un singe[1].

824

Marmontel dans sa jeunesse recherchait beaucoup le vieux Boindin, célèbre par son esprit et son incrédulité. Le vieillard lui dit : « Trouvez-vous au café Procope. — Mais nous ne pourrons pas parler de matières philosophiques. — Si fait, en convenant d'une langue particulière, d'un argot. » Alors, ils firent leur dictionnaire. L'âme s'appelait Margot ; la religion, Javotte ; la liberté, Janneton, et le Père Éternel, M. de l'Être. Les voilà disputant et s'entendant très bien. Un homme en habit noir, avec une fort mauvaise mine, se mêlant à la conversation, dit à Boindin : « Monsieur, oserais-je vous demander ce que c'était que ce monsieur de l'Être qui s'est si souvent mal conduit et dont vous êtes si mécontent? — Monsieur, reprit Boindin, c'était un espion de police. » On peut juger de l'éclat de rire, cet homme étant lui-même du métier.

825

Le lord Bolinbroke donna à Louis XIV mille preuves de sensibilité pendant une maladie très dangereuse[1]. Le roi étonné lui dit : « J'en suis d'autant plus touché que, vous autres Anglais, vous n'aimez pas les rois. — Sire, dit Bolinbroke, nous ressemblons aux maris qui n'aimant pas leurs femmes n'en sont que plus empressés à plaire à celles de leurs voisins. »

826

Dans une dispute que les représentants de Genève eurent avec le chevalier de Bouteville[2], l'un d'eux s'échauffant, le chevalier lui dit : « Savez-vous que je suis le représentant du roi mon maître? — Savez-vous, lui dit le Genevois, que je suis le représentant de mes égaux? »

827

La comtesse d'Egmont, ayant trouvé un homme du premier mérite à mettre à la tête de l'éducation de M. de Chinon, son neveu, n'osa pas le présenter en son nom. Elle était pour M. de Fronsac, son frère, un personnage trop grave. Elle pria le poète Bernard de passer chez elle. Il y alla : elle le mit au fait. Bernard lui dit : « Madame, l'auteur de l'*Art d'aimer* n'est pas un personnage bien imposant; mais je le suis encore un peu trop pour cette occasion : je pourrais vous dire que Mlle Arnould serait un passeport beaucoup meilleur auprès de M. votre frère... — Eh bien! dit Mme d'Egmont en riant, arrangez le souper chez Mlle Arnould. » Le souper

s'arrangea. Bernard y proposa l'abbé Lapdant pour précepteur; il fut agréé. C'est celui qui a depuis achevé l'éducation du duc d'Enghien.

828

Un philosophe à qui l'on reprochait son extrême
amour pour la retraite, répondit : « Dans le monde tout
tend à me faire descendre, dans la solitude tout tend à me
faire monter. »

829

M. de B...[1] est un de ces sots qui regarde[2] de bonne foi
l'échelle des conditions comme celle du mérite; qui le
plus naïvement du monde ne conçoit pas qu'un honnête
homme non décoré ou au-dessous de lui soit plus estimé
que lui. Le rencontre-t-il dans une de ces maisons où l'on
sait encore honorer le mérite; M. de B... ouvre de grands
yeux, montre un étonnement stupide; il croit que cet
homme vient de gagner un quaterne à la loterie : il l'appelle mon cher un tel, quand la société la plus distinguée
vient de le traiter avec la plus grande considération. J'ai
vu plusieurs de ces scènes dignes du pinceau de La
Bruyère.

830

J'ai bien examiné M..., et son caractère m'a paru
piquant : très aimable et nulle envie de plaire, si ce n'est
à ses amis ou à ceux qu'il estime. En récompense, une
grande crainte de déplaire. Ce sentiment est juste, et
accorde ce qu'on doit à l'amitié et ce qu'on doit à la
société. On peut faire plus de bien que lui, nul ne fera
moins de mal. On sera plus empressé, jamais moins

importun. On caressera davantage, on ne choquera jamais moins.

831

L'abbé de Lille devait lire des vers à l'Académie pour la réception d'un de ses amis. Sur quoi il disait : « Je voudrais bien qu'on ne le sût pas d'avance; mais je crains bien de le dire à tout le monde. »

832

Mme Beauzée couchait avec un maître de langue allemande. M. Beauzée les surprit au retour de l'Académie. L'Allemand dit à la femme : « Quand je vous disais qu'il était temps que je m'en *aille.* » M. Beauzée, toujours puriste, lui dit : « que je m'en *allasse,* monsieur. »

833

M. Dubreuil pendant la maladie dont il mourut, disait à son ami M. Pehméja : « Mon ami, pourquoi tout ce monde dans ma chambre? Il ne devrait y avoir que toi : ma maladie est contagieuse[1]. »

834

On demandait à Pehméja quelle était sa fortune. « 1 500 livres de rente. — C'est bien peu. — Oh! reprit Pehméja, Dubreuil est riche. »

835

Mme la comtesse de Tessé disait après la mort de M. Dubreuil : « Il était trop inflexible, trop inabordable aux présents, et j'avais un accès de fièvre toutes les fois

que je songeais à lui en faire. — Et moi aussi », lui
répondit Mme de Champagne qui avait placé 36 000 livres
sur sa tête; « voilà pourquoi j'ai mieux aimé me donner
tout de suite une bonne maladie que d'avoir tous ces
petits accès de fièvre dont vous parlez. »

836

L'abbé Maury, étant pauvre, avait enseigné le latin
à un vieux conseiller de grand-chambre, qui voulait
entendre les *Institutes* de Justinien. Quelques années se
passent, et il rencontre ce conseiller étonné de le voir
dans une maison honnête. « Ah! l'abbé, vous voilà? lui
dit-il lestement; par quel hasard vous trouvez-vous dans
cette maison-ci? — Je m'y trouve comme vous vous y
trouvez. — Oh! ce n'est pas la même chose. Vous êtes
donc mieux dans vos affaires? Avez-vous fait quelque
chose dans votre métier de prêtre? — Je suis grand-
vicaire de M. de Lombez. — Diable! c'est quelque chose :
et combien cela vaut-il? — Mille francs. - C'est bien
peu »; et il reprend le ton leste et léger : « Mais j'ai eu
un prieuré de mille écus. — Mille écus! bonne affaire
(avec l'air de la considération). — Et j'ai fait la rencontre
du maître de cette maison-ci chez M. le cardinal de
Rohan. — Peste! vous allez chez le cardinal de Rohan!
— Oui, il m'a fait avoir une abbaye. — Une abbaye! Ah!
cela posé, monsieur l'abbé, faites-moi l'honneur de venir
dîner chez moi. »

837

M. de la Poplinière se déchaussait un soir devant ses
complaisants, et se chauffait les pieds; un petit chien les
lui léchait. Pendant ce temps-là la société parlait d'amitié,
d'amis : « Un ami, dit M. de la Poplinière, montrant son
chien, le voilà. »

838

Jamais Bossuet ne put apprendre au Grand Dauphin à écrire une lettre. Ce prince était très indolent. On raconte que ses billets à la comtesse du Roure finissaient tous par ces mots : « Le roi me fait mander pour le conseil. » Le jour que cette comtesse fut exilée[1], un des courtisans lui demanda s'il n'était pas bien affligé. « Sans doute, dit le dauphin; mais cependant me voilà délivré de la nécessité d'écrire le petit billet. »

839

L'archevêque de Toulouse (Brienne) disait à M. de Saint-Priest, grand-père de M. d'Entragues : « Il n'y a eu en France, sous aucun roi, aucun ministre qui ait poussé ses vues et son ambition jusqu'où elles pouvaient aller. » M. de Saint-Priest lui dit : « Et le cardinal de Richelieu? — Arrêté à moitié chemin », répondit l'archevêque. Ce mot peint tout un caractère.

840

Le maréchal de Broglie avait épousé la fille d'un négociant. Il eut deux filles. On lui proposait, en présence de Mme de Broglie, de faire entrer l'une dans un chapitre[2]. « Je me suis fermé, dit-il, en épousant Madame, l'entrée de tous les chapitres... — Et de l'hôpital », ajouta-t-elle.

841

La maréchale de Luxembourg, arrivant à l'église un peu trop tard, demanda où en était la messe, et dans cet

instant la sonnette du lever-Dieu sonna. Le comte de
Chabot lui dit en bégayant : « Madame la maréchale,

> J'entends la petite clochette,
> Le petit mouton n'est pas loin. »

Ce sont deux vers d'un opéra-comique.

842

La jeune Mme de M..., étant quittée par le vicomte de
Noailles, était au désespoir et disait : « J'aurai vraisemblablement beaucoup d'amants; mais je n'en aimerai
aucun autant que j'aime le vicomte de Noailles. »

843

Le duc de Choiseul, à qui on parlait de son étoile,
qu'on regardait comme sans exemple, répondit : « Elle
l'est pour le mal autant que pour le bien. — Comment?
— Le voici : j'ai toujours très bien traité les filles; il y
en a une que je néglige : elle devient reine de France, ou
à peu près. J'ai traité à merveille tous les inspecteurs; je
leur ai prodigué l'or et les honneurs; il y en a un extrê-
mement méprisé que je traite légèrement : il devient
ministre de la Guerre, c'est M. de Monteynard. Les
ambassadeurs, on sait ce que j'ai fait pour eux sans
exception, hormis une seule. Mais il y en a un qui a le
travail lent et lourd, que tous les autres méprisent, qu'ils
ne veulent plus voir à cause d'un ridicule mariage[1] : c'est
M. de Vergennes; et il devient ministre des Affaires étrangères. Convenez que j'ai des raisons de dire que mon
étoile est aussi extraordinaire en mal qu'en bien. »

844

M. le président de Montesquieu avait un caractère fort
au-dessous de son génie. On connaît ses faiblesses sur la

gentilhommerie, sa petite ambition, etc. Lorsque l'*Esprit des lois* parut, il s'en fit plusieurs critiques mauvaises ou médiocres qu'il méprisa fortement. Mais un homme de lettres connu en fit une dont M. du Pin voulut bien se reconnaître l'auteur, et qui contenait d'excellentes choses. M. de Montesquieu en eut connaissance et en fut au désespoir. On la fit imprimer; et elle allait paraître lorsque M. de Montesquieu alla trouver Mme de Pompadour qui, sur sa prière, fit venir l'imprimeur et l'édition tout entière. Elle fut hachée, et on n'en sauva que cinq exemplaires.

845

M. et Mme d'Angev..., M. et Mme N...[1] paraissent deux couples uniques, chacun dans son genre. On croirait que chacun d'eux convenait à l'autre exclusivement, et que l'amour ne peut aller plus loin. Je les ai étudiés, et j'ai trouvé qu'ils se tenaient très peu par le cœur, et que, quant au caractère, ils ne se tenaient que par des contrastes.

846

Le maréchal de Noailles[2] disait beaucoup de mal d'une tragédie nouvelle. On lui dit : « Mais M. d'Aumont, dans la loge duquel vous l'avez entendue, prétend qu'elle vous a fait pleurer. — Moi! dit le maréchal, point du tout; mais, comme il pleurait lui-même dès la première scène, j'ai cru honnête de prendre part à sa douleur. »

847

M. Th...[3] me disait un jour qu'en général, dans la société, lorsqu'on avait fait quelque action honnête et courageuse par un motif digne d'elle, c'est-à-dire très noble, il fallait que celui qui avait fait cette action lui prêtât, pour adoucir l'envie, quelque motif moins honnête et plus vulgaire.

848

Louis XV demanda au duc d'Ayen (depuis maréchal de Noailles) s'il avait envoyé sa vaisselle à la monnaie; le duc répondit que non. « Moi, dit le roi, j'ai envoyé la mienne[1]. — Ah! Sire, dit M. d'Ayen, quand J.-C. mourut le Vendredi Saint, il savait bien qu'il ressusciterait le Dimanche. »

849

Dans le temps qu'il y avait des jansénistes, on les distinguait à la longueur du collet de leur manteau. L'archevêque de Lyon avait fait plusieurs enfants; mais à chaque équipée de cette espèce, il avait soin de faire allonger d'un pouce le collet de son manteau. Enfin le collet s'allongea tellement qu'il a passé quelque temps pour janséniste et a été suspect à la cour.

850

Un Français avait été admis à voir le cabinet du roi d'Espagne. Arrivé devant son fauteuil et son bureau : « C'est donc ici, dit-il, que ce grand roi travaille! — Comment, travaille! dit le conducteur : quelle insolence! ce grand roi travailler! Vous venez chez lui pour insulter Sa Majesté! » Il s'engagea une querelle où le Français eut beaucoup de peine à faire entendre à l'Espagnol qu'on n'avait pas eu l'intention d'offenser la Majesté de son maître.

851

M. de..., ayant aperçu que M. Barthe était jaloux (de sa femme), lui dit : « Vous jaloux! mais savez-vous bien que c'est une prétention? C'est bien de l'honneur que vous vous faites. Je m'explique. N'est pas cocu qui veut : savez-vous que, pour l'être, il faut savoir tenir une maison, être poli, sociable, honnête? Commencez par acquérir toutes ces qualités, et puis les honnêtes gens verront ce qu'ils auront à faire pour vous. Tel que vous êtes, qui pourrait vous faire cocu? une espèce! Quand il sera temps de vous effrayer, je vous ferai mon compliment. »

852

Mme de Créqui me disait du baron de Breteuil : « Ce n'est morbleu, pas une bête que le baron; c'est un sot. »

853

Un homme d'esprit me disait un jour : que le gouvernement de France était une monarchie absolue tempérée par les chansons.

854

L'abbé de Lille, entrant dans le cabinet de M. Turgot, le vit lisant un manuscrit : c'était celui des *Mois* de M. Roucher. L'abbé de Lille s'en douta, et dit en plaisantant : « Odeur de vers se sentait à la ronde. — Vous êtes trop parfumé, lui dit M. Turgot, pour sentir les odeurs. »

855

M. de Fleuri, procureur-général, disait devant quelques
gens de lettres : « Il n'y a que depuis ces derniers temps
que j'entends parler du peuple dans les conversations où
il s'agit de gouvernement. C'est un fruit de la philosophie
nouvelle. Est-ce que l'on ignore que *le Tiers n'est qu'adven-
tice dans la Constitution!* » (Cela veut dire, en d'autres
termes, que 23 millions neuf cent mille hommes ne sont
qu'un hasard et un accessoire dans la totalité de 24 millions d'hommes.)

856

Milord Hervey, voyageant dans l'Italie et se trouvant
non loin de la mer, traversa une lagune dans l'eau de
laquelle il trempa son doigt : « Ah! ah! dit-il, l'eau est
salée : ceci est à nous. »

857

Duclos disait à un homme ennuyé d'un sermon prêché
à Versailles : « Pourquoi avez-vous entendu ce sermon
jusqu'au bout? — J'ai craint de déranger l'auditoire et de
le scandaliser. — Ma foi, reprit Duclos, plutôt que d'entendre ce sermon, je me serais converti au premier
point. »

858

M. d'Aiguillon, dans le temps qu'il avait Mme du
Barry[1], prit ailleurs une galanterie[2]; il se crut perdu,
s'imaginant l'avoir donnée à la comtesse; heureusement il n'en était rien. Pendant le traitement, qui lui
paraissait très long et qui l'obligeait à s'abstenir de

Mme du Barry, il disait au médecin : « Ceci me perdra, si vous ne me dépêchez. » Ce médecin était M. Busson, qui l'avait guéri, en Bretagne, d'une maladie mortelle et dont les autres médecins avaient désespéré. Le souvenir de ce mauvais service rendu à la province avait fait ôter à M. Busson toutes ses places après la ruine de M. d'Aiguillon[1]. Celui-ci devenu ministre fut très longtemps sans rien faire pour M. Busson, qui en voyant la manière dont le duc en usait avec Linguet, disait : « M. d'Aiguillon ne néglige rien, hors ceux qui lui ont sauvé l'honneur et la vie. »

859

M. de Turenne, voyant un enfant passer derrière un cheval, de façon à pouvoir être estropié par une ruade, l'appela et lui dit : « Mon bel enfant, ne passez jamais derrière un cheval sans laisser entre lui et vous l'intervalle nécessaire pour que vous ne puissiez en être blessé. Je vous promets que cela ne vous fera pas faire une demi-lieue de plus dans le cours de votre vie entière; et souvenez-vous que c'est M. de Turenne qui vous l'a dit. »

860

On demandait à Diderot quel homme était M. d'Épinay : « C'est un homme, dit-il, qui a mangé deux millions sans dire un bon mot et sans faire une bonne action[2]. »

861

M. de Th..., pour exprimer l'insipidité des Bergeries de M. de Florian, disait : « Je les aimerais assez, s'il y mettait des loups. »

862

M. de Fronsac alla voir une mappemonde que montrait l'artiste qui l'avait imaginée. Cet homme ne le connaissant pas et lui voyant une croix de Saint-Louis, ne l'appelait que le chevalier. La vanité de M. de Fronsac, blessée de ne pas être appelé duc, lui fit inventer une histoire dont un des interlocuteurs, un de ses gens, l'appelait Monseigneur. M. de Genlis l'arrête à ce mot, et lui dit : « Qu'est-ce que tu dis là? Monseigneur! On va te prendre pour un évêque. »

863

M. de Lassay, homme très doux, mais qui avait une grande connaissance de la société, disait qu'il faudrait avaler un crapaud tous les matins, pour ne trouver plus rien de dégoûtant le reste de la journée, quand on devait la passer dans le monde.

864

M. d'Alembert eut occasion de voir Mme Denis le lendemain de son mariage avec M. Du Vivier[1]. On lui demanda si elle avait l'air d'être heureuse. « Heureuse! dit-il, je vous en réponds; heureuse à faire mal au cœur. »

865

Quelqu'un ayant entendu la traduction des *Géorgiques* de l'abbé de Lille, lui dit : « Cela est excellent; je ne doute pas que vous n'ayez le premier bénéfice qui sera à la nomination de Virgile. »

866

M. de B... et M. de C... sont intimes amis, au point
d'être cités pour modèles. M. de B... disait un jour à
M. de C... : « Ne t'est-il point arrivé de trouver, parmi
les femmes que tu as eues, quelque étourdie qui t'ait
demandé si tu renoncerais à moi pour elle; si tu m'aimais mieux qu'elle? — Oui, répondit celui-ci. — Qui
donc? — Mme de M... » C'était la maîtresse de son ami.

867

M... me racontait, avec indignation, une malversation
de vivriers. « Il en coûta, me dit-il, la vie à cinq mille
hommes qui moururent exactement de faim; *et voilà,
Monsieur, comme le roi est servi!* »

868

M. de Voltaire, voyant la religion tomber tous les jours,
disait une fois : « Cela est pourtant fâcheux, car de quoi
nous moquerons-nous? — Oh! lui dit M. Sabatier de
Cabre[1], consolez-vous; les occasions ne vous manque-
ront pas plus que les moyens. — Ah! monsieur, reprit
douloureusement M. de Voltaire, hors de l'église point
de salut. »

869

Le prince de Conti disait, dans sa dernière maladie à
Beaumarchais, qu'il ne pourrait s'en tirer, vu l'état de sa
personne épuisée par les fatigues de la guerre, du vin
et de la jouissance. « A l'égard de la guerre, dit celui-ci,
le prince Eugène a fait vingt et une campagnes, et il est
mort à 78 ans; quant au vin, le marquis de Brancas
buvait par jour six bouteilles de vin de Champagne : il

est mort à 84 ans. — Oui; mais le coït, reprit le prince.
— Mme votre mère... répondit Beaumarchais. (La
princesse était morte à 79 ans.) — Tu as raison, dit le
prince; il n'est pas impossible que j'en revienne[1]. »

870

M. le Régent avait promis de faire *quelque chose* du
jeune Arouet, c'est-à-dire d'en faire un important et de
le placer. Le jeune poète attendit le prince au sortir du
Conseil, au moment où il était suivi des quatre secrétaires
d'État. Le Régent le vit et lui dit : « Arouet, je ne t'ai pas
oublié, et je te destine le département des Niaiseries. —
Monseigneur, dit le jeune Arouet, j'aurais trop de
rivaux : en voilà quatre. » Le prince pensa étouffer de
rire.

871

Quand le maréchal de Richelieu vint faire sa cour à
Louis XV après la prise de Mahon[2] la première chose ou
plutôt la seule que lui dit le roi, fut celle-ci : « Maréchal,
savez-vous la mort de ce pauvre Lansmatt? » Lansmatt
était un vieux garçon de la chambre.

872

Quelqu'un ayant lu une lettre très sotte de M. Blanchard sur le ballon, dans le *Journal de Paris* : « Avec cet
esprit-là, dit-il, ce M. Blanchard doit bien s'ennuyer en
l'air. »

873

Un bon trait de prêtre de cour, c'est la ruse dont
s'avisa l'évêque d'Autun, Montazet, depuis archevêque

de Lyon. Sachant bien qu'il y avait de bonnes frasques à lui reprocher, et qu'il était facile de le perdre auprès de l'évêque de Mirepoix, le théatin Boyer[1], il écrivit contre lui-même une lettre anonyme pleine de calomnies absurdes et faciles à convaincre d'absurdité. Il l'adressa à l'évêque de Narbonne; il entra ensuite en explication avec lui, et fit voir l'atrocité de ses ennemis prétendus. Arrivèrent ensuite les lettres anonymes écrites en effet par eux, et contenant des inculpations réelles; ces lettres furent méprisées. Le résultat des premières avait mené le théatin à l'incrédulité sur les secondes.

874

Louis XV se fit peindre par La Tour. Le peintre, tout en travaillant, causait avec le roi, qui paraissait le trouver bon. La Tour, encouragé et naturellement indiscret, poussa la témérité jusqu'à lui dire : « Au fait, Sire, vous n'avez point de marine. » Le roi répondit sèchement : « Que dites-vous là? Et Vernet, donc? »

875

On dit à la duchesse de Chaulnes, mourante et séparée de son mari : « Les Sacrements sont là. — Un petit moment. — M. le duc de Chaulnes voudrait vous revoir. — Est-il là? — Oui. — Qu'il attende : il entrera avec les Sacrements. »

876

Je me promenais un jour avec un de mes amis, qui fut salué par un homme d'assez mauvaise mine. Je lui demandai ce que c'était que cet homme : il me répondit que c'était un homme qui faisait pour sa patrie ce que Brutus n'aurait pas fait pour la sienne. Je le priai de mettre cette grande idée à mon niveau. J'appris que son homme était un espion de police.

877

M. Lemière a mieux dit qu'il ne voulait, en disant qu'entre sa *Veuve de Malabar,* jouée en 1770, et sa *Veuve de Malabar,* jouée en 1781, il y avait la différence d'une falourde à une voie de bois[1]. C'est en effet le bûcher perfectionné qui a fait le succès de la pièce.

878

Un philosophe, retiré du monde, m'écrivait une lettre pleine de vertu et de raison. Elle finissait par ces mots : « Adieu, mon ami; conservez, si vous pouvez, les intérêts qui vous attachent à la société, mais cultivez les sentiments qui vous en séparent. »

879

Diderot, âgé de 62 ans et amoureux de toutes les femmes, disait à un de ses amis : « Je me dis souvent à moi-même : vieux fou, vieux gueux, quand cesseras-tu donc de t'exposer à l'affront d'un refus ou d'un ridicule? »

880

M. de C..., parlant un jour du gouvernement d'Angleterre et de ses avantages, dans une assemblée où se trouvaient quelques évêques, quelques abbés, un d'eux, nommé l'abbé de Seguerand, lui dit : « Monsieur, sur le peu que je sais de ce pays-là, je ne suis nullement tenté d'y vivre, et je sens que je m'y trouverais très mal. —

M. l'Abbé, lui répondit naïvement M. de C..., c'est parce que vous y seriez mal que le pays est excellent. »

881

Plusieurs officiers français étant allés à Berlin, l'un d'eux parut devant le roi sans uniforme et en bas blancs. Le roi s'approcha de lui, et lui demanda son nom : « Le marquis de Beaucour. — De quel régiment? — De Champagne. — Ah! oui, ce régiment où l'on se f... de l'ordre »; et il parla ensuite aux officiers qui étaient en uniforme et en bottes.

882

M. de Chaulnes avait fait peindre sa femme en Hébé; il ne savait comment se faire peindre pour faire pendant. Mlle Quinaut, à qui il disait son embarras, lui dit : « Faites-vous peindre en hébêté. »

883

Le médecin Bouvard avait sur le visage une balafre, en forme de C, qui le défigurait beaucoup. Diderot disait que c'était un coup qu'il s'était donné, en tenant maladroitement la faux de la mort.

884

L'empereur, passant à Trieste incognito, selon sa coutume, entra dans une auberge. Il demanda s'il y avait une bonne chambre; on lui dit qu'un évêque d'Allemagne venait de prendre la dernière, et qu'il ne restait plus que deux petits bouges. Il demanda à souper; on lui dit qu'il n'y avait plus que des œufs et des légumes, parce que l'évêque et sa suite avaient demandé toute la volaille. L'empereur fit demander à l'évêque si un étranger pouvait souper avec lui; l'évêque refusa. L'empereur soupa avec un aumônier de l'évêque, qui ne mangeait point avec son maître. Il demanda à cet aumônier ce qu'il allait faire à Rome. « Monseigneur, dit celui-ci, va solliciter un bénéfice de 50 000 livres de rente, avant que l'empereur soit informé qu'il est vacant. » On change de conversation. L'empereur écrit une lettre au cardinal dataire et une autre à son ambassadeur. Il fait promettre à l'aumônier de remettre ces deux lettres à leur adresse, en arrivant à Rome. Celui-ci tient sa promesse. Le cardinal dataire fait expédier les provisions à l'aumônier, surpris. Il va conter son histoire à son évêque, qui veut partir. L'autre, ayant affaire à Rome, voulut rester, et apprit à son évêque que cette aventure était l'effet d'une lettre écrite au cardinal dataire et à l'ambassadeur de l'Empire, par l'empereur, lequel était cet étranger avec lequel Monseigneur n'avait pas voulu souper à Trieste.

885

Le comte de... et le marquis de..., me demandant quelle différence je faisais entre eux, en fait de principes, je répondis : « La différence qu'il y a entre vous est que l'un lécherait l'écumoire et que l'autre l'avalerait. »

886

Le baron de Breteuil, après son départ du ministère, en 1788, blâmait la conduite de l'archevêque de Sens[1]. Il le qualifiait de despote. et disait : « Moi, je veux que la puissance royale ne dégénère point en despotisme; et je veux qu'elle se renferme dans les limites où elle était resserrée sous Louis XIV. » Il croyait, en tenant ce discours, faire acte de citoyen, et risquer de se perdre à la cour.

887

Mme Desparbès, couchant avec Louis XV, le roi lui dit : « Tu as couché avec tous mes sujets. — Ah! Sire. — Tu as eu le duc de Choiseul. — Il est si puissant! — Le maréchal de Richelieu. — Il a tant d'esprit! — Monville. — Il a une si belle jambe! — A la bonne heure; mais le duc d'Aumont, qui n'a rien de tout cela. — Ah! Sire, il est si attaché à Votre Majesté!

888

Mme de Maintenon et Mme de Caylus se promenaient autour de la pièce d'eau de Marly. L'eau était très transparente, et on y voyait des carpes dont les mouvements étaient lents et qui paraissaient aussi tristes qu'elles étaient maigres. Mme de Caylus le fit remarquer à Mme de Maintenon, qui répondit : « Elles sont comme moi, elles regrettent leur bourbe. »

889

Collé avait placé une somme d'argent considérable, à fonds perdus et à 10 pour cent, chez un financier qui, à la seconde année, ne lui avait pas encore donné un sou. « Monsieur, lui dit Collé, dans une visite qu'il lui fit : quand je place mon argent en viager, c'est pour être payé de mon vivant. »

890

Un ambassadeur anglais à Naples avait donné une fête charmante, mais qui n'avait pas coûté bien cher. On le sut, et on partit de là pour dénigrer sa fête, qui avait d'abord beaucoup réussi. Il s'en vengea en véritable Anglais et en homme à qui les guinées ne coûtaient pas grand-chose. Il annonça une autre fête. On crut que c'était pour prendre sa revanche et que la fête serait superbe. On accourt. Grande affluence. Point d'apprêts. Enfin, on apporte un réchaud à esprit-de-vin. On s'attendait à quelque miracle. « Messieurs, dit-il, ce sont les dépenses et non l'agrément d'une fête, que vous cherchez. Regardez bien (et il entrouvre son habit dont il montre la doublure); c'est un tableau du Dominicain, qui vaut cinq mille guinées. Mais ce n'est pas tout : voyez ces dix billets; ils sont de mille guinées chacun, payables à vue sur la banque d'Amsterdam. » Il en fait un rouleau et les met sur le réchaud allumé. « Je ne doute pas, messieurs, que cette fête ne vous satisfasse et que vous ne vous retiriez tous contents de moi. Adieu, Messieurs, la fête est finie. »

891

« La postérité, disait M. de B..., n'est pas autre chose qu'un public qui succède à un autre : or, vous voyez ce que c'est que le public d'à présent. »

892

« Trois choses, disait N..., m'importunent, tant au moral qu'au physique, au sens figuré comme au sens propre : le bruit, le vent et la fumée.

893

A propos d'une fille qui avait fait un mariage avec un homme jusqu'alors réputé assez honnête, Mme de L... disait : « Si j'étais une catin, je serais encore une fort honnête femme, car je ne voudrais point prendre pour amant un homme qui serait capable de m'épouser. »

894

« Mme de G..., disait M..., a trop d'esprit et d'habileté pour être jamais méprisée autant que beaucoup de femmes moins méprisables. »

895

Feue Mme la duchesse d'Orléans était fort éprise de son mari, dans les commencements de son mariage; et il y avait peu de réduits dans le Palais-Royal qui n'en eussent été témoins. Un jour, les deux époux allèrent faire visite à la duchesse douairière, qui était malade. Pendant la conversation, elle s'endormit; et le duc et la jeune duchesse trouvèrent plaisant de se divertir sur le pied du lit de la malade. Elle s'en aperçut et dit à sa belle-fille : « Il vous était réservé, Madame, de faire rougir du mariage. »

896

Le maréchal de Duras, mécontent d'un de ses fils, lui dit : « Misérable, si tu continues, je te ferai souper avec le roi. » C'est que le jeune homme avait soupé deux fois à Marly, où il s'était ennuyé à périr.

897

Duclos, qui disait sans cesse des injures à l'abbé d'Olivet, disait de lui : « C'est un si grand coquin que, malgré les duretés dont je l'accable, il ne me hait pas plus qu'un autre. »

898

Duclos parlait un jour du paradis que chacun se fait à sa manière. Mme de Rochefort lui dit : « Pour vous,

Duclos, voici de quoi composer le vôtre : du pain, du vin, du fromage et la première venue. »

899

Je ne sais quel homme[1] disait : « Je voudrais voir le dernier des rois étranglé avec le boyau du dernier des prêtres. »

900

C'était l'usage chez Mme Deluchet que l'on achetât une bonne histoire à celui qui la faisait... « Combien en voulez-vous?... — Tant. » Il arriva que Mme Deluchet, demandant à sa femme de chambre l'emploi de 100 écus, celle-ci parvint à rendre ce compte à l'exception de 36 livres, lorsque tout à coup elle s'écria : « Ah! madame, et cette histoire pour laquelle vous m'avez sonnée, que vous avez achetée à M. Coqueley, et que j'ai payée 36 livres! »

901

M. de Bissi, voulant quitter la présidente d'Aligre, trouva sur sa cheminée une lettre dans laquelle elle disait à un homme avec qui elle était en intrigue, qu'elle voulait ménager M. de Bissi et s'arranger pour qu'il la quittât le premier. Elle avait même laissé cette lettre à dessein. Mais M. de Bissi ne fit semblant de rien et la garda six mois, en l'importunant de ses assiduités.

902

M. de R... a beaucoup d'esprit, mais tant de sottises dans l'esprit, que beaucoup de gens pourraient le croire un sot.

903

M. d'Épréménil vivait depuis longtemps avec Mme Tilaurier. Celle-ci voulait l'épouser. Elle se servit de Cagliostro, qui faisait espérer la découverte de la pierre philosophale. On sait que Cagliostro mêlait le fanatisme et la superstition aux sottises de l'alchimie. D'Épréménil se plaignant de ce que cette pierre philosophale n'arrivait pas, et une certaine formule n'ayant point eu d'effet, Cagliostro lui fit entendre que cela venait de ce qu'il vivait dans un commerce criminel avec Mme Tilaurier. « Il faut, pour réussir, que vous soyez en harmonie avec les puissances invisibles et avec leur chef, l'Être Suprême. Épousez ou quittez Mme Tilaurier. » Celle-ci redoubla de coquetterie; d'Épréménil épousa, et il n'y eut que sa femme qui trouva la pierre philosophale.

904

On disait à Louis XV qu'un de ses gardes qu'on lui nommait allait mourir sur-le-champ, pour avoir fait la mauvaise plaisanterie d'avaler un écu de six livres. « Ah! bon Dieu, dit le roi, qu'on aille chercher Andouillet, Lamartinière, Lassone. — Sire, dit le duc de Noailles, ce ne sont point là les gens qu'il faut. — Et qui donc? — Sire, c'est l'abbé Terray. — L'abbé Terray! comment? — Il arrivera, il mettra sur ce gros écu un premier dixième, un second dixième, un premier vingtième, un second vingtième : le gros écu sera réduit à 36 sols, comme les nôtres[1]; il s'en ira par les voies ordinaires, et voilà le malade guéri. » Cette plaisanterie fut la seule qui ait fait de la peine à l'abbé Terray; c'est la seule dont il eût conservé le souvenir : il le dit lui-même au marquis de Sesmaisons.

905

M. d'Ormesson, étant contrôleur général, disait devant vingt personnes qu'il avait longtemps cherché à quoi pouvaient avoir été utiles des gens comme Corneille, Boileau, La Fontaine, et qu'il ne l'avait jamais pu trouver. Cela passait; car, quand on est contrôleur général, tout passe. M. Pelletier de Mort-Fontaine, son beau-père, lui dit avec douceur : « Je sais que c'est votre façon de penser; mais ayez pour moi le ménagement de ne le pas dire. Je voudrais bien obtenir que vous ne vous vantassiez point de ce qui vous manque. Vous occupez la place d'un homme[1] qui s'enfermait souvent avec Racine et Boileau, qui les menait souvent à sa maison de campagne, et disait en apprenant l'arrivée de plusieurs évêques : « Qu'on leur montre le château, les jardins, tout, excepté moi. »

906

La source des mauvais procédés du cardinal de Fleury à l'égard de la reine, femme de Louis XV, fut le refus qu'elle fit d'écouter ses propositions galantes. On en a eu la preuve depuis la mort de la reine, par une lettre du roi Stanislas, en réponse à celle où elle lui demandait conseil sur la conduite qu'elle devait tenir. Le cardinal avait pourtant 76 ans; mais, quelques mois auparavant, il avait violé deux femmes. Mme la maréchale de Mouchy et une autre femme ont vu la lettre de Stanislas.

907

De toutes les violences exercées à la fin du règne de Louis XIV, on ne se souvient guère que des dragonnades, des persécutions contre les huguenots qu'on tourmentait en France et qu'on y retenait par force, des lettres de cachet prodiguées contre Port-Royal, les jansé-

nistes, le molinisme et le quiétisme. C'est bien assez :
mais on oublie l'inquisition secrète, et quelquefois
déclarée, que la bigoterie de Louis XIV exerça contre
ceux qui faisaient gras les jours maigres; les recherches
à Paris et dans les provinces que faisaient les évêques et
les intendants sur les hommes et les femmes qui
étaient soupçonnés de vivre ensemble, recherches qui
firent déclarer plusieurs mariages secrets. On aimait mieux s'exposer aux inconvénients d'un mariage
déclaré avant le temps, qu'aux effets de la persécution
du roi ou des prêtres. N'était-ce pas une ruse de Mme
de Maintenon, qui voulait par là faire deviner qu'elle
était reine?

908

On appela à la cour le célèbre Levret, pour accoucher
la feue Dauphine. M. le Dauphin lui dit : « Vous êtes bien
content, M. Levret, d'accoucher Madame la Dauphine?
cela va vous faire de la réputation. — Si ma réputation
n'était pas faite, dit tranquillement l'accoucheur, je ne
serais pas ici. »

909

Duclos disait un jour à Mme de Rochefort et à Mme
de Mirepoix, que les courtisanes devenaient bégueules
et ne voulaient plus entendre le moindre conte un
peu trop vif. « Elles étaient, disait-il, plus timorées
que les femmes honnêtes »; et là-dessus, il enfile une histoire fort gaie, puis une autre encore plus forte; enfin,
à une troisième qui commençait encore plus vivement, Mme de Rochefort l'arrête et lui dit : « Prenez donc
garde, Duclos; vous nous croyez aussi par trop honnêtes
femmes. »

910

Le cocher du roi de Prusse l'ayant renversé, le roi entra dans une colère épouvantable. « Eh bien! dit le cocher, c'est un malheur; et vous, n'avez-vous jamais perdu une bataille? »

911

M. de Choiseul-Gouffier, voulant faire, à ses frais, couvrir de tuiles les maisons de ses paysans exposées à des incendies, ils le remercièrent de sa bonté et le prièrent de laisser leurs maisons comme elles étaient, disant que, si leurs maisons étaient couvertes de tuiles au lieu de chaume, les subdélégués augmenteraient leurs tailles.

912

Le maréchal de Villars fut adonné au vin, même dans sa vieillesse. Allant en Italie, pour se mettre à la tête de l'armée dans la guerre de 1734, il alla faire sa cour au roi de Sardaigne, tellement pris de vin qu'il ne pouvait se soutenir et qu'il tomba à terre. Dans cet état, il n'avait pourtant pas perdu la tête, et il dit au roi : « Me voilà porté tout naturellement aux pieds de Votre Majesté. »

913

Mme Geoffrin disait de Mme de la Ferté-Imbault, sa fille : « Quand je la considère, je suis étonnée comme une poule qui a couvé un œuf de cane[1]. »

914

Le lord Rochester avait fait, dans une pièce de vers, l'éloge de la poltronnerie. Il était dans un café; arrive un

homme qui avait reçu des coups de bâton sans se plaindre; milord Rochester, après beaucoup de compliments,
lui dit : « Monsieur, si vous étiez homme à recevoir des
coups de bâton si patiemment, que ne le disiez-vous?
je vous les aurais donnés, moi, pour me remettre en
crédit. »

915

Louis XIV se plaignant chez Mme de Maintenon du
chagrin que lui causait la division des évêques : « Si l'on
pouvait, disait-il, ramener les neuf opposants[1], on évite-
rait un schisme; mais cela ne sera pas facile. — Eh bien!
Sire, dit en riant Mme la Duchesse, que ne dites-vous aux
quarante de revenir à l'avis des neuf? ils ne vous refu-
seront pas. »

916

Le roi, quelque temps après la mort de Louis XV, fit
terminer avant le temps ordinaire un concert qui l'en-
nuyait, et dit : « Voilà assez de musique. » Les concer-
tants le surent, et l'un d'eux dit à l'autre : « Mon ami,
quel règne se prépare! »

917

Ce fut le comte de Gramont lui-même qui vendit
1 500 livres le manuscrit des *Mémoires* où il est si clairement traité de fripon. Fontenelle, censeur de l'ouvrage,
refusait de l'approuver, par égard pour le comte. Celui-
ci s'en plaignit au chancelier, à qui Fontenelle dit les
raisons de son refus. Le comte, ne voulant pas perdre
les 1 500 livres, força Fontenelle d'approuver le livre
d'Hamilton[2].

918

M. de L..., misanthrope, à la manière de Timon, venait d'avoir une conversation un peu mélancolique avec M. de B..., misanthrope moins sombre et quelquefois même très gai; M. de L... parlait de M. de B... avec beaucoup d'intérêt, et disait qu'il voulait se lier avec lui. Quelqu'un lui dit : « Prenez garde; malgré son air grave, il est quelquefois très gai; ne vous y fiez pas. »

919

Le maréchal de Belle-Isle voyant que M. de Choiseul prenait trop d'ascendant, fit faire contre lui un Mémoire pour le roi, par le jésuite Neuville. Il mourut sans avoir présenté ce Mémoire, et le portefeuille fut porté à M. le duc de Choiseul, qui y trouva le Mémoire fait contre lui. Il fit l'impossible pour reconnaître l'écriture. Il n'y songeait plus, lorsqu'un jésuite considérable lui fit demander la permission de lui lire l'éloge qu'on faisait de lui dans l'Oraison funèbre du maréchal de Belle-Isle, composée par le Père de Neuville. La lecture se fit sur le manuscrit de l'auteur, et M. de Choiseul reconnut alors l'écriture. La seule vengeance qu'il en tira, ce fut de faire dire au Père de Neuville qu'il réussissait mieux dans le genre de l'oraison funèbre que dans celui des mémoires au roi.

920

M. d'Invau, étant contrôleur général, demanda au roi la permission de se marier; le roi, instruit du nom de la demoiselle, lui dit : « Vous n'êtes pas assez riche. » Celui-ci lui parla de sa place, comme d'une chose qui suppléait à la richesse : « Oh! dit le roi, la place peut s'en aller, et la femme reste. »

921

Des députés de Bretagne soupèrent chez M. de Choiseul; un d'eux, d'une mine très grave, ne dit pas un mot. Le duc de Gramont, qui avait été frappé de sa figure, dit au chevalier de Court, colonel des Suisses : « Je voudrais bien savoir de quelle couleur sont les paroles de cet homme. » Le chevalier lui adressa la parole. « Monsieur, de quelle ville êtes-vous? — De Saint-Malo. — De Saint-Malo! Par quelle bizarrerie la ville est-elle gardée par des chiens[1]? — Quelle bizarrerie y a-t-il là? répondit le grave personnage : le roi est bien gardé par des Suisses. »

922

Pendant la guerre d'Amérique, un Écossais disait à un Français, en lui montrant quelques prisonniers américains : « Vous vous êtes battu pour votre maître, moi, pour le mien; mais ces gens-ci, pour qui se battent-ils? » Ce trait vaut bien celui du roi de Pegu[2], qui pensa mourir de rire en apprenant que les Vénitiens n'avaient pas de rois.

923

Un vieillard, me trouvant trop sensible à je ne sais quelle injustice, me dit : « Mon cher enfant, il faut apprendre de la vie à souffrir la vie. »

924

L'abbé de La Galaisière était fort lié avec M. Orri, avant qu'il fût contrôleur général. Quand il fut nommé à cette place, son portier, devenu Suisse, semblait ne pas le reconnaître. « Mon ami, lui dit l'abbé de La Galaisière, vous êtes insolent beaucoup trop tôt : votre maître ne l'est pas encore. »

925

Une femme âgée de 90 ans disait à M. de Fontenelle, âgé de 95 : « La mort nous a oubliés. — Chut! » lui répondit M. de Fontenelle, en mettant le doigt sur sa bouche.

926

M. de Vendôme disait de Mme de Nemours, qui avait un long nez courbé, sur des lèvres vermeilles : « Elle a l'air d'un perroquet qui mange une cerise. »

927

M. le prince de Charolais ayant surpris M. de Brissac chez sa maîtresse, lui dit : « Sortez! » M. de Brissac lui répondit : « Monseigneur, vos ancêtres auraient dit : Sortons. »

928

M. de Castries, dans le temps de la querelle de Diderot et de Rousseau[1], dit avec impatience à M. de R..., qui me l'a répété : *Cela est incroyable; on ne parle que de ces gens-là, gens sans état, qui n'ont point de maison, logés dans un grenier : on ne s'accoutume point à cela.*

929

M. de Voltaire, étant chez Mme du Châtelet et même dans sa chambre, s'amusait avec l'abbé Mignot, encore enfant, et qu'il tenait sur ses genoux. Il se mit à jaser

avec lui et à lui donner des instructions. « Mon ami, lui
dit-il, pour réussir avec les hommes, il faut avoir les
femmes pour soi; pour avoir les femmes pour soi, il
faut les connaître. Vous saurez donc que toutes les
femmes sont fausses et catins... — Comment, toutes les
femmes! Que dites-vous là, monsieur? » dit Mme du
Châtelet en colère. « Madame, dit M. de Voltaire, il ne
faut pas tromper l'enfance. »

930

M. de Turenne, dînant chez M. de Lamoignon, celui-ci
lui demanda si son intrépidité n'était pas ébranlée, au
commencement d'une bataille. « Oui, dit M. de Turenne,
j'éprouve une grande agitation; mais il y a dans l'armée
plusieurs officiers subalternes et un grand nombre de
soldats qui n'en éprouvent aucune. »

931

Diderot, voulant faire un ouvrage qui pouvait compromettre son repos, confiait son secret à un ami qui, le
connaissant bien, lui dit : « Mais, vous-même, me garde-
rez-vous bien le secret? » En effet, ce fut Diderot qui le
trahit.

932

C'est M. de Maugiron qui a commis cette action horrible, que j'ai entendu conter, et qui me parut une fable.
Étant à l'armée, son cuisinier fut pris comme maraudeur;
on vient le lui dire : « Je suis très content de mon cuisinier, répondit-il; mais j'ai un mauvais marmiton. » Il fait
venir ce dernier, lui donne une lettre pour le grand-
prévôt. Le malheureux y va, est saisi, proteste de son
innocence, et est pendu.

933

Je proposais à M. de L... un mariage qui semblait avantageux. Il me répondit : « Pourquoi me marierais-je? le mieux qui puisse m'arriver, en me mariant, est de n'être pas cocu, ce que j'obtiendrai encore plus sûrement, en ne me mariant pas. »

934

Fontenelle avait fait un opéra[1] où il y avait un chœur de prêtres qui scandalisa les dévots. L'archevêque de Paris voulut le faire supprimer : « Je ne me mêle point de son clergé, dit Fontenelle; qu'il ne se mêle pas du mien. »

935

M. d'Alembert a entendu dire au roi de Prusse, qu'à la bataille de Minden, si M. de Broglie eût attaqué les ennemis et secondé M. de Contades, le prince Ferdinand était battu. Les Broglie ont fait demander à M. d'Alembert s'il était vrai qu'il eût entendu dire ce fait au roi de Prusse, et il a répondu que oui.

936

Un courtisan disait : « Ne se brouille pas avec moi qui veut. »

937

On demandait à M. de Fontenelle mourant : « Comment cela va-t-il? — Cela ne va pas, dit-il; cela s'en va. »

938

Le roi de Pologne Stanislas avait des bontés pour l'abbé Porquet et n'avait encore rien fait pour lui. L'abbé lui en faisait l'observation : « Mais, mon cher abbé, dit le roi, il y a beaucoup de votre faute; vous tenez des discours très libres; on prétend que vous ne croyez pas en Dieu; il faut vous modérer : tâchez d'y croire. Je vous donne un an pour cela. »

939

M. Turgot, qu'un de ses amis ne voyait plus depuis longtemps, dit à cet ami, en le retrouvant : « Depuis que je suis ministre, vous m'avez disgracié. »

940

Louis XV ayant refusé vingt-cinq mille francs de sa cassette à Lebel, son valet de chambre, pour la dépense de ses petits appartements, et lui disant de s'adresser au Trésor Royal, Lebel lui répondit : « Pourquoi m'expose-rais-je au refus et aux tracasseries de ces gens-là, tandis que vous avez là plusieurs millions? » Le roi lui répondit : « Je n'aime point à me dessaisir; il faut toujours avoir de quoi vivre. » *(Anecdote contée par Lebel à M. Buscher.)*

941

Le feu roi était, comme on sait, en correspondance secrète avec le comte de Broglie. Il s'agissait de nommer un ambassadeur en Suède; le comte de Broglie proposa M. de Vergennes, alors retiré dans ses terres, à son retour de Constantinople; le roi ne voulait pas. Le comte insis-tait. Il était dans l'usage d'écrire au roi à mi-marge, et le roi mettait la réponse à côté. Sur la dernière lettre

le roi écrivit : « Je n'approuve point le choix de M. de Vergennes; c'est vous qui m'y forcez : soit, qu'il parte;
mais je défends qu'il amène sa vilaine femme avec lui[1]. »
*(Anecdote contée par Favier qui avait vu la réponse du roi
dans les mains du comte de Broglie.)*

942

On s'étonnait de voir le duc de Choiseul se soutenir
aussi longtemps contre Mme du Barry. Son secret était
simple : au moment où il paraissait le plus chanceler, il se
procurait une audience ou un travail avec le roi et lui
demandait ses ordres relativement à cinq ou six millions
d'économie qu'il avait faite dans le département de la
guerre, observant qu'il n'était pas convenable de les
envoyer au Trésor Royal. Le roi entendait ce que cela
voulait dire et lui répondait : « Parlez à Bertin[2]; donnez-lui
trois millions en tels effets : je vous fais présent du reste. »
Le roi partageait ainsi avec le ministre et, n'étant pas
sûr que son successeur lui offrît les mêmes facilités, gar-
dait M. de Choiseul malgré les intrigues de Mme du
Barry.

943

M. Harris, fameux négociant de Londres, se trouvant
à Paris dans le cours de l'année 1786, à l'époque de la
signature du traité de commerce, disait à des Français :
« Je crois que la France n'y perdra un million sterling par
an que pendant les vingt-cinq ou trente premières années;
mais qu'ensuite la balance sera parfaitement égale. »

944

On sait que M. de Maurepas se jouait de tout; en
voici une preuve nouvelle. M. Francis[3] avait été instruit

par une voie sûre, mais sous le secret, que l'Espagne ne se déclarerait dans la guerre d'Amérique que pendant l'année 1780. Il l'avait affirmé à M. de Maurepas; et une année s'étant passée, sans que l'Espagne se déclarât, le prophète avait pris du crédit. M. de Vergennes fit venir M. Francis, et lui demanda pourquoi il répandait ce bruit. Celui-ci répondit : « C'est que j'en suis sûr. » Le ministre prenant la morgue ministérielle, lui ordonna de lui dire sur quoi il fondait son opinion. M. Francis répondit que c'était son secret, et que, n'étant pas en activité, il ne devait rien au gouvernement. Il ajouta que M. le comte de Maurepas savait, sinon son secret, au moins tout ce qu'il pouvait dire là-dessus. M. de Vergennes fut étonné; il en parle à M. de Maurepas, qui lui dit : « Je le savais, j'ai oublié de vous le dire. »

945

M. de Tressan, autrefois amant de Mme de Genlis, et père de ses deux enfants, alla, dans sa vieillesse, les voir à Sillery, une de leurs terres. Ils l'accompagnèrent dans sa chambre à coucher et ouvrirent les rideaux de son lit, dans lequel ils avaient fait mettre le portrait de leur défunte mère. Il les embrassa, s'attendrit. Ils partagèrent sa sensibilité; et cela produisit une scène de sentiment la plus ridicule du monde.

946

Le duc de Choiseul avait grande envie de ravoir les lettres qu'il avait écrites à M. de Calonne dans l'affaire de M. de la Chalotais; mais il était dangereux de manifester ce désir. Cela produisit une scène plaisante entre lui et M. de Calonne, qui tirait ces lettres d'un portefeuille, bien numérotées, les parcourait, et disait à chaque fois : « En voilà une bonne à brûler », ou telle autre plaisanterie; M. de Choiseul dissimulant toujours l'importance qu'il y mettait, et M. de Calonne se divertissant de son embarras, et lui disant : « Si je ne fais pas une chose dangereuse pour moi, cela m'ôte tout le piquant de la scène. » Mais ce qu'il y eut de plus singulier, c'est que M. d'Aiguillon, l'ayant su, écrivit à M. de Calonne : « Je sais, Monsieur, que vous avez brûlé les lettres de M. de Choiseul relatives à l'affaire de M. de la Chalotais, je vous prie de garder toutes les miennes. »

947

Un homme très pauvre, qui avait fait un livre contre le gouvernement, disait : « Morbleu! la Bastille n'arrive point; et voilà qu'il faut tout à l'heure payer mon terme. »

948

Quand l'archevêque de Lyon, Montazet, alla prendre possession de son siège, une vieille chanoinesse de..., sœur du cardinal de Tencin[1], lui fit compliment de ses succès auprès des femmes, et entre autres, de l'enfant qu'il avait eu de Mme de Mazarin. Le prélat nia tout et ajouta : « Madame, vous savez que la calomnie ne vous a pas ménagée vous-même; mon histoire avec Mme de Mazarin n'est pas plus vraie que celle qu'on vous prête avec M. le cardinal. — En ce cas, dit la chanoinesse tranquillement : l'enfant est de vous. »

949

Le roi et la reine de Portugal étaient à Belem, pour aller voir un combat de taureaux, le jour du tremblement de terre à Lisbonne[2]. C'est ce qui les sauva : et une chose avérée, et qui m'a été garantie par plusieurs Français

alors en Portugal, c'est que le roi n'a jamais su l'énormité
du désastre. On lui parla d'abord de quelques maisons
tombées, ensuite de quelques églises; et, n'étant jamais
revenu à Lisbonne, on peut dire qu'il est le seul homme
de l'Europe qui ne se soit pas fait une véritable idée du
désastre arrivé à une lieue de lui.

950

Mme de C... disait à M. B... : « J'aime en vous... —
Ah, Madame! dit-il avec feu : si vous savez quoi, je suis
perdu. »

951

J'ai connu un misanthrope qui avait des instants de
bonhomie, dans lesquels il disait : « Je ne serais pas
étonné qu'il y eût quelque honnête homme caché dans
quelque coin et que personne ne connaisse. »

952

Le maréchal de Broglie affrontant un danger inutile
et ne voulant pas se retirer, tous ses amis faisaient de
vains efforts pour lui en faire sentir la nécessité. Enfin l'un
d'entre eux, M. de Jaucour, s'approcha, et lui dit à
l'oreille : « M. le Maréchal, songez que si vous êtes
tué, c'est M. de Routhe qui commandera. » C'était le plus
sot des lieutenants généraux. M. de Broglie, frappé du
danger que courait l'armée, se retira.

953

Le prince de Conti pensait et parlait mal de
M. de Silhouette. Louis XV lui dit un jour : « On songe
pourtant à le faire contrôleur général. — Je le sais, dit

le prince; et s'il arrive à cette place, je supplie Votre Majesté. de me garder le secret. » Le roi, quand M. de Silhouette fut nommé, en apprit la nouvelle au prince, et lui ajouta : « Je n'oublie point la promesse que je vous ai faite, d'autant plus que vous avez une affaire qui doit se rapporter au conseil. » *(Anecdote contée par Mme de Boufflers.)*

954

Le jour de la mort de Mme de Châteauroux, Louis XV paraissait accablé de chagrin; mais ce qui est extraordinaire, c'est le mot par lequel il le témoigna : *Être malheureux pendant 90 ans! car je suis sûr que je vivrai jusque-là.* Je l'ai ouï raconter par Mme de Luxembourg, qui l'entendit elle-même, et qui ajoutait : « Je n'ai raconté ce trait que depuis la mort de Louis XV. Ce trait méritait pourtant d'être su pour le singulier mélange qu'il contient, d'amour et d'égoïsme. »

955

Un homme buvait à table d'excellent vin, sans le louer. Le maître de la maison lui en fit servir de très médiocre. « Voilà de bon vin, dit le buveur silencieux. — C'est du vin à dix sols, dit le maître, et l'autre est un vin des dieux. — Je le sais, reprit le convive; aussi ne l'ai-je pas loué. C'est celui-ci qui a besoin de recommandation. »

956

Duclos disait, pour ne pas profaner le nom de Romain, en parlant des Romains modernes : *Un Italien de Rome.*

957

« Dans ma jeunesse même, me disait M..., j'aimais à intéresser, j'aimais assez peu à séduire, et j'ai toujours détesté de corrompre. »

958

M... me disait : « Toutes les fois que je vais chez quelqu'un, c'est une préférence que je lui donne sur moi; je ne suis pas assez désœuvré pour y être conduit par un autre motif. »

959

« Malgré toutes les plaisanteries qu'on rebat sur le mariage, disait M..., je ne vois pas ce qu'on peut dire contre un homme de 60 ans qui épouse une femme de 55. »

960

M. de L... me disait de M. de R... : « C'est l'entrepôt du venin de toute la société. Il le rassemble comme les crapauds et le darde comme les vipères. »

961

On disait de M. de Calonne, chassé après la déclaration du déficit : « On l'a laissé tranquille, quand il a mis le feu, et on l'a puni quand il a sonné le tocsin[1]. »

962

Je causais un jour avec M. de V..., qui paraît vivre sans illusions dans un âge où l'on en est encore susceptible. Je lui témoignais la surprise qu'on avait de son indifférence. Il me répondit gravement : « On ne peut pas être et avoir été. J'ai été dans mon temps tout comme un autre, l'amant d'une femme galante, le jouet d'une coquette, le passe-temps d'une femme frivole, l'instrument d'une intrigante. Que peut-on être de plus? — L'ami d'une femme sensible. — Ah! nous voilà dans les romans. »

963

« Je vous prie de croire, disait M... à un homme très riche, que je n'ai pas besoin de ce qui me manque. »

964

M..., à qui on offrait une place dont quelques fonctions blessaient sa délicatesse, répondit : « Cette place ne convient ni à l'amour-propre que je me permets, ni à celui que je me commande. »

965

Un homme d'esprit ayant lu les petits traités de M. d'Alembert sur l'élocution oratoire, sur la poésie, sur l'ode, on lui demanda ce qu'il en pensait. Il répondit : « Tout le monde ne peut pas être sec. »

966

« Je repousse, disait M..., les bienfaits de la protection; je pourrais peut-être recevoir et honorer ceux de l'estime, mais je ne chéris que ceux de l'amitié. »

967

M..., qui avait une collection des discours de réception à l'Académie française, me disait : « Lorsque j'y jette les yeux, il me semble voir des carcasses de feu d'artifice, après la Saint-Jean. »

968

On demandait à M... : « Qui est-ce qui rend plus aimable dans la société? » Il répondit : « C'est de plaire. »

969

On disait à un homme que M..., autrefois son bienfaiteur, le haïssait. « Je demande, répondit-il, la permission d'avoir un peu d'incrédulité à cet égard. J'espère qu'il ne me forcera pas à changer en respect pour moi le seul sentiment que j'ai besoin de lui conserver. »

970

M... tient à ses idées. Il aurait de la suite dans l'esprit, s'il avait de l'esprit. On en ferait quelque chose, si l'on pouvait changer ses préjugés en principes.

971

Une jeune personne, dont la mère était jalouse et à qui les 13 ans de sa fille déplaisaient infiniment, me disait un jour : « J'ai toujours envie de lui demander pardon d'être née. »

972

M..., homme de lettres connu, n'avait fait aucune démarche pour voir tous ces princes voyageurs, qui, dans l'espace de trois ans, sont venus en France l'un après l'autre. Je lui demandai la raison de ce peu d'empressement. Il me répondit : « Je n'aime, dans les scènes de la vie, que ce qui met les hommes dans un rapport simple et vrai les uns avec les autres. Je sais, par exemple, ce que c'est qu'un père et un fils, un amant et une maîtresse, un ami et un ami, un protecteur et un protégé, et même un acheteur et un vendeur, etc., mais ces visites produisant des scènes sans objet, où tout est comme réglé par l'étiquette, dont le dialogue est comme écrit d'avance, je n'en fais aucun cas. J'aime mieux un canevas italien, qui a du moins le mérite d'être joué à l'impromptu[1]. »

973

M... voyant, dans ces derniers temps, jusqu'à quel point l'opinion publique influait sur les grandes affaires, sur les places, sur le choix des ministres, disait à M. de L... en faveur d'un homme qu'il voulait voir arriver : « Faites-nous, en sa faveur, un peu d'opinion publique. »

974

Je demandais à M. N... pourquoi il n'allait plus dans le monde. Il me répondit : « C'est que je n'aime plus les femmes, et que je connais les hommes. »

975

M... disait de Sainte-F...[2], homme indifférent au mal et au bien, dénué de tout instinct moral : « C'est un chien placé entre une pastille et un excrément, et ne trouvant d'odeur ni à l'une ni à l'autre. »

976

M... avait montré beaucoup d'insolence et de vanité, après une espèce de succès au théâtre; c'était son premier ouvrage. Un de ses amis lui dit : « Mon ami, tu sèmes les ronces devant toi; tu les trouveras en repassant. »

977

« La manière dont je vois distribuer l'éloge et le blâme, disait M. de B..., donnerait à un[1] plus honnête homme l'envie d'être diffamé. »

978

Une mère, après un trait d'entêtement de son fils, disait que les enfants étaient très égoïstes. « Oui, dit M..., en attendant qu'ils soient polis. »

979

On disait à M... : « Vous aimez beaucoup la considération. » Il répondit ce mot qui me frappa : « Non, j'en ai pour moi, ce qui m'attire quelquefois celle des autres. »

980

On compte 56 violations de la foi publique, depuis Henri IV jusqu'au ministère du cardinal de Loménie inclusivement. M. D... appliquait aux fréquentes banqueroutes de nos rois ces deux vers de Racine :

> Et d'un trône si saint la moitié n'est fondée
> Que sur la foi promise, et rarement gardée[1].

981

On disait à M..., académicien : « Vous vous marierez quelque jour. » Il répondit : « J'ai tant plaisanté l'Académie, et j'en suis; j'ai toujours peur qu'il ne m'arrive la même chose pour le mariage. »

982

M... disait de Mlle[2]... (qui n'était point vénale, n'écoutait que son cœur, et restait fidèle à l'objet de son choix) : « C'est une personne charmante et qui vit le plus honnêtement qu'il est possible, hors du mariage et du célibat. »

983

Un mari disait à sa femme : « Madame, cet homme a des droits sur vous : il vous a manqué devant moi, je ne le souffrirai pas. Qu'il vous maltraite quand vous êtes seule, mais, en ma présence, c'est me manquer à moi-même. »

984

J'étais à table à côté d'un homme qui me demanda si la femme qu'il avait devant lui n'était pas la femme de celui qui était à côté d'elle. J'avais remarqué que celui-ci ne lui avait pas dit un mot; c'est ce qui me fit répondre à mon voisin : « Monsieur, ou il ne la connaît pas, ou c'est sa femme. »

985

Je demandais à M. de ... s'il se marierait. « Je ne le crois pas », me disait-il; et il ajouta en riant : « La femme qu'il me faudrait, je ne la cherche point, je ne l'évite même pas. »

986

Je demandais à M. de T... pourquoi il négligeait son talent et paraissait si complètement insensible à la gloire; il me répondit ces propres paroles : *Mon amour-propre a péri dans le naufrage de l'intérêt que je prenais aux hommes.*

987

On disait à un homme modeste : « Il y a quelquefois des fentes au boisseau, sous lequel se cachent les vertus. »

988

M..., qu'on voulait faire parler sur différents abus publics ou particuliers, répondit froidement : « Tous les jours j'accrois la liste des choses dont je ne parle plus. Le plus philosophe est celui dont la liste est la plus longue. »

989

« Je proposerais volontiers, disait M. D..., je proposerais aux calomniateurs et aux méchants le traité que voici. Je dirais aux premiers : Je veux bien que l'on me calomnie, pourvu que, par une action, ou indifférente ou même louable, j'aie fourni le fond de la calomnie; pourvu que son travail ne soit que la broderie du canevas; pourvu qu'on n'invente pas les faits en même temps que les circonstances; en un mot, pourvu que la calomnie ne fasse pas les frais à la fois et du fond et de la forme. Je dirais aux méchants : Je trouve simple qu'on me nuise, pourvu que celui qui me nuit y ait quelque intérêt personnel; en un mot, qu'on ne me fasse pas du mal gratuitement, comme il arrive. »

990

On disait d'un escrimeur adroit, mais poltron, spirituel et galant auprès des femmes, mais impuissant : « Il manie très bien le fleuret et la fleurette, mais le duel et la jouissance lui font peur. »

991

« C'est bien mal fait, disait M..., d'avoir laissé tomber le cocuage, c'est-à-dire de s'être arrangé pour que ce ne soit plus rien. Autrefois, c'était un état dans le monde, comme de nos jours, celui de joueur. A présent ce n'est plus rien du tout. »

992

M. de L..., connu pour misanthrope, me disait un jour à propos de son goût pour la solitude : « Il faut diablement aimer quelqu'un pour le voir. »

993

M... aime qu'on dise qu'il est méchant, à peu près comme les jésuites n'étaient pas fâchés qu'on dît qu'ils assassinaient les rois. C'est l'orgueil qui veut régner par la crainte sur la faiblesse.

994

Un célibataire qu'on pressait de se marier répondit plaisamment : « Je prie Dieu de me préserver des femmes aussi bien que je me préserverai du mariage. »

995

Un homme parlait du respect que mérite le public. « Oui, dit M..., le respect qu'il obtient de la prudence. Tout le monde méprise les harengères. Cependant qui oserait risquer de les offenser en traversant la Halle ? »

996

Je demandais à M. R..., homme plein d'esprit et de talents, pourquoi il ne s'était nullement montré dans la révolution de 1789 ; il me répondit : « C'est que, depuis 30 ans, j'ai trouvé les hommes si méchants, en particulier et pris un à un, que je n'ai osé espérer rien de bon d'eux, en public et collectivement. »

997

« Il faut que ce qu'on appelle *la police* soit une chose bien terrible, disait plaisamment Mme de..., puisque les Anglais aiment mieux les voleurs et les assassins, et que les Turcs aiment mieux la peste. »

998

« Ce qui rend le monde désagréable, me disait M. de L..., ce sont les fripons, et puis les honnêtes gens ; de sorte que, pour que tout fût passable, il faudrait anéantir les uns et corriger les autres. Il faudrait détruire l'enfer et recomposer le paradis. »

999

D... s'étonnait de voir M. de L..., homme très accrédité, échouer dans tout ce qu'il essayait de faire pour un de ses amis. C'est que la faiblesse de son caractère anéantit la puissance de sa position. Celui qui ne sait pas ajouter sa volonté à sa force, n'a point de force.

1000

Quand Mme de F... a dit joliment une chose bien pensée, elle croit avoir tout fait; de façon que, si une de ses amies faisait à sa place ce qu'elle a dit qu'il fallait faire, cela ferait à elles deux une philosophie. M. de ... disait d'elle : que quand elle a dit une jolie chose sur l'émétique, elle est toute surprise de n'être point purgée.

1001

Un homme d'esprit définissait Versailles, un pays où, en descendant, il faut toujours paraître monter, c'est-à-dire s'honorer de fréquenter ce qu'on méprise.

1002

M... me disait qu'il s'était toujours bien trouvé des maximes suivantes sur les femmes : Parler toujours du sexe en général; louer celles qui sont aimables; se taire sur les autres; les voir peu; ne s'y fier jamais; et ne jamais laisser dépendre son bonheur d'une femme, quelle qu'elle soit.

1003

Un philosophe me disait qu'après avoir examiné l'ordre civil et politique des sociétés, il n'étudiait plus que les sauvages, dans les livres des voyageurs, et les enfants, dans la vie ordinaire.

1004

Mme de... disait de M. B. : « Il est honnête, mais médiocre et d'un caractère épineux; c'est comme la perche, blanche, saine, mais insipide et pleine d'arêtes. »

1005

M... étouffe plutôt ses passions qu'il ne sait les conduire. Il me disait là-dessus : « Je ressemble à un homme qui, étant à cheval, et ne sachant pas gouverner sa bête qui l'emporte, la tue d'un coup de pistolet et se précipite avec elle. »

1006

Je demandais à M... pourquoi il avait refusé plusieurs places; il me répondit : « Je ne veux rien de ce qui met un rôle à la place d'un homme. »

1007

« Ne voyez-vous pas, me disait M..., que je ne suis rien que par l'opinion qu'on a de moi; que lorsque je m'abaisse je perds de ma force, et que je tombe lorsque je descends? »

1008

C'est une chose bien extraordinaire que deux auteurs pénétrés et panégyristes, l'un en vers, l'autre en prose, de l'amour immoral et libertin, Crébillon et Bernard, soient morts épris passionnément de deux filles. Si quelque chose est plus étonnant, c'est de voir l'amour sentimental posséder Mme de Voyer jusqu'au dernier moment, et la passionner pour le vicomte de Noailles; tandis que, de son côté, M. de Voyer a laissé deux cassettes pleines de lettres céladoniques copiées deux fois de sa main. Cela rappelle les poltrons, qui chantent pour déguiser leur peur.

1009

« Qu'un homme d'esprit (disait en riant M. de...) ait des doutes sur sa maîtresse, cela se conçoit; mais sur sa femme! il faut être bien bête. »

1010

C'est un caractère curieux que celui de M. L... : son esprit est plaisant et profond; son cœur est fier et calme; son imagination est douce, vive et même passionnée.

1011

« Dans le monde, disait M..., vous avez trois sortes d'amis : vos amis qui vous aiment; vos amis qui ne se soucient pas de vous, et vos amis qui vous haïssent. »

1012

M... disait : « Je ne sais pourquoi Mme de L... désire tant que j'aille chez elle; car quand j'ai été quelque temps sans y aller, je la méprise moins. » On pourrait dire cela du monde en général.

1013

D..., misanthrope plaisant, me disait, à propos de la méchanceté des hommes : « Il n'y a que l'inutilité du premier déluge qui empêche Dieu d'en envoyer un second. »

1014

On attribuait à la philosophie moderne le tort d'avoir multiplié le nombre des célibataires; sur quoi M... dit : « Tant qu'on ne me prouvera pas que ce sont les philosophes qui se sont cotisés pour faire les fonds de Mlle Bertin et pour élever sa boutique, je croirai que le célibat pourrait avoir une autre cause. »

1015

N... disait qu'il fallait toujours examiner si la liaison d'une femme et d'un homme est d'âme à âme, ou de corps à corps; si celle d'un particulier et d'un homme en place ou d'un homme de la Cour est de sentiment à sentiment, ou de position à position, etc.

1016

M. de ... disait qu'il ne fallait rien lire, dans les séances publiques de l'Académie, par-delà ce qui est imposé par les statuts; et il motivait son avis en disant : *En fait d'inutilités, il ne faut que le nécessaire.*

1017

M... disait que le désavantage d'être au-dessous des princes est richement compensé par l'avantage d'en être loin.

1018

On proposait un mariage à M...; il répondit : « Il y a deux choses que j'ai toujours aimées à la folie : ce sont les femmes et le célibat. J'ai perdu ma première passion, il faut que je conserve la seconde. »

1019

La rareté d'un sentiment vrai fait que je m'arrête quelquefois dans les rues, à regarder un chien ronger un os : « C'est au retour de Versailles, Marly, Fontainebleau (disait M. de ...) que je suis plus curieux de ce spectacle. »

1020

M. Thomas me disait un jour : « Je n'ai pas besoin de mes contemporains, mais j'ai besoin de la postérité » : il aimait beaucoup la gloire. « Beau résultat de philosophie, lui dis-je, de pouvoir se passer des vivants, pour avoir besoin de ceux qui ne sont pas nés! »

1021

N... disait à M. Barthe : « Depuis dix ans que je vous connais, j'ai toujours cru qu'il était impossible d'être votre ami; mais je me suis trompé; il y en aurait un moyen. — Et lequel? — Celui de faire une parfaite abnégation de soi, et d'adorer sans cesse votre égoïsme. »

1022

M. de R... était autrefois moins dur et moins dénigrant qu'aujourd'hui; il a usé toute son indulgence, et le peu qui lui en reste, il le garde pour lui.

1023

On proposait à un célibataire de se marier. Il répondit par de la plaisanterie; et comme il y avait mis beaucoup d'esprit, on lui dit : « Votre femme ne s'ennuierait pas. » Sur quoi il répondit : « Si elle était jolie, sûrement elle s'amuserait tout comme une autre. »

1024

On accusait M... d'être misanthrope. « Moi, dit-il, je ne le suis pas, mais j'ai bien pensé l'être, et j'ai vraiment bien fait d'y mettre ordre. — Qu'avez-vous fait pour l'empêcher? — Je me suis fait solitaire. »

1025

« Il est temps, disait M..., que la Philosophie ait aussi son index, comme l'Inquisition de Rome et de Madrid. Il faut qu'elle fasse une liste des livres qu'elle proscrit, et cette proscription sera plus considérable que celle de sa rivale. Dans les livres même qu'elle approuve en général, combien d'idées particulières ne condamnerait-elle pas, comme contraires à la morale, et même au bon sens? »

1026

« Ce jour-là je fus très aimable, point brutal », me disait M. S..., qui était en effet l'un et l'autre.

1027

M... me dit un jour plaisamment, à propos des femmes et de leurs défauts : « Il faut choisir d'aimer les femmes ou de les connaître : il n'y a pas de milieu. »

1028

M..., qui venait de publier un ouvrage qui avait beaucoup réussi, était sollicité d'en publier un second, dont ses amis faisaient grand cas. « Non, dit-il, il faut laisser à l'envie le temps d'essuyer son écume. »

1029

M..., jeune homme, me demandait pourquoi Mme de B... avait refusé son hommage qu'il lui offrait, pour courir après celui de M. de L..., qui semblait se refuser à ses avances. Je lui dis : « Mon cher ami, Gênes, riche et puissante, a offert sa souveraineté à plusieurs rois, qui l'ont refusée, et on a fait la guerre pour la Corse, qui ne produit que des châtaignes, mais qui était fière et indépendante. »

1030

Un des parents de M. de Vergennes lui demandait pourquoi il avait laissé arriver au ministère de Paris le baron de Breteuil, qui était dans le cas de lui succéder[1]. « C'est que, dit-il, c'est un homme qui, ayant toujours vécu dans le pays étranger, n'est pas connu ici; c'est qu'il a une réputation usurpée; que quantité de gens le croient digne du ministère : il faut les détromper, le mettre en évidence, et faire voir ce que c'est que le baron de Breteuil. »

1031

On reprochait à M. L..., homme de lettres, de ne plus rien donner au public. « Que voulez-vous qu'on imprime, dit-il, dans un pays où l'almanach de Liège[1] est défendu de temps en temps ? »

1032

M... disait de M. de la Reynière, chez qui tout le monde va pour sa table, et qu'on trouve très ennuyeux : *On le mange, mais on ne le digère pas.*

1033

M. de F..., qui avait vu à sa femme plusieurs amants, et qui avait toujours joui de temps en temps de ses droits d'époux, s'avisa un soir de vouloir en profiter. Sa femme s'y refuse. « Eh quoi ! lui dit-elle, ne savez-vous pas que je suis en affaire avec M...? — Belle raison ! dit-il, ne m'avez-vous pas laissé mes droits quand vous aviez L..., S..., N..., B..., T...? — Oh ! quelle différence ! était-ce de l'amour que j'avais pour eux ! Rien, pures fantaisies ; mais avec M... c'est un sentiment : c'est à la vie et à la mort. — Ah ! je ne savais pas cela ; n'en parlons plus. » Et en effet, tout fut dit. M. de R..., qui entendait conter cette histoire, s'écria : « Mon Dieu ! que je vous remercie d'avoir amené le mariage à produire de pareilles gentillesses ! »

1034

« Mes ennemis ne peuvent rien contre moi, disait M..., car ils ne peuvent m'ôter la faculté de bien penser, ni celle de bien faire. »

1035

Je demandais à M... s'il se marierait. Il me répondit :
« Pourquoi faire? Pour payer au roi de France la capitation et les trois vingtièmes après ma mort? »

1036

M. de ... demandait à l'évêque de ... une maison
de campagne où il n'allait jamais. Celui-ci lui répondit :
« Ne savez-vous pas qu'il faut toujours avoir un endroit
où l'on n'aille point et où l'on croie que l'on serait heureux si on y allait? » M. de ..., après un instant de silence,
répondit : « Cela est vrai, et c'est ce qui a fait la fortune
du paradis. »

1037

Milton, après le rétablissement de Charles II, était dans
le cas de reprendre une place très lucrative qu'il avait
perdue; sa femme l'y exhortait[1]; il lui répondit : « Vous
êtes femme, et vous voulez avoir un carrosse; moi je veux
vivre et mourir en honnête homme. »

1038

Je pressais M. de L... d'oublier les torts de M. de B...
(qui l'avait autrefois obligé); il me répondit : « Dieu a
recommandé le pardon des injures, il n'a point recommandé celui des bienfaits. »

1039

M... me disait : « Je ne regarde le roi de France que
comme le roi d'environ cent mille hommes, auxquels il
partage et sacrifie la sueur, le sang et les dépouilles de

vingt-quatre millions neuf cent mille hommes, dans des proportions déterminées par les idées féodales, militaires, anti-morales et anti-politiques qui avilissent l'Europe depuis vingt siècles. »

1040

M. de Calonne, voulant introduire des femmes dans son cabinet, trouva que la clé n'entrait point dans la serrure. Il lâcha un f... d'impatience; et, sentant sa faute : « Pardon, Mesdames! dit-il; j'ai fait bien des affaires dans ma vie, et j'ai vu qu'il n'y a qu'un mot qui serve. » En effet, la clé entra tout de suite.

1041

Je demandais à M... pourquoi, en se condamnant à l'obscurité, il se dérobait au bien qu'on pouvait lui faire. « Les hommes, me dit-il, ne peuvent rien faire pour moi qui vaille leur oubli. »

1042

M. de ... promettait je ne sais quoi à M. L..., et jurait foi de gentilhomme; celui-ci lui dit : « Si cela vous est égal, ne pourriez-vous pas dire foi d'honnête homme? »

1043

Le fameux Ben Jonson disait que tous ceux qui avaient pris les Muses pour femmes étaient morts de faim, et que ceux qui les avaient prises pour maîtresses s'en étaient fort bien trouvés. Cela revient assez à ce que j'ai ouï dire à Diderot, qu' « un homme de lettres sensé pouvait être l'amant d'une femme qui fait un livre, mais ne

devait être le mari que de celle qui sait faire une chemise ».
Il y a mieux que tout cela : c'est de n'être ni l'amant de
celle qui fait un livre, ni le mari d'aucune.

1044

« J'espère qu'un jour, disait M..., au sortir de l'Assemblée nationale présidée par un juif, j'assisterai au mariage
d'un catholique séparé par divorce de sa première femme
luthérienne et épousant une jeune anabaptiste; qu'ensuite
nous irons dîner chez le curé, qui nous présentera sa
femme, jeune personne de la religion anglicane, qu'il
aura lui-même épousée en secondes noces, étant veuf
d'une calviniste. »

1045

« Ce n'est pas, me disait M. de M..., un homme très
vulgaire, que celui qui dit à la Fortune : « Je ne veux de
« toi qu'à telle condition : tu subiras le joug que je veux
« t'imposer »; et qui dit à la Gloire : « Tu n'es qu'une
« fille à qui je veux bien faire quelques caresses, mais que
« je repousserai si tu en risques avec moi de trop fami-
« lières et qui ne me conviennent pas. » C'était lui-même
qu'il peignait, et tel est en effet son caractère.

1046

On disait d'un courtisan léger, mais non corrompu :
« Il a pris de la poussière dans le tourbillon, mais il n'a
pas pris de tache dans la boue. »

1047

M... disait qu'il fallait qu'un philosophe commençât
par avoir le bonheur des morts, celui de ne pas souffrir

et d'être tranquille; puis celui des vivants, de penser, sentir et s'amuser.

1048

M. de Vergennes n'aimait point les gens de lettres, et on remarqua qu'aucun écrivain distingué n'avait fait des vers sur la paix de 1783[1], sur quoi quelqu'un disait : « Il y en a deux raisons : il ne donne rien aux poètes et ne prête pas à la poésie. »

1049

Je demandais à M... quelle était sa raison de refuser un mariage avantageux? *Je ne veux point me marier,* dit-il, *dans la crainte d'avoir un fils qui me ressemble.* Comme j'étais surpris, vu que c'est un très honnête homme : « Oui, dit-il, oui, dans la crainte d'avoir un fils qui, étant pauvre comme moi, ne sache ni mentir, ni flatter, ni ramper, et ait à subir les mêmes épreuves que moi. »

1050

Une femme parlait emphatiquement de sa vertu et ne voulait plus, disait-elle, entendre parler d'amour. Un homme d'esprit dit là-dessus : « A quoi bon cette forfanterie? ne peut-on pas trouver un amant sans dire tout cela? »

1051

Dans le temps de l'Assemblée des Notables, un homme voulait faire parler le perroquet de Mme de... « Ne vous fatiguez pas, lui dit-elle, il n'ouvre jamais le bec. — Comment avez-vous un perroquet qui ne dit mot? Ayez-en un qui dise au moins *vive le roi!* — Dieu m'en

préserve, dit-elle : un perroquet disant « Vive le roi! » je
ne l'aurais plus. On en aurait fait un notable. »

1052

Un malheureux portier, à qui les enfants de son maître
refusèrent de payer un legs de 1 000 livres, qu'il pouvait
réclamer par justice, me dit : « Voulez-vous, monsieur,
que j'aille plaider contre les enfants d'un homme que j'ai
servi vingt-cinq ans, et que je sers eux-mêmes depuis
quinze? » Il se faisait, de leur injustice même, une raison
d'être généreux à leur égard.

1053

On demandait à M... pourquoi la nature avait rendu
l'amour indépendant de notre raison. C'est, dit-il, parce
que la nature ne songe qu'au maintien de l'espèce, et,
pour la perpétuer, elle n'a que faire de notre sottise.
Qu'étant ivre, je m'adresse à une servante de cabaret ou à
une fille, le but de la nature peut être aussi bien rempli
que si j'eusse obtenu Clarisse[1] après deux ans de soins; au
lieu que ma raison me sauverait de la servante, de la fille,
et de Clarisse même peut-être. A ne consulter que la
raison, quel est l'homme qui voudrait être père et se
préparer tant de soucis pour un long avenir? Quelle
femme, pour une épilepsie de quelques minutes, se
donnerait une maladie d'une année entière? La nature, en
nous dérobant à notre raison, assure mieux son empire;
et voilà pourquoi elle a mis de niveau sur ce point
Zénobie et sa fille de basse-cour, Marc-Aurèle et son
palefrenier. »

1054

M... est un homme mobile, dont l'âme est ouverte à
toutes les impressions, dépendant de ce qu'il voit, de ce

qu'il entend, ayant une larme prête pour la belle action qu'on lui raconte, et un sourire pour le ridicule qu'un sot essaie de jeter sur elle.

1055

M... prétend que le monde le plus choisi est entièrement conforme à la description qui lui fut faite d'un mauvais lieu, par une jeune personne qui y logeait. Il la rencontre au Vauxhall[1]; il s'approche d'elle, et lui demande en quel endroit on pourrait la voir seule pour lui confier quelques petits secrets. « *Monsieur*, dit-elle, *je demeure chez Mme ... C'est un lieu très honnête, où il ne va que des gens comme il faut, la plupart en carrosse; une porte cochère, un joli salon où il y a des glaces et un beau lustre. On y soupe quelquefois et on est servi en vaisselle plate.* — Comment donc, mademoiselle! j'ai vécu en bonne compagnie, et je n'ai rien vu de mieux que cela. — Ni moi non plus, qui ai pourtant habité presque toutes ces sortes de maisons. » M... reprenait toutes les circonstances, et faisait voir qu'il n'y en avait pas une qui ne s'appliquât au monde tel qu'il est.

1056

M... jouit excessivement des ridicules qu'il peut saisir et apercevoir dans le monde. Il paraît même charmé lorsqu'il voit quelque injustice absurde; des places données à contresens, des contradictions ridicules dans la conduite de ceux qui gouvernent, des scandales de toute espèce que la société offre trop souvent. D'abord j'ai cru qu'il était méchant; mais, en le fréquentant davantage, j'ai démêlé à quel principe appartient cette étrange manière de voir. C'est un sentiment honnête, une indignation vertueuse qui l'a rendu longtemps malheureux, et à laquelle il a substitué une habitude de plaisanterie, qui voudrait n'être que gaie, mais qui, devenant quelquefois amère et sarcastique, dénonce la source dont elle part.

1057

Les amitiés de N... ne sont autre chose que le rapport de ses intérêts avec ceux de ses prétendus amis. Ses amours ne sont que le produit de quelques bonnes digestions. Tout ce qui est au-dessus ou au-delà n'existe point pour lui. Un mouvement noble et désintéressé en amitié, un sentiment délicat lui paraissent une folie non moins absurde que celle qui fait mettre un homme aux petites maisons.

1058

M. de Ségur ayant publié une ordonnance[1] qui obligeait à ne recevoir dans le corps de l'artillerie que des gentilshommes, et d'une autre part cette fonction n'admettant que des gens instruits, il arriva une chose plaisante. C'est que l'abbé Bossut, examinateur des élèves, ne donna d'attestation qu'à des roturiers, et Chérin, qu'à des gentilshommes : sur une centaine d'élèves, il n'y en eut que quatre ou cinq qui remplirent les deux conditions.

1059

M. de L... me disait, relativement au plaisir des femmes, que lorsqu'on cesse de pouvoir être prodigue, il faut devenir avare, et qu'en ce genre, celui qui cesse d'être riche commence à être pauvre. « Pour moi, dit-il, aussitôt que j'ai été obligé de distinguer entre la lettre de change payable à vue et la lettre payable à échéance, j'ai quitté la banque. »

1060

Un homme de lettres, à qui un grand seigneur faisait sentir la supériorité de son rang, lui dit : « Monsieur le Duc, je n'ignore pas ce que je dois savoir, mais je sais aussi qu'il est plus aisé d'être au-dessus de moi qu'à côté. »

1061

Mme de L... est coquette avec illusion, en se trompant elle-même. Mme de B... l'est sans illusion, et il ne faut pas la chercher parmi les dupes qu'elle fait.

1062

Le maréchal de Noailles[1] avait un procès au Parlement avec un de ses fermiers. Huit à neuf conseillers se récusèrent, disant tous : « En qualité de parents de M. de Noailles »; et ils l'étaient en effet au huitième degré. Un conseiller, nommé M. Hurson, trouvant cette vanité ridicule, se leva, disant : « Je me récuse aussi. » Le premier président lui demanda en quelle qualité. Il répondit : « Comme parent du fermier. »

1063

Mme de..., âgée de 65 ans, ayant épousé M..., âgé de 22, quelqu'un dit que c'était le mariage de Pyrame et de Baucis[2].

1064

M..., à qui on reprochait son indifférence pour les femmes, disait : « Je puis dire sur elles ce que Mme de C... disait sur les enfants : « J'ai dans la tête un

« fils dont je n'ai pu accoucher. » J'ai dans l'esprit une femme *comme il y en a peu,* qui me préserve des femmes comme il y en a beaucoup. J'ai bien des obligations à cette femme-là. »

1065

« Ce qui me paraît le plus comique dans le monde civil, disait M..., c'est le mariage, c'est l'état de mari; ce qui me paraît le plus ridicule dans le monde politique, c'est la royauté, c'est le métier de roi. Voilà les deux choses qui m'égaient le plus : ce sont les deux sources intarissables de mes plaisanteries. Ainsi, qui me marierait et me ferait roi m'ôterait à la fois une partie de mon esprit et de ma gaieté. »

1066

On avisait dans une société aux moyens de déplacer un mauvais ministre, déshonoré par vingt turpitudes. Un de ses ennemis connus dit tout à coup : « Ne pourrait-on pas lui faire faire quelque opération raisonnable, quelque chose d'honnête, pour le faire chasser? »

1067

« Que peuvent pour moi, disait M..., les grands et les princes? Peuvent-ils me rendre ma jeunesse ou m'ôter ma pensée, dont l'usage me console de tout? »

1068

Mme de ... disait un jour à M... : « Je ne saurais être à ma place dans votre esprit, parce que j'ai beaucoup vu pendant quelque temps M. d'Ur... Je vais vous en dire la raison, qui est en même temps ma meilleure excuse.

Je couchais avec lui; et je hais si fort la mauvaise compagnie, qu'il n'y avait qu'une pareille raison qui pût me justifier à mes yeux, et je m'imagine, aux vôtres. »

1069

M. de B... voyait Mme de L... tous les jours; le bruit courut qu'il allait l'épouser. Sur quoi il dit à l'un de ses amis : « Il y a peu d'hommes qu'elle n'épousât pas plus volontiers que moi, et réciproquement. Il serait bien étrange que, dans quinze ans d'amitié, nous n'eussions pas vu combien nous sommes antipathiques l'un à l'autre. »

1070

« L'illusion, disait M..., ne fait d'effet sur moi, relativement aux personnes que j'aime, que celui d'un verre sur un pastel. Il adoucit les traits sans changer les rapports ni les proportions. »

1071

On agitait dans une société la question, lequel était plus agréable de donner ou de recevoir. Les uns prétendaient que c'était de donner; d'autres, que, quand l'amitié était parfaite, le plaisir de recevoir était peut-être aussi délicat et plus vif. Un homme d'esprit à qui on demanda son avis, dit : « Je ne demanderai pas lequel des deux plaisirs est le plus vif; mais je préférerais celui de donner; il m'a semblé qu'au moins il était le plus durable, et j'ai toujours vu que c'était celui des deux dont on se souvenait plus longtemps. »

1072

Les amis de M... voulaient plier son caractère à leurs fantaisies, et le trouvant toujours le même, disaient qu'il était incorrigible. Il leur répondit : « Si je n'étais pas incorrigible, il y a bien longtemps que je serais corrompu. »

1073

« Je me refuse, disait M..., aux avances de M. de B..., parce que j'estime assez peu les qualités pour lesquelles il me recherche, et que s'il savait quelles sont les qualités pour lesquelle je m'estime, il me fermerait sa porte. »

1074

On reprochait à M. de ... d'être le médecin tant pis. « Cela vient, répondit-il, de ce que j'ai vu enterrer tous les malades du médecin tant mieux. Au moins si les miens meurent, on n'a point à me reprocher d'être un sot. »

1075

Un homme qui avait refusé d'avoir Mme de S¹... disait : « A quoi sert l'esprit, s'il ne sert à n'avoir point Mme de ...? »

1076

M. Joly de Fleury, contrôleur général en 1781, a dit à mon ami, M. B... : « Vous parlez toujours de Nation. Il n'y a point de Nation. Il faut dire le Peuple; le Peuple que nos plus anciens publicistes définissent : *Peuple serf, corvéable et taillable à merci et miséricorde.* »

1077

On offrait à M... une place lucrative qui ne lui convenait pas; il répondit : « Je sais qu'on vit avec de l'argent,
mais je sais aussi qu'il ne faut pas vivre pour de l'argent. »

1078

Quelqu'un disait d'un homme très personnel : « Il
brûlerait votre maison pour se faire cuire deux œufs. »

1079

Le duc de..., qui avait autrefois de l'esprit, qui recherchait la conversation des honnêtes gens, s'est mis, à cinquante ans, à mener la vie d'un courtisan ordinaire. Ce
métier et la vie de Versailles lui conviennent dans la
décadence de son esprit, comme le jeu convient aux
vieilles femmes.

1080

Un homme dont la santé s'était rétablie en assez peu
de temps et à qui on en demandait la raison, répondit :
« C'est que je compte avec moi, au lieu qu'auparavant
je comptais sur moi. »

1081

« Je crois, disait M..., sur le duc de..., que son nom
est son plus grand mérite, et qu'il a toutes les vertus qui
se font dans une parcheminerie. »

1082

On accusait un jeune homme de la cour d'aimer les filles avec fureur. Il y avait là plusieurs femmes honnêtes et considérables avec qui cela pouvait le brouiller. Un de ses amis, qui était présent, répondit : « Exagération! méchanceté! il a aussi des femmes. »

1083

M..., qui aimait beaucoup les femmes, me disait que leur commerce lui était nécessaire, pour tempérer la sévérité de ses pensées, et occuper la sensibilité de son âme. « J'ai, disait-il, du Tacite dans la tête, et du Tibulle dans le cœur. »

1084

M. de L... disait qu'on aurait dû appliquer au mariage la police relative aux maisons, qu'on loue par un bail pour trois, six et neuf ans, avec pouvoir d'acheter la maison, si elle vous convient.

1085

« La différence qu'il y a de vous à moi, me disait M..., c'est que vous avez dit à tous les masques : « Je vous « connais »; et moi je leur ai laissé l'espérance de me tromper. Voilà pourquoi le monde m'est plus favorable qu'à vous. C'est un bal dont vous avez détruit l'intérêt pour les autres et l'amusement pour vous-même. »

1086

Quand M. de R... a passé une journée sans écrire, il répète le mot de Titus : « J'ai perdu un jour[1]. »

1087

« L'homme, disait M..., est un sot animal, si j'en juge par moi. »

1088

M... avait, pour exprimer le mépris, une formule favorite : « C'est l'avant-dernier des hommes! — Pourquoi l'avant-dernier? lui demandait-on. — Pour ne décourager personne, car il y a presse. »

1089

Au physique, disait M..., homme d'une santé délicate et d'un caractère très fort, je suis le roseau qui plie et ne rompt pas; au moral, je suis au contraire le chêne qui rompt et qui ne plie point. *Homo interior, totus nervus,* dit Van Helmont[1]. »

1090

« J'ai connu, me disait M. de L..., âgé de 91 ans, des hommes qui avaient un caractère grand, mais sans pureté, d'autres qui avaient un caractère pur, mais sans grandeur. »

1091

M. de C[2]... avait reçu un bienfait de M. d'A..., celui-ci avait recommandé le secret. Il fut gardé. Plusieurs années après ils se brouillèrent; alors M. de C... révéla le secret du bienfait qu'il avait reçu. M. T..., leur ami commun, instruit, demanda à M. de C... la raison de cette apparente bizarrerie. Celui-ci répondit : « J'ai tu son bienfait tant que je l'ai aimé. Je parle, parce que je ne l'aime plus. C'était alors son secret; à présent, c'est le mien. »

1092

M... disait du prince de Beauvau, grand puriste : « Quand je le rencontre dans ses promenades du matin, et que je passe dans l'ombre de son cheval (il se promène souvent à cheval pour sa santé), j'ai remarqué que je ne fais pas une faute de français de toute la journée. »

1093

N... disait qu'il s'étonnait toujours de ces festins meurtriers qu'on se donne dans le monde. Cela se concevrait entre parents qui héritent les uns des autres; mais, entre amis qui n'héritent pas, quel peut en être l'objet?

1094

« J'ai vu, disait M..., peu de fiertés dont j'aie été content. Ce que je connais de mieux en ce genre, c'est celle de Satan dans le *Paradis perdu*. »

1095

« Le bonheur, disait M..., n'est pas chose aisée. Il est très difficile de le trouver en nous, et impossible de le trouver ailleurs. »

1096

On engageait M. de ... à quitter une place, dont le titre seul faisait sa sûreté contre des hommes puissants; il répondit : « On peut couper à Samson sa chevelure, mais il ne faut pas lui conseiller de prendre perruque. »

1097

On disait que M... était peu sociable : « Oui, dit un de ses amis, il est choqué de plusieurs choses, qui dans la société choquent la nature. »

1098

On faisait la guerre à M... sur son goût pour la solitude; il répondit : « C'est que je suis plus accoutumé à mes défauts qu'à ceux d'autrui. »

1099

M. de ..., se prétendant ami de M. Turgot, alla faire compliment à M. de Maurepas, d'être délivré de M. Turgot[1].

Ce même ami de M. Turgot fut un an sans le voir après sa disgrâce; et M. Turgot ayant eu besoin de le voir, il lui donna un rendez-vous, non chez M. Turgot, non chez lui-même, mais chez Duplessis, au moment où il se faisait peindre.

Il eut depuis la hardiesse de dire à M. Bert..., qui n'était parti de Paris que huit jours après la mort de M. Turgot : « Moi qui ai vu M. Turgot dans tous les moments de sa vie; moi son ami intime, et qui lui ai fermé les yeux. »

Il n'a commencé à braver M. Nek[2]... que quand celui-ci fut très mal avec M. de Maurepas, et, à sa chute, il alla dîner chez Sainte-Foix avec Bourboulon, ennemis de Nek..., qu'il méprisait tous les deux.

Il a passé sa vie à médire de M. de Calonne, qu'il a fini par loger; de M. de Vergennes, qu'il n'a cessé de capter, par le moyen d'Herin[3], qu'il a ensuite mis à l'écart; il lui a substitué dans son amitié Renneval, dont il s'est servi pour faire faire un traitement très considé-

rable à M. Dornano, nommé pour présider à la démar-
cation des limites de France et d'Espagne[1].

Incrédule, il fait maigre les vendredi et samedi à tout
hasard. Il s'est fait donner cent mille livres du roi pour
payer les dettes de son frère, et a eu l'air de faire de son
propre argent tout ce qu'il a fait pour lui, comme frais
pour son logement du Louvre, etc. Nommé tuteur du
petit Bart..., à qui sa mère avait donné cent mille écus
par testament, au préjudice de sa sœur, Mme de Verg...,
il a fait une assemblée de famille, dans laquelle il a
engagé le jeune homme à renoncer à son legs, à déchirer
le testament. Et à la première faute de jeune homme
qu'a faite son pupille, il s'est débarrassé de la tutelle.

1100

On se souvient encore de la ridicule et excessive vanité
de l'archevêque de Reims, Le Tellier-Louvois, sur son
rang et sur sa naissance. On sait combien, de son temps,
elle était célèbre dans toute la France. Voici une des occasions où elle se montra tout entière le plus plaisamment.
Le duc d'A..., absent de la cour depuis plusieurs années,
revenu de son gouvernement de Berri, allait à Versailles.
Sa voiture versa et se rompit. Il faisait un froid très aigu.
On lui dit qu'il fallait deux heures pour la remettre en
état. Il vit un relais et demanda pour qui c'était : on lui dit
que c'était pour l'archevêque de Reims qui allait à Versailles aussi. Il envoya ses gens devant lui, n'en réservant
qu'un auquel il recommanda de ne point paraître sans
son ordre. L'archevêque arrive. Pendant qu'on attelait, le
duc charge un des gens de l'archevêque de lui demander
une place pour un honnête homme, dont la voiture vient
de se briser, et qui est condamné à attendre deux heures
qu'elle soit rétablie. Le domestique va et fait la commission. « Quel homme est-ce ? dit l'archevêque. Est-ce
quelqu'un comme il faut ? — Je le crois, Monseigneur ; il

a un air bien honnête. — Qu'appelles-tu honnête? est-il
bien mis? — Monseigneur, simplement, mais bien. —
A-t-il des gens? — Monseigneur, je l'imagine. — Va-t'en
le savoir. *(Le domestique va et revient.)* — Monseigneur,
il les a envoyés devant à Versailles. — Ah! c'est quelque
chose. Mais ce n'est pas tout. Demande-lui s'il est gentilhomme. *(Le laquais va et revient.)* — Oui, Monseigneur, il est gentilhomme. — A la bonne heure : qu'il
vienne, nous verrons ce que c'est. » Le duc arrive, salue.
L'archevêque fait un signe de tête, se range à peine pour
faire une petite place dans sa voiture. Il voit une croix de
Saint-Louis. « Monsieur, dit-il au duc, je suis fâché de
vous avoir fait attendre; mais je ne pouvais donner une
place dans ma voiture à un homme de rien : vous en
conviendrez. Je sais que vous êtes gentilhomme. Vous
avez servi, à ce que je vois? — Oui, Monseigneur. — Et
vous allez à Versailles? — Oui, Monseigneur. — Dans
les Bureaux apparemment? — Non; je n'ai rien à faire
dans les Bureaux. Je vais remercier... — Qui? M. de Lou-
vois? — Non, Monseigneur, le roi. — Le roi! *(Ici l'archevêque se recule et fait un peu de place.)* — Le roi vient
donc de vous faire quelque grâce toute récente? —
Non, Monseigneur, c'est une longue histoire. — Contez
toujours. — C'est qu'il y a deux ans, j'ai marié ma fille
à un homme peu riche *(l'archevêque reprend un peu de
l'espace qu'il a cédé dans la voiture),* mais d'un très grand
nom *(l'archevêque recède de la place).* » Le duc continue :
« Sa Majesté avait bien voulu s'intéresser à ce mariage...
(l'archevêque fait beaucoup de place) et avait même promis
à mon gendre le premier gouvernement qui vaquerait. —
Comment donc? Un petit gouvernement sans doute! De
quelle ville? — Ce n'est pas d'une ville, Monseigneur,
c'est d'une province. — D'une province, Monsieur! crie
l'archevêque, en reculant dans l'angle de sa voiture;
d'une province! — Oui, et il va y en avoir un de vacant.
— Lequel donc? — Le mien, celui de Berri, que je veux

faire passer à mon gendre. — Quoi! Monsieur... vous
êtes gouverneur de ...? Vous êtes donc le duc de ...? *(Et
il veut descendre de sa voiture...).* Mais, M. le Duc, que ne
parliez-vous? Mais cela est incroyable! Mais à quoi
m'exposez-vous! Pardon de vous avoir fait attendre... Ce
maraud de laquais qui ne me dit pas... Je suis bien
heureux encore d'avoir cru sur votre parole, que vous
étiez gentilhomme : tant de gens le disent sans l'être! Et
puis ce d'Hozier[1] est un fripon. Ah! M. le Duc, je suis
confus. — Remettez-vous, Monseigneur. Pardonnez à
votre laquais, qui s'est contenté de vous dire que j'étais
un honnête homme; pardonnez à d'Hozier, qui vous
exposait à recevoir dans votre voiture un vieux militaire
non titré; et pardonnez-moi aussi de n'avoir pas commencé par faire mes preuves pour monter dans votre
carrosse. »

APPENDICE

1101

Louis XIV, voulant envoyer en Espagne[1] un portrait du duc de Bourgogne, le fit faire par Coypel, et, voulant en retenir un pour lui-même, chargea Coypel d'en faire faire une copie. Les deux tableaux furent exposés en même temps dans la galerie : il était impossible de les distinguer. Louis XIV, prévoyant qu'il allait se trouver dans cet embarras, prit Coypel à part, et lui dit : « Il n'est pas décent que je me trompe en cette occasion; dites-moi de quel côté est le tableau original. » Coypel le lui indiqua, et Louis XIV, repassant, dit : « La copie et l'original sont si semblables qu'on pourrait s'y méprendre; cependant on peut voir avec un peu d'attention que celui-ci est l'original. »

1102

Au Pérou, il n'était permis qu'aux nobles d'étudier. Les nôtres pensent différemment.

1103

M... disait d'un sot sur lequel il n'y a pas de prise : « C'est une cruche sans anse. »

1104

Henri IV fut un grand roi : Louis XIV fut le roi d'un beau règne. Ce mot de Voisenon passe sa portée ordinaire[1].

1105

Le feu prince de Conti, ayant été très maltraité de paroles par Louis XV, conta cette scène désagréable à son ami le lord Tirconnel, à qui il demandait conseil. Celui-ci, après avoir rêvé, lui dit naïvement : « Monseigneur, il ne serait pas impossible de vous venger, si vous aviez de l'argent et de la considération. »

1106

Le roi de Prusse, qui ne laisse pas d'avoir employé son temps, dit qu'il n'y a peut-être pas d'homme qui ait fait la moitié de ce qu'il aurait pu faire.

1107

Messieurs Montgolfier, après leur superbe découverte des aérostats, sollicitaient à Paris un bureau de tabac pour un de leurs parents; leur demande éprouvait mille difficultés, de la part de plusieurs personnes et entre autres de M. de Colonia, de qui dépendait le succès de l'affaire. Le comte d'Antraigues, ami des Montgolfier, dit à M. de Colonia : « Monsieur, s'ils n'obtiennent pas ce qu'ils demandent, j'imprimerai ce qui s'est passé à leur égard en Angleterre, et ce qui, grâce à vous, leur arrive en France dans ce moment-ci. — Et que s'est-il passé en Angleterre? — Le voici, écoutez : M. Étienne Montgolfier est allé en Angleterre l'année dernière. Il a été présenté au roi qui lui a fait un grand accueil et l'a invité à lui demander quelque grâce. M. Montgolfier répondit au lord Sidney qu'étant étranger il ne voyait pas ce qu'il pouvait demander. Le lord le pressa de faire une demande quelconque. Alors M. Montgolfier se rappela qu'il avait à Québec un frère prêtre et pauvre; il dit qu'il souhaiterait bien qu'on lui fît avoir un petit bénéfice de cinquante guinées. Le lord répondit que cette demande n'était digne ni de messieurs Montgolfier, ni du roi, ni du ministre. Quelque temps après, l'évêché de Québec vint à vaquer; le lord Sidney le demanda au roi qui l'accorda, en ordonnant au duc de Gloucester de cesser la sollicitation qu'il faisait pour un autre. Ce ne fut point sans peine que messieurs Montgolfier obtinrent que cette bonté du roi n'eût de moins grands effets... Il y a loin de là au bureau de tabac refusé en France[1]. »

1108

On parlait de la dispute sur la préférence qu'on devait donner, pour les inscriptions, à la langue latine ou à la langue française. « Comment peut-il y avoir une dispute sur cela? dit M. B... — Vous avez bien raison, dit M. T... — Sans doute, reprit M. B..., c'est la langue latine, n'est-il pas vrai? — Point du tout, dit M. T..., c'est la langue française[2]. »

1109

« Comment trouvez-vous M. de...? Je le trouve très aimable; je ne l'aime point du tout. » L'accent dont le dernier mot fut dit, marquait très bien la différence de l'homme aimable et de l'homme digne d'être aimé.

1110

« Le moment où j'ai renoncé à l'amour, disait M..., le voici : c'est lorsque les femmes ont commencé à dire : « M..., je l'aime beaucoup, je l'aime de tout mon cœur », etc. Autrefois, ajoutait-il, quand j'étais jeune, elles disaient : « M..., je l'estime infiniment, c'est un jeune homme bien honnête. »

1111

« Je hais si fort le despotisme, disait M..., que je ne puis souffrir le mot *ordonnance* du médecin. »

1112

Un homme était abandonné des médecins; on demanda à M. Tronchin s'il fallait lui donner le viatique. « Cela est bien collant », répondit-il.

1113

Quand l'abbé de Saint-Pierre approuvait quelque chose, il disait : « Ceci est bon, pour moi, quant à présent. » Rien ne peint mieux la variété des jugements humains, et la mobilité du jugement de chaque homme.

1114

Avant que Mlle Clairon eût établi le costume au Théâtre-Français[1], on ne connaissait pour le théâtre tragique qu'un seul habit qu'on appelait l'habit à la romaine, et avec lequel on jouait les pièces grecques, américaines, espagnoles, etc. Lekain fut le premier à se soumettre au costume, et fit faire un habit grec pour jouer Oreste d'*Andromaque*. Dauberval arrive dans la loge de Lekain au moment que le tailleur de la Comédie apportait l'habit d'Oreste. La nouveauté de cet habit frappa Dauberval qui demanda ce que c'était. « Cela s'appelle un habit à la grecque, dit Lekain. — Ah! qu'il est beau! reprend Dauberval, le premier habit à la romaine dont j'aurai besoin, je le ferai faire à la grecque. »

1115

M... disait qu'il y avait tels ou tels principes excellents pour tel ou tel caractère ferme et vigoureux, et qui ne vaudraient rien pour des caractères d'un ordre inférieur. Ce sont les armes d'Achille qui ne peuvent convenir qu'à lui, et sous lesquelles Patrocle lui-même est opprimé.

1116

Après le crime et le mal faits à dessein, il faut mettre les mauvais effets des bonnes intentions, les bonnes actions nuisibles à la société publique, comme le bien fait aux méchants, les sottises de la bonhomie, les abus de la philosophie appliquée mal à propos, la maladresse en servant ses amis, les fausses applications des maximes utiles ou honnêtes, etc.

1117

La nature, en nous accablant de tant de misère et en nous donnant un attachement invincible pour la vie, semble en avoir agi avec l'homme comme un incendiaire qui mettrait le feu à notre maison après avoir posé des sentinelles à notre porte. Il faut que le danger soit bien grand pour nous obliger à sauter par la fenêtre.

1118

Les ministres en place s'avisent quelquefois, lorsque par hasard ils ont de l'esprit, de parler du temps où ils ne seront plus rien. On en est communément la dupe, et l'on s'imagine qu'ils croient ce qu'ils disent. Ce n'est de leur part qu'un trait d'esprit. Ils sont comme les malades qui parlent souvent de leur mort, et qui n'y croient pas, comme on peut le voir par d'autres mots qui leur échappent.

1119

On disait à Delon, médecin mesmériste : « Eh bien!
M. de B... est mort, malgré la promesse que vous aviez
faite de le guérir. — Vous avez, dit-il, été absent, vous
n'avez pas suivi les progrès de la cure : il est mort guéri. »

1120

On disait de M..., qui se créait des chimères tristes
et qui voyait tout en noir : « Il fait des cachots en
Espagne. »

1121

L'abbé Dangeau, de l'Académie française, grand
puriste, travaillait à une grammaire et ne parlait d'autre
chose. Un jour on se lamentait devant lui sur les malheurs
de la dernière campagne (c'était pendant les dernières
années de Louis XIV). « Tout cela n'empêche pas, dit-il,
que je n'aie dans ma cassette deux mille verbes français
bien conjugués. »

1122

Un gazetier mit dans sa gazette : « Les uns disent le
cardinal Mazarin mort, les autres vivant; moi, je ne crois
ni l'un ni l'autre. »

1123

Le vieux d'Arnoncour avait fait un contrat de
douze cents livres de rente à une fille, pour tout le
temps qu'il en serait aimé. Elle se sépara de lui étourdiment, et se lia avec un jeune homme qui, ayant vu ce
contrat, se mit en tête de le faire revivre. Elle réclama en
conséquence les quartiers échus depuis le dernier paye-

ment, en lui faisant signifier, sur papier timbré, qu'elle l'aimait toujours.

1124

Un marchand d'estampes voulait (le 25 juin) vendre cher le portrait de Mme Lamotte (fouettée et marquée le 21), et donnait pour raison que l'estampe était avant la lettre[1].

1125

Massillon était fort galant. Il devint amoureux de Mme de Simiane, petite-fille de Mme de Sévigné. Cette dame aimait beaucoup le style soigné, et ce fut pour lui plaire qu'il mit tant de soin à composer ses *Synodes,* un de ses meilleurs ouvrages. Il logeait à l'Oratoire et devait être rentré à neuf heures; Mme de Simiane soupait à sept par complaisance pour lui. Ce fut à l'un de ces soupers tête à tête qu'il fit une chanson très jolie, dont j'ai retenu la moitié d'un couplet :

. . . .
> Aimons-nous tendrement, Elvire :
> Ceci n'est qu'une chanson
> Pour qui voudrait en médire;
> Mais, pour nous, c'est tout de bon.

1126

On demandait à Mme de Rochefort, si elle aurait envie de connaître l'avenir : « Non, dit-elle, il ressemble trop au passé. »

1127

On pressait l'abbé Vatri de solliciter une place vacante au Collège Royal. « Nous verrons cela », dit-il, et ne solli-

cita point. La place fut donnée à un autre. Un ami de
l'abbé court chez lui : « Eh bien! voilà comme vous êtes!
vous n'avez point voulu solliciter la place, elle est donnée.
— Elle est donnée, reprit-il! eh bien! je vais la demander.
— Êtes-vous fou? — Parbleu! non; j'avais cent concurrents, je n'en ai plus qu'un. » Il demanda la place, et
l'obtint.

1128

Madame..., tenant un bureau d'esprit, disait de L...
« Je n'en fais pas grand cas, il ne vient pas chez moi. »

1129

L'abbé de Fleury avait été amoureux de Mme la maréchale de Noailles, qui le traita avec mépris. Il devint
premier ministre; elle eut besoin de lui, et il lui rappela
ses rigueurs. « Ah! Monseigneur, lui dit naïvement la
maréchale, qui l'aurait pu prévoir! »

1130

M. le duc de Chabot ayant fait peindre une Renommée
sur son carrosse, on lui appliqua ces vers :

> Votre prudence est endormie
> De traiter magnifiquement
> Et de loger superbement
> Votre plus cruelle ennemie[1].

1131

Un médecin de village allait visiter un malade au village prochain. Il prit avec lui un fusil pour chasser en
chemin et se désennuyer. Un paysan le rencontra et lui

demanda où il allait : « Voir un malade. — Avez-vous peur de le manquer ? »

1132

Une fille, étant à confesse, dit : « Je m'accuse d'avoir estimé un jeune homme. — Estimé ! combien de fois ? » demanda le père.

1133

Un homme étant à l'extrémité, un confesseur alla le voir, et lui dit : « Je viens vous exhorter à mourir. — Et moi, répondit l'autre, je vous exhorte à me laisser mourir. »

1134

On parlait à l'abbé Terrasson d'une certaine édition de la Bible, et on la vantait beaucoup. « Oui, dit-il, le scandale du texte y est conservé dans toute sa pureté. »

1135

Une femme, causant avec M. de M..., lui dit : « Allez, vous ne savez que dire des sottises. — Madame, répondit-il, j'en entends quelquefois, et vous me prenez sur le fait. »

1136

« Vous bâillez, disait une femme à son mari. — Ma chère amie, lui dit celui-ci, le mari et la femme ne sont qu'un, et, quand je suis seul, je m'ennuie. »

1137

Maupertuis, étendu dans son fauteuil et bâillant, dit un jour : « Je voudrais dans ce moment-ci résoudre un beau problème qui ne fût pas difficile. » Ce mot le peint tout entier.

1138

Mlle d'Entragues, piquée de la façon dont Bassom-pierre refusait de l'épouser, lui dit : « Vous êtes le plus sot homme de la cour. — Vous voyez bien le contraire », répondit-il.

1139

Un entrepreneur de spectacles, ayant prié M. de Villars d'ôter l'entrée gratis aux pages, lui dit : « Monseigneur, observez que plusieurs pages font un volume. »

1140

Le roi nomma M. de Navailles gouverneur de M. le duc de Chartres, depuis régent; M. de Navailles mourut au bout de huit jours : le roi nomma M. d'Estrade pour lui succéder; il mourut au bout du même terme; sur quoi Benserade dit : « On ne peut pas élever un gouverneur pour M. le duc de Chartres[1]. »

1141

Diderot, s'étant aperçu qu'un homme à qui il prenait quelque intérêt, avait le vice de voler et l'avait volé lui-même, lui conseilla de quitter ce pays-ci. L'autre profita du conseil, et Diderot n'en entendit plus parler pendant dix ans. Après dix ans, un jour il entend tirer sa sonnette avec violence. Il va ouvrir lui-même, reconnaît son homme, et, d'un air étonné, il s'écrie : « Ha! ha! c'est vous! » Celui-ci lui répond : « Ma foi, il ne s'en est guère fallu. » Il avait démêlé que Diderot s'étonnait qu'il ne fût pas pendu.

1142

M. de..., fort adonné au jeu, perdit en un seul coup de dés son revenu d'une année; c'était mille écus. Il les envoya demander à M..., son ami, qui connaissait sa passion pour le jeu, et qui voulait l'en guérir. Celui-ci lui envoya la lettre de change suivante : « Je prie M..., banquier, de donner à M. de... ce qu'il lui demandera, à la concurrence de ma fortune. » Cette leçon terrible et généreuse produisit son effet.

1143

On faisait l'éloge de Louis XIV devant le roi de Prusse. Il lui contestait toutes ses vertus et ses talents. « Au moins Votre Majesté accordera qu'il faisait bien le roi. — Pas si bien que Baron », dit le roi de Prusse avec humeur.

1144

Une femme était à une représentation de *Mérope,* et ne pleurait point; on était surpris. « Je pleurerais bien, dit-elle, mais je dois souper en ville. »

1145

Un pape causant avec un étranger de toutes les merveilles de l'Italie, celui-ci dit gauchement : « J'ai tout vu hors un conclave, que je voudrais bien voir. »

1146

L'abbé de Canaye disait que Louis XV aurait dû faire une pension à Gahusac. « Et pourquoi? — C'est que Gahusac l'empêche d'être l'homme de son royaume le plus méprisé. »

1147

Henri IV s'y prit singulièrement pour faire connaître à un ambassadeur d'Espagne le caractère de ses trois ministres, Villeroy, le président Jeannin et Sully. Il fit appeler d'abord Villeroi : « Voyez-vous cette poutre qui menace ruine ? — Sans doute, dit Villeroi, sans lever la tête; il faut la faire raccommoder, je vais donner des ordres. » Il appela ensuite le président Jeannin : « Il faudra s'en assurer », dit celui-ci. On fait venir Sully, qui regarde la poutre : « Eh! Sire, y pensez-vous ? dit-il, cette poutre durera plus que vous et moi. »

1148

J'ai entendu un dévot, parlant contre des gens qui discutaient des articles de foi, dire naïvement : « Messieurs, un vrai chrétien n'examine point ce qu'on lui ordonne de croire. Tenez, il en est de cela comme d'une pilule amère, si vous la mâchez, jamais vous ne pourrez l'avaler. »

1149

M. le Régent disait à Mme de Parabère, dévote, qui, pour lui plaire, tenait quelques discours peu chrétiens : « Tu as beau faire, tu seras sauvée. »

1150

Un prédicateur disait : « Quand le père Bourdaloue prêchait à Rouen, il y causait bien du désordre[1] : les artisans quittaient leurs boutiques, les médecins leurs malades, etc. J'y prêchai l'année d'après, ajoutait-il, j'y remis tout dans l'ordre. »

1151

Les papiers anglais rendirent compte ainsi d'une opération de finances de M. l'abbé Terray : « Le roi vient de réduire les actions des fermes à la moitié. Le reste à l'ordinaire prochain[1]. »

1152

Quand M. de B... lisait, ou voyait, ou entendait conter quelque action bien infâme ou très criminelle, il s'écriait : « Oh! comme je voudrais qu'il m'en eût coûté un petit écu, et qu'il y eût un Dieu. »

1153

Bachelier avait fait un mauvais portrait de Jésus; un de ses amis lui dit : « Ce portrait ne vaut rien, je lui trouve une figure basse et niaise. — Qu'est-ce que vous dites? répondit naïvement Bachelier; d'Alembert et Diderot, qui sortent d'ici, l'ont trouvé très ressemblant. »

1154

M. de Saint-Germain demandait à M. de Malesherbes quelques renseignements sur sa conduite, sur les affaires qu'il devait proposer au Conseil : « Décidez les grandes vous-même, lui dit M. de Malesherbes, et portez les autres au Conseil[2] »

1155

Le chanoine Récupéro, célèbre physicien, ayant publié une savante dissertation sur le mont Etna, où il prouvait, d'après les dates des éruptions et la nature de leurs laves, que le monde ne pouvait pas avoir moins de quatorze mille ans, la cour lui fit dire de se taire, et que

l'arche sainte avait aussi ses éruptions. Il se le tint pour
dit. C'est lui-même qui a conté cette anecdote au chevalier de la Tremblaye.

1156

Marivaux disait que le style a un sexe et qu'on recon-
naissait les femmes à une phrase.

1157

On avait dit à un roi de Sardaigne que la noblesse de
Savoie était très pauvre. Un jour plusieurs gentilshommes,
apprenant que le roi passait par je ne sais quelle ville,
vinrent lui faire leur cour en habits de gala magnifiques.
Le roi leur fit entendre qu'ils n'étaient pas aussi pauvres
qu'on le disait. « Sire, répondirent-ils, nous avons appris
l'arrivée de Votre Majesté; nous avons fait tout ce que
nous devions, mais nous devons tout ce que nous avons
fait. »

1158

On condamna en même temps le livre *De l'esprit* et
le poème de *La Pucelle*. Ils furent tous les deux défen-
dus en Suisse. Un magistrat de Berne, après une
grande recherche de ces deux ouvrages, écrivit au Sénat :
« Nous n'avons trouvé dans tout le canton ni *Esprit* ni
Pucelle. »

1159

J'appelle un honnête homme celui à qui le récit d'une
bonne action rafraîchit le sang, et un malhonnête celui
qui cherche chicane à une bonne action. C'est un mot de
M. de Mairan.

1160

La Gabrielli, célèbre chanteuse, ayant demandé cinq mille ducats à l'impératrice, pour chanter deux mois à Pétersbourg, l'impératrice répondit : « Je ne paye sur ce pied-là aucun de mes feld-maréchaux. — En ce cas, dit la Gabrielli, Votre Majesté n'a qu'à faire chanter ses feld-maréchaux. » L'impératrice paya les cinq mille ducats.

1161

Mme du D... disait de M... qu'il était aux petits soins pour déplaire.

1162

« Les athées sont meilleure compagnie pour moi, disait M. D..., que ceux qui croient en Dieu. A la vue d'un athée, toutes les demi-preuves de l'existence de Dieu me viennent à l'esprit; et à la vue d'un croyant, toutes les demi-preuves contre son existence se présentent à moi en foule. »

1163

M... disait : « On m'a dit du mal de M. de... : j'aurais cru cela il y a six mois; mais nous sommes réconciliés. »

1164

Un jour que quelques conseillers parlaient un peu trop haut à l'audience, M. de Harlay, premier président, dit : « Si ces messieurs qui causent ne faisaient pas plus de bruit que ces messieurs qui dorment, cela accommoderait fort ces messieurs qui écoutent. »

1165

Colbert disait, à propos de l'industrie de la nation, que le Français changerait les rochers en or, si on le laissait faire.

1166

Un certain Marchand, avocat, homme d'esprit, disait : « On court les risques du dégoût en voyant comment l'administration, la justice et la cuisine se préparent. »

1167

« Je sais me suffire, disait M…, et dans l'occasion je saurai bien me passer de moi », voulant dire qu'il mourrait sans chagrin.

1168

« Une idée qui se montre deux fois dans un ouvrage, surtout à peu de distance, disait M…, me fait l'effet de ces gens qui, après avoir pris congé, rentrent pour reprendre leur épée ou leur chapeau. »

1169

« Je joue aux échecs à vingt-quatre sous dans un salon où le passe-dix est à cent louis », disait un général employé dans une guerre difficile et ingrate, tandis que d'autres faisaient des campagnes faciles et brillantes.

1170

Mlle Du Thé, ayant perdu un de ses amants, et cette aventure ayant fait du bruit, un homme qui alla la voir la trouva jouant de la harpe, et lui dit avec surprise : « Eh! mon Dieu! je m'attendais à vous trouver dans la désolation. — Ah! dit-elle d'un ton pathétique, c'est hier qu'il fallait me voir. »

1171

La marquise de Saint-Pierre était dans une société où l'on disait que M. de Richelieu avait eu beaucoup de femmes sans en avoir jamais aimé une. « Sans aimer! c'est bientôt dit, reprit-elle; moi je sais une femme pour laquelle il est revenu de trois cents lieues. » Ici elle raconte l'histoire en troisième personne, et, gagnée par sa narration : « Il la porte sur le lit avec une violence incroyable, et nous y sommes restés trois jours. »

1172

On faisait une question épineuse à M..., qui répondit : « Ce sont de ces choses que je sais à merveille quand on ne m'en parle pas, et que j'oublie quand on me les demande. »

1173

Le marquis de Choiseul-la-Baume, neveu de l'évêque de Châlons, dévot et grand janséniste, étant très jeune, devint triste tout à coup. Son oncle, l'évêque, lui en demanda la raison : il lui dit qu'il avait vu une cafetière qu'il voudrait bien avoir, mais qu'il en désespérait. « Elle est donc bien chère? — Oui, mon oncle : vingt-cinq louis. » L'oncle les donna à condition qu'il verrait cette cafetière. Quelques jours après, il en demanda des nouvelles à son neveu. « Je l'ai, mon oncle, et la journée de demain ne se passera pas sans que vous ne l'ayez vue. » Il la lui montra en effet au sortir de la grand-messe. Ce n'était point un vase à verser du café : c'était une jolie cafetière, c'est-à-dire limonadière, connue depuis sous le nom de Mme de Bussi. On conçoit la colère du vieil évêque janséniste.

1174

Je ne vois jamais jouer les pièces de ***, et le peu de monde qu'il y a, sans me rappeler le mot d'un major de place qui avait indiqué l'exercice pour telle heure. Il arrive, il ne voit qu'un trompette : « Parlez donc, messieurs les b..., d'où vient donc est-ce que vous n'êtes qu'un? »

1175

Voltaire disait du poète Roy, qui avait été souvent repris de justice, et qui sortait de Saint-Lazare : « C'est un homme qui a de l'esprit, mais ce n'est pas un auteur assez châtié[1]. »

1176

Le marquis de Villette, appelait la banqueroute de M. de Guéménée, la sérénissime banqueroute[2].

1177

Luxembourg, le crieur qui appelait les gens et les carrosses au sortir de la comédie, disait, lorsqu'elle fut transportée au Carrousel[3] : « La comédie sera mal ici, il n'y a point d'écho. »

1178

On demandait à un homme qui faisait profession d'estimer beaucoup les femmes, s'il en avait eu beaucoup. Il répondit : « Pas autant que si je les méprisais. »

1179

On faisait entendre à un homme d'esprit qu'il ne connaissait pas bien la cour. Il répondit : « On peut être très bon géographe sans être sorti de chez soi. D'Anville n'avait jamais quitté sa chambre. »

1180

Dans une dispute sur le préjugé relatif aux peines infamantes qui flétrissent la famille du coupable, M... dit : « C'est bien assez de voir des honneurs et des récompenses où il n'y a pas de vertu, sans qu'il faille voir encore un châtiment où il n'y a pas de crime. »

1181

Mylord Tirauley disait qu'après avoir ôté à un Espagnol ce qu'il avait de bon, ce qu'il en restait était un Portugais. Il disait cela étant ambassadeur en Portugal.

1182

M. de Ł..., pour détourner Mme de B..., veuve depuis quelque temps, de l'idée du mariage, lui dit : « Savez-vous que c'est une bien belle chose de porter le nom d'un homme qui ne peut plus faire de sottises! »

1183

Le vicomte de S... aborda un jour M. de Vaines, en lui disant : « Est-il vrai, monsieur, que dans une maison où l'on avait eu la bonté de me trouver de l'esprit, vous avez dit que je n'en avais pas du tout? « M. de Vaines lui répondit : « Monsieur, il n'y a pas un seul mot de vrai dans tout cela; je n'ai jamais été dans une maison où l'on vous trouvât de l'esprit, et je n'ai jamais dit que vous n'en aviez pas. »

1184

M... me disait que ceux qui entrent par écrit dans de longues justifications devant le public lui paraissaient ressembler aux chiens qui courent et jappent après une chaise de poste.

1185

L'homme arrive novice à chaque âge de la vie.

1186

M... disait à un jeune homme qui ne s'apercevait pas qu'il était aimé d'une femme : « Vous êtes encore bien jeune, vous ne savez lire que les gros caractères. »

1187

« Pourquoi donc, disait Mlle de..., âgée de douze ans, pourquoi cette phrase : Apprendre à mourir? je vois qu'on y réussit très bien dès la première fois. »

1188

On disait à M..., qui n'était plus jeune : « Vous n'êtes plus capable d'aimer. — Je ne l'ose plus, dit-il; mais je me dis encore quelquefois en voyant une jolie femme : Combien je l'aimerais, si j'étais plus aimable! »

1189

Dans le temps où parut le livre de Mirabeau sur l'agiotage, dans lequel M. de Calonne est très maltraité, on disait pourtant, à cause d'un passage contre M. Necker, que le livre était payé par M. de Calonne et que le mal qu'on y disait de lui n'avait d'autre objet que de masquer la collusion. Sur quoi, M. de… dit que cela ressemblerait trop à l'histoire du Régent qui avait dit au bal à l'abbé Dubois : « Sois bien familier avec moi pour qu'on ne me soupçonne pas »; sur quoi l'abbé lui donna des coups de pied au c…, et le dernier étant un peu fort, le Régent, passant sa main sur son derrière, lui dit : « L'abbé, tu me déguises trop[1]. »

1190

« Je n'aime point, disait M…, ces femmes impeccables, au-dessus de toute faiblesse. Il me semble que je vois sur leur porte le vers du Dante sur la porte de l'enfer :

> *Voi che intrate, lasciate ogni speranza.*
> Vous qui entrez ici, laissez toute espérance[2]. »

C'est la devise des damnés.

1191

« J'estime le plus que je puis, disait M…, et cependant j'estime peu; je ne sais comment cela se fait. »

1192

Un homme d'une fortune médiocre se chargea de secourir un malheureux qui avait été inutilement recommandé à la bienfaisance d'un grand seigneur et d'un fermier général. Je lui appris ces deux circonstances chargées de détails qui aggravaient la faute de ces derniers. Il me répondit tranquillement : « Comment voudriez-vous que le monde subsistât, si les pauvres n'étaient pas continuellement occupés à faire le bien que les riches négligent de faire, ou à réparer le mal qu'ils font? »

1193

On disait à un jeune homme de redemander ses lettres à une femme d'environ quarante ans, dont il avait été fort amoureux. « Vraisemblablement elle ne les a plus, dit-il. — Si fait, lui répondit quelqu'un : les femmes commencent vers trente ans à garder les lettres d'amour. »

1194

M... disait, à propos de l'utilité de la retraite et de la force que l'esprit y acquiert : « Malheur au poète qui se fait friser tous les jours! Pour faire de bonne besogne, il faut être en bonnet de nuit, et pouvoir faire le tour de sa tête avec sa main. »

1195

Les grands vendent toujours leur société à la vanité des petits.

1196

C'est une chose curieuse que l'histoire de Port-Royal écrite par Racine. Il est plaisant de voir l'auteur de *Phèdre* parler des grands desseins de Dieu sur la mère Agnès[1].

1197

D'Arnaud, entrant chez M. le comte de Frise, le vit à sa toilette ayant les épaules couvertes de ses beaux cheveux. « Ah! Monsieur, dit-il, voilà vraiment des cheveux de génie. — Vous trouvez? dit le comte. Si vous voulez, je me les ferai couper pour vous en faire une perruque. »

1198

Il n'y a pas maintenant en France un plus grand objet de politique étrangère que la connaissance parfaite de ce qui regarde l'Inde. C'est à cet objet que Brissot de Warville a consacré des années entières; et je lui ai entendu dire que M. de Vergennes était celui qui lui avait suscité le plus d'obstacles pour le détourner de cette étude.

1199

On disait à J.-J. Rousseau, qui avait gagné plusieurs parties d'échecs au prince de Conti, qu'il ne lui avait pas fait sa cour, et qu'il fallait lui en laisser gagner quelques-unes : « Comment! dit-il, je lui donne la tour[1]. »

1200

M... me disait que Mme de C...[2], qui tâche d'être dévote, n'y parviendrait jamais, parce que, outre la sottise de croire, il fallait, pour faire son salut, un fond de bêtise quotidienne qui lui manquerait trop souvent; et c'est ce fond, ajoutait-il, qu'on appelle la grâce.

1201

Mme de Talmont, voyant M. de Richelieu, au lieu de s'occuper d'elle, faire sa cour à Mme de Brionne, fort belle femme, mais qui n'avait pas la réputation d'avoir beaucoup d'esprit, lui dit : « Monsieur le maréchal, vous n'êtes point aveugle, mais je vous crois un peu sourd. »

1202

L'abbé Delaville voulait engager à entrer dans la carrière politique M. de..., homme modeste et honnête, qui doutait de sa capacité et qui se refusait à ses invitations.

« Eh! Monsieur, lui dit l'abbé, ouvrez l'*Almanach royal*[1]. »

1203

Il y a une farce italienne où Arlequin dit, à propos des travers de chaque sexe, que nous serions tous parfaits, si nous n'étions ni hommes ni femmes.

1204

Sixte-Quint, étant pape, manda à Rome un jacobin de Milan, et le tança comme mauvais administrateur de sa maison, en lui rappelant une certaine somme d'argent qu'il avait prêtée quinze ans auparavant à un certain cordelier. Le coupable dit : « Cela est vrai, c'était un mauvais sujet qui m'a escroqué. — C'est moi, dit le pape, qui suis ce cordelier; voilà votre argent; mais n'y retombez plus, et ne prêtez jamais à des gens de cette robe. »

1205

La finesse et la mesure sont peut-être les qualités les plus usuelles et qui donnent le plus d'avantages dans le monde. Elles font dire des mots qui valent mieux que des saillies. On louait excessivement dans une société le ministère de M. Necker; quelqu'un, qui apparemment ne l'aimait pas, demanda : « Monsieur, combien de temps est-il resté en place depuis la mort de M. de Pezay? » Ce mot, en rappelant que M. Necker était l'ouvrage de ce dernier, fit tomber à l'instant tout cet enthousiasme.

1206

Le roi de Prusse, voyant un de ses soldats balafré au visage, lui dit : « Dans quel cabaret t'a-t-on équipé de la sorte? — Dans un cabaret où vous avez payé votre écot, à Coline[1] », dit le soldat. Le roi, qui avait été battu à Coline, trouva cependant le mot excellent.

1207

Christine, reine de Suède, avait appelé à sa cour le célèbre Naudé, qui avait composé un livre très savant sur les différentes danses grecques, et Meibomius, érudit allemand, auteur du recueil et de la traduction de sept auteurs grecs qui ont écrit sur la musique. Bourdelot, son premier médecin, espèce de favori et plaisant de profession, donna à la reine l'idée d'engager ces deux savants, l'un à chanter un air de musique ancienne, et l'autre à le danser. Elle y réussit, et cette farce couvrit de ridicule les deux savants qui en avaient été les acteurs. Naudé prit la plaisanterie en patience, mais le savant en *us* s'emporta et poussa la colère jusqu'à meurtrir de coups de poing le visage de Bourdelot, et, après cette équipée, il se sauva de la cour, et même quitta la Suède.

1208

M. le chancelier d'Aguesseau ne donna jamais de privilège pour l'impression d'aucun roman nouveau, et n'accordait même de permission tacite que sous des conditions expresses. Il ne donna à l'abbé Prévost la permission d'imprimer les premiers volumes de *Cleveland*[2], que sous la condition que Cleveland se ferait catholique au dernier volume.

1209

M... disait de Mme la princesse de ... : « C'est une femme qu'il faut absolument tromper, car elle n'est pas de la classe de celles qu'on quitte. »

1210

Le cardinal de la Roche-Aimon, malade de la maladie dont il mourut, se confessa de[1] la façon de je ne sais quel prêtre, sur lequel on lui demanda sa façon de penser. « J'en suis très content, dit-il; il parle de l'enfer comme un ange. »

1211

On demandait à La Calprenède quelle était l'étoffe de ce bel habit qu'il portait. « C'est du *Sylvandre* », dit-il, un de ses romans qui avait réussi.

1212

L'abbé de Vertot changea d'état très souvent. On appelait cela les révolutions de l'abbé de Vertot[2].

1213

M... disait : « Je ne me soucierais pas d'être chrétien, mais je ne serais pas fâché de croire en Dieu. »

1214

Il est extraordinaire que M. de Voltaire n'ait pas mis dans *La Pucelle* un fou comme nos rois en avaient alors. Cela pouvait fournir quelques traits heureux pris dans les mœurs du temps.

1215

M. de ..., homme violent, à qui on reprochait quelques torts, entra en fureur et dit qu'il irait vivre dans une chaumière. Un de ses amis lui répondit tranquillement :

« Je vois que vous aimez mieux garder vos défauts que vos amis. »

1216

Louis XIV, après la bataille de Ramillies[1] dont il venait d'apprendre le détail, dit : « Dieu a donc oublié tout ce que j'ai fait pour lui. » *(Anecdote contée à M. de Voltaire par un vieux duc de Brancas.)*

1217

Il est d'usage en Angleterre que les voleurs détenus en prison et sûrs d'être condamnés vendent tout ce qu'ils possèdent, pour en faire bonne chère avant de mourir. C'est ordinairement leurs chevaux qu'on est le plus empressé d'acheter, parce qu'ils sont pour la plupart excellents. Un d'eux, à qui un lord demandait le sien, prenant le lord pour quelqu'un qui voulait faire le métier, lui dit : « Je ne veux pas vous tromper; mon cheval, quoique bon coureur, a un très grand défaut, c'est qu'il recule quand il est auprès de la portière. »

1218

On ne distingue pas aisément l'intention de l'auteur dans *Le Temple de Gnide,* et il y a même quelque obscurité dans les détails; c'est pour cela que Mme du Deffant l'appelait l'*Apocalypse* de la galanterie[2].

1219

On disait d'un certain homme qui répétait à différentes personnes le bien qu'elles disaient l'une de l'autre, qu'il était tracassier en bien.

1220

Fox avait emprunté des sommes immenses à différents Juifs, et se flattait que la succession d'un de ses oncles payerait toutes ces dettes. Cet oncle se maria et eut un fils; à la naissance de l'enfant, Fox dit : « C'est le Messie que cet enfant; il vient au monde pour la destruction des Juifs. »

1221

M. Dubuc disait que les femmes sont si décriées qu'il n'y a même plus d'hommes à bonnes fortunes.

1222

Un homme disait à M. de Voltaire qu'il abusait du travail et du café, et qu'il se tuait. « Je suis né tué », répondit-il.

1223

Une femme venait de perdre son mari. Son confesseur, *ad honores,* vint la voir le lendemain et la trouva jouant avec un jeune homme très bien mis. « Monsieur, lui dit-elle, le voyant confondu, si vous étiez venu une demi-heure plus tôt, vous m'auriez trouvée les yeux baignés de larmes; mais j'ai joué ma douleur contre Monsieur, et je l'ai perdue. »

1224

On disait de l'avant-dernier évêque d'Autun[1], monstrueusement gros, qu'il avait été créé et mis au monde pour faire voir jusqu'où peut aller la peau humaine.

1225

M... disait, à propos de la manière dont on vit dans le monde : « La société serait une chose charmante, si on s'intéressait les uns aux autres. »

1226

Il paraît certain que l'homme au masque de fer est un frère de Louis XIV : sans cette explication, c'est un mystère absurde. Il paraît certain non seulement que Mazarin eut la reine, mais, ce qui est plus inconcevable, qu'il était marié avec elle; sans cela, comment expliquer la lettre qu'il lui écrivit de Cologne[1], lorsque, apprenant qu'elle avait pris parti sur une grande affaire, il lui mande : « Il vous convenait bien, madame, etc.? » Les vieux courtisans racontent d'ailleurs que, quelques jours avant la mort de la reine, il y eut une scène de tendresse, de larmes, d'explication entre la reine et son fils, et l'on est fondé à croire que c'est dans cette scène que fut faite la confidence de la mère au fils.

1227

Le baron de la Houze, ayant rendu quelques services au pape Ganganelli, ce pape lui demanda s'il pouvait faire quelque chose qui lui fût agréable. Le baron de la Houze, rusé garçon, le pria de lui faire donner un corps saint. Le pape fut très surpris de cette demande de la part d'un Français. Il lui fit donner ce qu'il demandait. Le baron, qui avait une petite terre dans les Pyrénées, d'un revenu très mince, sans débouché pour les denrées, y fit porter son saint, le fit accréditer. Les chalands accoururent, les miracles arrivèrent, un village d'auprès se peupla, les denrées augmentèrent de prix, et les revenus du baron triplèrent.

1228

Le roi Jacques, retiré à Saint-Germain, et vivant des libéralités de Louis XIV, venait à Paris pour guérir les écrouelles, qu'il ne touchait qu'en qualité de roi de France[1].

1229

M. Cérutti avait fait une pièce de vers où il y avait ce vers :

Le vieillard de Ferney, celui de Pont-Chartrain.

D'Alembert, en lui renvoyant le manuscrit, changea le vers ainsi :

Le vieillard de Ferney, *le vieux* de Pont-Chartrain.

1230

M. de B..., âgé de cinquante ans, venait d'épouser Mlle de C..., âgée de treize ans. On disait de lui, pendant qu'il sollicitait ce mariage, qu'il demandait la survivance de la poupée de cette demoiselle.

1231

Un sot disait au milieu d'une conversation : « Il me vient une idée. » Un plaisant dit : « J'en suis bien surpris. »

1232

Milord Hamilton, personnage très singulier, étant ivre dans une hôtellerie d'Angleterre, avait tué un garçon d'auberge et était rentré sans savoir ce qu'il avait fait.

L'aubergiste arrive tout effrayé et lui dit : « Milord, savez-vous que vous avez tué ce garçon? » Le lord lui répondit, en balbutiant : « Mettez-le sur la carte. »

1233

Le chevalier de Narbonne, accosté par un important dont la familiarité lui déplaisait, et qui lui dit, en l'abordant : « Bonjour, mon ami, comment te portes-tu? » répondit : « Bonjour, mon ami, comment t'appelles-tu? »

1234

Un avare souffrait beaucoup d'un mal de dent; on lui conseillait de la faire arracher : « Ah! dit-il, je vois bien qu'il faudra que j'en fasse la dépense. »

1235

On dit d'un homme tout à fait malheureux : Il tombe sur le dos et se casse le nez.

1236

Je venais de raconter une histoire galante de Mme la présidente de..., et je ne l'avais pas nommée. M... reprit naïvement : « Cette présidente de Bernière dont vous venez de parler... » Toute la société partit d'un éclat de rire.

1237

M.[1] disait, à son retour d'Allemagne : « Je ne sache pas de chose à quoi j'eusse été moins propre qu'à être un Allemand. »

1238

Le roi de Pologne Stanislas avançait tous les jours l'heure de son dîner. M. de la Galaisière lui dit à ce sujet : « Sire, si vous continuez, vous finirez par dîner la veille. »

1239

M... me disait, à propos des fautes de régime qu'il commet sans cesse, des plaisirs qu'il se permet et qui l'empêchent seuls de recouvrer sa santé : « Sans moi, je me porterais à merveille. »

1240

Un catholique de Breslau vola, dans une église de sa· communion, des petits cœurs d'or et autres offrandes. Traduit en justice, il dit qu'il les tient de la Vierge. On le condamne. La sentence est envoyée au roi de Prusse pour la signer, suivant l'usage. Le roi ordonne une assemblée de théologiens pour décider s'il est rigoureusement impossible que la Vierge fasse à un dévot catholique de petits présents. Les théologiens de cette communion, bien embarrassés, décident que la chose n'est pas rigoureusement impossible. Alors le roi écrit au bas de la sentence du coupable : « Je fais grâce au nommé N..., mais je lui défends, sous peine de la vie, de recevoir désormais aucune espèce de cadeau de la Vierge ni des saints. »

1241

M. l'évêque de L... étant à déjeuner, il lui vint en visite l'abbé de...; l'évêque le prie de déjeuner, l'abbé refuse. Le prélat insiste : « Monseigneur, dit l'abbé, j'ai déjeuné deux fois, et d'ailleurs c'est aujourd'hui jeûne. »

1242

M. de Voltaire, passant par Soissons, reçut la visite des députés de l'Académie de Soissons, qui disaient que cette académie était la fille aînée de l'Académie française. « Oui, messieurs, répondit-il, la fille aînée, fille sage, fille honnête, qui n'a jamais fait parler d'elle. »

1243

L'évêque d'Arras, recevant dans sa cathédrale le corps du maréchal de Levi, dit, en mettant la main sur le cercueil : « Je le possède enfin cet homme vertueux. »

1244

Mme la princesse de Conti, fille de Louis XIV, ayant vu Mme la dauphine de Bavière qui dormait, ou faisait semblant de dormir, dit, après l'avoir considérée : « Madame la dauphine est encore plus laide en dormant que lorsqu'elle veille. » Mme la dauphine, prenant la parole sans faire le moindre mouvement, lui répondit : « Madame, tout le monde n'est pas enfant de l'amour. »

1245

Un Américain, ayant vu six Anglais séparés de leur troupe, eut l'audace inconcevable de leur courir sus, d'en blesser deux, de désarmer les autres, et de les amener au général Washington. Le général lui demanda comment il avait pu faire pour se rendre maître de six hommes. « Aussitôt que je les ai vus, dit-il, j'ai couru sur eux, et je les ai environnés. »

1246

Dans le temps qu'on établit plusieurs impôts qui portaient sur les riches, un millionnaire, se trouvant parmi des gens riches qui se plaignaient du malheur des temps, dit : « Qui est-ce qui est heureux dans ces temps-ci ? Quelques misérables. »

1247

Ce fut l'abbé S... qui administra le viatique à l'abbé Pétiot dans une maladie très dangereuse, et il raconte qu'en voyant la manière très prononcée dont celui-ci reçut ce que vous savez, il se dit à lui-même : « S'il en revient, ce sera mon ami. »

1248

Un poète consultait Chamfort sur un distique : « Excellent, répondit-il, sauf les longueurs. »

1249

Rulhière lui disait un jour : « Je n'ai jamais fait qu'une méchanceté dans ma vie. — Quand finira-t-elle ? » demanda Chamfort.

1250

M. de Vaudreuil se plaignait à Chamfort de son peu de confiance en ses amis. « Vous n'êtes point riche, lui disait-il, et vous oubliez notre amitié. — Je vous promets, répondit Chamfort, de vous emprunter vingt-cinq louis quand vous aurez payé vos dettes. »

1251

Un homme disait à table : « J'ai beau manger, je n'ai plus faim. »

1252

Une femme d'esprit, voyant à l'Opéra une Armide difforme et un Renaud[1] fort laid, dit : « Voilà des amants qui ne paraissent pas s'être choisis, mais s'être restés quand tout le monde a fait un choix. »

1253

Un homme engagé dans un procès criminel qui devait lui faire couper le cou rencontra après plusieurs années un de ses amis qui, dans le commencement du procès, avait entrepris un long voyage. Le premier dit à celui-ci : « Depuis le temps que nous ne nous sommes vus, ne me trouvez-vous pas changé? — Oui, dit l'autre, je vous trouve grandi de la tête. »

1254

Il y a une chanson qui roule sur Hercule vainqueur de cinquante pucelles. Le couplet finit par ces mots :

Comme lui, je les aurai,
Lorsque je les trouverai

1255

M. Bressard, le père, écrivait à sa femme : « Ma chère amie, notre chapelle avance, et nous pouvons nous flatter d'y être enterrés l'un et l'autre, si Dieu nous prête vie. »

1256

On demandait à Mme Cramer, de retour de Genève à Paris après quelques années : « Que fait Mme Tronchin (personne très laide)? — Mme Tronchin fait peur », répondit-elle.

1257

Le roi de Prusse avait fait élever des casernes qui bouchent le jour à une église catholique. On lui fit des représentations sur cela. Il renvoya la requête, avec ces paroles au bas :

Beati qui non viderunt et crediderunt[1].

1258

M. le comte de Charolais avait été quatre ans sans payer sa maison ni même ses premiers officiers. Un M. de Laval et un M. de Choiseul, qui étaient du nombre, lui présentèrent un jour leurs gens, en lui disant : « Si Votre Altesse ne nous paie point, qu'elle nous dise au moins comment nous pourrons satisfaire ces gens-ci. » Le prince fit appeler son trésorier, et, montrant M. de Laval et M. de Choiseul, et leur livrée : « Qu'on paie ces messieurs! » dit-il.

1259

Un malade qui ne voulait pas recevoir les sacrements, disait à son ami : « Je vais faire semblant de ne pas mourir. »

1260

Histoire de M. de Villars, qui, le jour de Noël, entend trois messes, et se persuade que les deux dernières sont pour lui. Il envoie trois louis au prêtre, qui répond : « Je dis la messe pour mon plaisir. »

1261

Une petite fille de six ans disait à sa mère : « Il y a deux choses qui m'ont fait bien de la peine. — Qui sont-elles, mon enfant? — Ce pauvre Abel tué par son frère, lui qui était si beau et si bon! Je crois le voir encore dans cette estampe de la grande Bible. — Oh! oui, cela est bien fâcheux. Mais quelle est la seconde chose qui t'a affligée? — C'est dans *Fanfan et Colas,* quand Fanfan refuse à Colas une portion de sa tarte. Dis-moi, maman, la tarte était-elle véritable? »

1262

« Quand j'ai une tentation, disait M..., savez-vous ce que j'en fais? — Non. — Je la garde. »

1263

On louait je ne sais quel président d'avoir une bonne caboche. Quelqu'un répondit : « C'est le terme que j'ai entendu employer cent fois, mais jamais personne n'a osé dire qu'il avait une bonne tête. »

1264

Le petit Père André, s'étant avisé de promettre au prince de Condé de prêcher impromptu sur tel sujet qu'on lui donnerait sur-le-champ, le prince, le lendemain, lui envoya un Priape pour texte de son sermon. Le prédicateur reçut ce beau sujet étant dans sa sacristie, et, montant en chaire, il commença ainsi : « Un grand vit dans l'opulence, et les pauvres, les frères de Jésus-Christ, expirent de misère... »

1265

Un Anglais alla consulter un avocat pour savoir comment il pourrait être à couvert de la loi en enlevant une riche héritière. L'avocat lui demanda si elle était consentante. « Oui. — Eh bien! dit-il, prenez un cheval, qu'elle monte dessus, vous en croupe, et en passant, criez par le premier village : *Mademoiselle X... m'enlève.* » La chose fut ainsi exécutée, et au dénouement, il se trouva que c'était la fille de l'avocat qui avait été enlevée.

1266

Un Anglais condamné à être pendu reçut la grâce du roi. « La loi est pour moi, dit-il : qu'on me pende. »

1267

Mme du Deffand disait à l'abbé d'Aydie : « Avouez que je suis maintenant la femme que vous aimez le plus. » L'abbé, ayant réfléchi un moment, lui dit : « Je vous dirais bien cela si vous n'alliez pas en conclure que je n'aime rien. »

1268

Mme la duchesse de B... protégeait auprès du baron de Breteuil, ministre, l'abbé de C... pour qui elle venait d'obtenir une place qui demande des talents. Elle apprend que le public a du regret que cette place n'ait pas été donnée à M. L... B..., homme d'un mérite supérieur. « Eh bien! dit-elle, tant mieux que mon protégé ait eu la place sans mérite; on en verra mieux quelle est l'étendue de mon crédit. »

1269

M. Baujon, porté par ses gens dans son salon, où étaient un grand nombre de belles dames qu'on appelle ses berceuses[1], leur dit en balbutiant : « Mesdames, réjouissez-vous : ce n'est point une apoplexie que j'ai eue, c'est une paralysie. »

1270

Le roi, après avoir reçu le serment de fidélité des États de Béarn, fait le serment de fidélité aux États, et promet de conserver leurs droits et leurs privilèges[2]. Voilà des Gascons qui ont bien su faire leur marché, et il est inconcevable qu'ils soient les seuls peuples parmi tant de provinces qui aient eu cet esprit-là.

1271

On demandait au valet du comte de Cagliostro s'il était vrai que son maître eût trois cents ans. Il répondit qu'il ne pouvait point satisfaire à cette question, d'autant plus qu'il n'y avait que cent ans qu'il était à son service.

1272

Un charlatan disait la bonne aventure au peuple. Un petit décrotteur s'avance en haillons, presque nu, sans souliers, lui donne un sou en quatre liards. Le charlatan les prend, lui regarde les mains, fait ses simagrées ordinaires, et lui dit : « Mon cher enfant, vous avez beaucoup d'envieux. » L'enfant prend un air triste. Le charlatan ajoute : « Je ne voudrais pas être à votre place. »

1273

M. le prince de Conti, voyant de la lumière à la fenêtre d'une petite maison du duc de Lauzun, y entra et le trouva entre deux géantes de la foire qu'il y avait menées. Il resta à souper et écrivit à Mme la duchesse d'Orléans, chez laquelle il devait souper : « Je vous sacrifie à deux plus grandes dames que vous. »

1274

Le peuple dit quelquefois : « Voilà bien du cancan », pour dire : « Voilà bien du bruit. » Cette expression vient de la dispute élevée dans l'Université du temps de Ramus, dans laquelle il s'agissait de savoir s'il fallait prononcer *quanquam* ou *kankan*. Il fallut un arrêt du conseil pour défendre à quelques professeurs de soutenir que cette phrase : *ego amat* était aussi latine que *ego amo*. (V. Bayle, article *Ramus*.)

1275

Le duc d'York, depuis Jacques II, proposait à Charles II, son frère, je ne sais quelle action qui devait inquiéter les Communes. Le roi lui répondit : « Mon frère, je suis las de voyager en Europe. Après moi, vous pourrez vous mettre dans le cas de voyager tant qu'il vous plaira. » Celui-ci put se rappeler ce mot de son frère dans le long séjour qu'il fit à Saint-Germain[1].

1276

Jules César, ayant entendu un orateur qui déclamait mal, lui dit : « Si vous avez voulu parler, vous avez chanté; si vous avez voulu chanter, vous avez chanté très mal. »

1277

Le pape Clément XI disait, en pleurant d'avoir donné la Constitution[1] : « Si le P. Le Tellier ne m'eût pas persuadé du pouvoir absolu du roi, jamais je n'aurais hasardé cette constitution. Le P. Le Tellier a dit au roi qu'il y avait dans le livre condamné plus de cent propositions censurables; il n'a pas voulu passer pour un menteur. On m'a tenu le pied sur la gorge pour en mettre plus de cent : je n'en ai mis qu'une de plus. »

1278

Un curé écrivait à Mme de Créqui sur la mort de M. de Créqui-Canaples, incrédule bizarre : « Je suis bien inquiet du salut de son âme; mais, comme les jugements de Dieu sont impénétrables et que le défunt avait l'honneur d'être de votre maison, etc. »

1279

Néricault-Destouches vivait dans sa terre et y faisait ses pièces. Il les apportait à Paris, et s'en allait la veille de la première représentation.

1280

Diderot, ayant vu en Russie une classe de paysans esclaves appelés moujiks, qui sont d'une pauvreté affreuse, rongés de vermine, etc., en fit une peinture horrible à l'impératrice, qui lui dit : « Comment voulez-vous qu'ils aient soin de la maison, ils n'en sont que locataires? » L'esclave russe, en effet, n'est point propriétaire de sa personne.

1281

Un homme, devant un grand dîner, ne distinguant point les plats, disait qu'il ressemblait à cet homme que les maisons empêchaient de voir la ville.

1282

Un militaire qui s'était souvent battu en duel, se trouvant à Paris, fit accepter à un vieux lieutenant général une épée qu'il lui vantait beaucoup. Quelques jours après, il alla le voir, et lui dit : « Eh bien! mon général, comment vous trouvez-vous de cette épée? » Il supposait que celui-ci en avait déjà fait usage en quelques rencontres.

1283

J'ai entendu parler d'un fou de cour, apparemment très sage, et qui disait : « Je ne sais comment cela se fait, mais il ne vient jamais de bons mots que contre les gens disgraciés. »

1284

Charles le Téméraire, duc de Bourgogne, avait pris pour son modèle dans la guerre Annibal qu'il citait sans cesse. Après la bataille de Morat, où ce prince fut battu, le fou de cour qui l'accompagnait dans sa fuite, disait de temps en temps : « Nous voilà bien annibalés! »

1285

Le roi de Prusse comblait un officier de bontés, et l'oublia toutefois dans une promotion d'infanterie. Cet officier se plaignit, et ses plaintes furent rendues au roi

par un délateur, auquel le roi répondit : « Il a raison de
se plaindre, mais il ne sait pas ce que je veux faire pour
lui. Allez lui dire que je sais tout, que je lui pardonne,
mais que je ne lui ordonne pas de vous pardonner. » En
effet, cette histoire fut sue de l'officier intéressé, ce qui
occasionna un duel au pistolet où le délateur fut tué. Le
roi donna ensuite un régiment à l'officier oublié dans la
précédente promotion.

1286

Le roi de Prusse trouva, à la prise de Dresde, beaucoup
de bottes et de perruques chez le comte de Brühl. « Voilà
bien des bottes, dit-il, pour un homme qui n'allait
jamais à cheval, et bien des perruques pour un homme
qui n'avait point de tête! »

1287

Les habitants de Berlin ayant fait trois arcs de triomphe
pour leur roi à son retour de la dernière campagne de la
guerre de Sept ans, il publia sous le premier arc l'abolition d'un impôt, sous le deuxième l'abolition d'un
second impôt, enfin sous le troisième l'abolition de tous
les impôts.

1288

Le roi de Prusse, ayant fait faire de la fausse monnaie
par des Juifs, leur paya la somme convenue avec la
monnaie qu'ils venaient de fabriquer.

1289

La gabelle n'est connue que de nom en Basse-Bretagne,
mais très redoutée des paysans. Un seigneur fit présent à

un curé de village d'une pendule. Les paysans ne savaient ce que c'était. Un d'eux s'avisa de dire que c'était la gabelle. Ils ramassaient déjà des pierres pour la détruire, lorsque le curé survint et leur dit que ce n'était pas la gabelle, mais le jubilé que le pape leur envoyait. Ils s'apaisèrent sur-le-champ.

1290

Un grand seigneur russe prit pour instituteur de ses enfants un Gascon, qui n'apprit à ses élèves que le basque, la seule langue qu'il possédât. Cela fit une scène plaisante la première fois qu'ils se trouvèrent avec des Français.

1291

Un Gascon, ayant à la cour je ne sais quelle place subalterne, promit sa protection à un vieux militaire, son compatriote. Il le fit trouver sur le chemin du roi et, le lui présentant, dit au roi que son compatriote et lui avaient servi Sa Majesté quarante-six ans. « Comment! quarante-six ans? dit le roi. — Oui, Sire, lui quarante-cinq ans, et moi un an... Cela fait bien quarante-six ans complets. »

1292

Mademoiselle, étant à Toulouse, disait à un homme de distinction de la même ville : « Je m'étonne que, Toulouse étant entre la Provence et la Gascogne, vous soyez d'aussi bonnes gens que vous êtes. — Votre Altesse, répondit le Toulousain, ne nous a pas encore creusés. En nous creusant bien, elle trouverait que nous valons à peu près les Provençaux et les Gascons ensemble. »

1293

Un ivrogne, buvant un verre de vin au commencement d'un repas, lui dit : « Arrange-toi bien, tu seras foulé. »

1294

Un ivrogne, tenant son camarade sous le bras, la nuit, dans l'obscurité, disait : « Voyez comme la police est faite ici! On nous fait payer les boues et lanternes... Les boues, oh! il y en a, il n'y a rien à dire; mais les lanternes, où sont-elles? Quelle friponnerie! »

1295

La plupart des règlements de police, arrêts du Conseil portant défense, et même de lois plus importantes, ne sont guère que des spéculations de finance qui ont pour objet d'avoir de l'argent en vendant la permission d'enfreindre les lois.

1296

C'est une source de comique neuf qu'un mot dit pour faire un effet et qui en produit un autre. C'est surtout à la cour et dans le grand monde qu'on voit cet effet se produire fréquemment.

1297

Deux jeunes gens viennent à Paris dans une voiture publique. L'un raconte qu'il vient pour épouser la fille de M. de..., dit ses liaisons, l'état de son père, etc. Ils vont coucher à la même auberge. Le lendemain, l'épouseur meurt à sept heures du matin, avant d'avoir fait sa visite. L'autre, qui était un plaisant de profession, s'en va chez le beau-père futur, se donne pour le gendre, se conduit en homme d'esprit et charme toute la famille, jusqu'au moment de son départ, qu'il précipitait, disait-il, parce qu'il avait rendez-vous à six heures pour se faire enterrer. C'était en effet l'heure où le jeune homme mort le matin devait être enterré. Le domestique qui alla à l'auberge du prétendu gendre étonna beaucoup le beau-père et la famille, qui crut avoir vu l'âme du revenant.

1298

Dans le temps des farces de la Foire Saint-Laurent, il parut sur le théâtre un Polichinelle bossu par-devant et par-derrière. On lui demandait ce qu'il avait dans sa bosse de devant. « Des ordres, dit-il. — Et dans ta bosse de derrière? — Des contre-ordres. » C'était le temps où l'administration était la plus folle ou la plus sotte. Cette plaisanterie, très bonne en elle-même, fit envoyer le plaisant à Bicêtre[1].

1299

M. de la Briffe, avocat général au Grand Conseil, étant mort le lundi gras, fut enterré le mardi, et, le corbillard ayant passé au milieu des masques, il fut pris pour une mascarade. Plus on voulait expliquer tout cet appareil à la populace, plus elle criait : *A la chienlit!*

1300

Louis XV avait joué avec le maréchal d'Estrées, qui, ayant beaucoup perdu, se retirait. Le roi lui dit : « Est-ce que vous n'avez pas une terre? »

1301

Fox, célèbre joueur, disait : « Il y a deux grands plaisirs dans le jeu, celui de gagner et celui de perdre. »

1302

Un joueur voulait sous-louer un reste de bail. On lui demanda s'il faisait bien clair dans son appartement. « Hélas! dit-il, je n'en sais rien : je sors si matin, et je rentre si tard! »

1303

Discours d'un homme condamné à la hâte par la Cour des Monnaies (Paris, 1775 ou 1776) à être pendu : « Messieurs, je vous remercie. En vous dépêchant de me faire pendre pour exercer votre juridiction, vous me servez et m'obligez infiniment. J'ai commis vingt vols, quatre assassinats. Je méritais pis que ce qui m'arrive. Je suis innocent, mais je vous remercie. »

1304

Le maréchal de Luxembourg, retenu deux ans à la Bastille[1], sous le prétexte d'une accusation de magie, en sortit pour aller commander les armées. « On a encore besoin de magie », dit-il en plaisantant.

1305

M. de..., menteur connu, venait de raconter je ne sais quel fait peu croyable. « Monsieur, lui dit quelqu'un, je vous crois; mais convenez que la Vérité a bien tort de ne pas daigner se rendre plus vraisemblable. »

1306

Un abbé demandait une abbaye au Régent. « Allez vous faire f...! répondit le prince sans détourner la tête. — Encore faut-il de l'argent pour cela, dit l'abbé, et Votre Altesse en conviendra si elle daigne me regarder. » Il était fort laid. Le prince éclata de rire et donna l'abbaye.

1307

Un Hollandais, sachant mal le français, était en usage de conjuguer tout bas les verbes qui échappaient à ceux qui causaient avec lui. Un homme grossier lui dit : « Mais vous vous moquez de moi! » Il se mit à conjuguer ce verbe. « Sortons! dit l'autre. — Je sors, tu sors, etc. — Mettez-vous en garde! — Je me mets en garde. » Ils se battent. « Vous en tenez. — J'en tiens, tu en tiens, il en tient, etc. »

1308

Un homme qui parlait mal, entendant conter cette histoire, dit au conteur : « Monsieur, je vous la prends, et je la conterai plus d'une fois. — Volontiers, dit l'autre; je vous la cède, mais à condition que vous changerez souvent les verbes, afin que cela vous apprenne à conjuguer. »

1309

Un homme, ayant été voir jouer *Phèdre* par de mauvais cteurs, disait, pour s'excuser, qu'il avait été à la Comédie pour s'épargner la peine de lire et ménager ses yeux. « Eh! Monsieur, lui dit quelqu'un, voir jouer Racine par ces drôles-là, c'est lire Pradon! »

1310

M. le maréchal de Saxe disait : « Je sais que tel bon bourgeois de Paris, logé entre son boulanger et son rôtisseur, s'étonne que je ne fasse pas faire dix lieues par jour à mon armée. »

1311

Mlle Pitt disait à quelqu'un dont la figure l'intéressait : « Monsieur, je vous connais depuis trois jours; mais je vous donne trois ans de connaissance. »

1312

Un curé d'Hémon, paroisse d'une terre du marquis de Créqui, dit à ses paroissiens : « Messieurs, priez Dieu pour le marquis de Créqui, qui a perdu au service du roi son corps et son âme. »

1313

Un soldat qui ne se souvenait plus de quelle religion il était, se trouvant blessé à mort dans une armée composée de catholiques, calvinistes et luthériens, demanda à un de ses camarades quelle était la meilleure religion. Celui-ci, qui ne s'en était pas plus occupé, dit qu'il n'en savait rien, et qu'il fallait consulter le capitaine. Celui-ci, consulté, répondit qu'il donnerait bien cent écus pour le savoir.

1314

· On vola à un soldat son cheval. Il attroupe ses camarades, et déclare que, si on ne le lui rend pas d'ici à deux heures, il prendra le parti que prit son père en pareil cas. L'air menaçant dont il parlait effraya le voleur, qui lâcha sa prise. Le cheval revient à son maître. On le félicite; on lui demande ce qu'il aurait fait et ce que fit son père. « Mon père, dit-il, ayant perdu son cheval, le fit crier et chercher partout. Il ne le retrouva point. Alors il prend sa selle, la charge sur son dos, prend son fouet, met ses bottes, ses éperons, et dit tout haut à ses camarades : « Vous voyez, je suis venu à cheval, et je m'en retourne à pied. »

1315

Musson et Rousseau, deux bouffons de société, ayant été invités à dîner dans une maison considérable, buvaient, mangeaient à l'envi l'un de l'autre, sans s'occuper des convives. On commençait à le trouver mauvais, lorsque Rousseau dit à Musson : « Ah çà, mon ami, il est temps de commencer à faire notre état. » Ce mot répara tout, mais valut mieux que tout ce qu'ils dirent ensuite.

1316

Un chef de sauvages aux ordres de M. de Montcalm, ayant avec lui un entretien dans lequel le général se fâche, lui dit d'un grand sang-froid : « Tu commandes, et tu te fâches? »

1317

M. de Mesmes, ayant acheté l'hôtel de Montmorency, y fit mettre : *Hôtel de Mesmes*. On écrivit au-dessous : *Pas de même*.

1318

Un vieillard que j'ai connu dans ma jeunesse me disait, à propos de la fortune de M. le duc de... : « J'ai presque toujours vu le bonheur des ministres et des favoris se terminer de façon à leur faire porter envie à leurs commis ou à leurs secrétaires. »

1319

Mme la duchesse du Maine, ayant un jour besoin de l'abbé de Vaubrun, ordonna à un de ses valets de chambre de le trouver, quelque part qu'il fût. Cet homme va, et apprend, à sa grande surprise, que l'abbé de Vaubrun dit la messe dans telle église. Il prend l'abbé descendant de l'autel et lui dit sa commission, après lui avoir témoigné sa surprise de le voir dire la messe. Celui-ci, qui était fort libertin, lui dit : « Je vous supplie de ne pas dire à la princesse l'état dans lequel vous m'avez trouvé. »

1320

Il y avait à la cour une intrigue pour marier Louis XV, qui dépérissait par une suite de l'onanisme. Pendant ce temps, le cardinal de Fleury se déterminait en faveur de la fille du roi de Pologne; mais le cas était urgent; chacun intriguait pour faire marier le roi le plus vite qu'il était possible. Ceux qui voulaient écarter Mlle de Beaumont les Tours[1] gagnèrent les médecins, qui dirent qu'il fallait au roi une femme d'un âge fait pour réparer le mal que lui avait fait l'onanisme et pour donner des enfants. Pendant ce temps-là, toutes les puissances se remuèrent et il y eut peu de princesses dont les chauffoirs[2] n'aient été envoyés au cardinal. On avait envoyé à la reine une

espèce de traité qu'on lui faisait signer de ne jamais parler
au roi d'affaires d'État, etc.

1321

Scène de l'abbé Maury et du cardinal de la Roche-
Aymon, qui lui fait faire son discours pour le mariage de
Mme Clotilde[1] tout en le grondant : « Surtout n'allez
pas me faire ici des phrases; je ne suis pas un bel esprit.
Il m'en faut trois au plus, à mon âge..., etc. — Monseigneur, mais ne faudrait-il pas?... — Ne faudrait-il
pas... Qu'est-ce que c'est que cette question? Prétendez-
vous me faire faire mon discours? — Monseigneur, je
demande s'il ne faut pas parler de Louis XV. — Belle
demande! » Et là-dessus le cardinal enfile l'éloge du roi,
puis celui de la reine. « Monseigneur, ne serait-il pas à
propos d'y joindre celui de M. le dauphin? — Quelle
question! Me prenez-vous pour un philosophe qui refuse
de rendre aux rois et aux enfants des rois ce qui leur est
dû? — Mesdames? » Nouvelle colère du cardinal et des
propos de valet. Enfin l'abbé prend la plume et écrit
trois ou quatre phrases. Le secrétaire du cardinal arrive.
« Voilà l'abbé, dit le cardinal, qui voulait me faire faire
de l'esprit, des phrases, etc. Je viens de lui dicter ceci,
qui vaut mieux que toute la rhétorique de l'Académie.
Adieu, l'Abbé; au revoir. Une autre fois soyez moins
phrasier et moins verbeux. »

1322

Le cardinal[2] disait à un vieil évêque : « Je traiterai
votre neveu comme le mien, au cas que vous veniez à
mourir. » L'évêque, encore moins vieux que le cardinal,
lui dit : « Eh bien, Monseigneur, je le recommande à
Votre Éternité. »

1323

On contait un jour des histoires incroyables devant Louis XV. Le duc d'Ayen se mit à conter celle d'un certain prieur de capucins qui tous les jours tuait d'un coup de fusil un capucin au sortir de matines, en attendant son homme à un certain passage. Le bruit s'en répand; le provincial vient au couvent. Par bonheur, il se trouva qu'en faisant le dénombrement des capucins, il trouva qu'il n'en manquait pas un seul.

1324

Mlle de..., petite fille de neuf ans, disait à sa mère, désolée d'avoir perdu une place à la cour : « Maman, quel plaisir trouvez-vous donc à mourir d'ennui? »

1325

Un petit garçon demandait des confitures à sa mère · « Donne-m'en trop », lui dit-il.

1326

Un homme devait à un fossoyeur quelque argent pour avoir enterré sa fille. Il le rencontre, il veut le payer. Celui-ci lui dit : « Bon, Monsieur, cela se trouvera avec autre chose. Vous avez une servante malade, et votre femme ne se porte pas trop bien. »

1327

Un soldat irlandais prétendait dans un combat tenir un prisonnier. « Il ne veut pas me suivre! disait-il en appelant un de ses camarades. — Eh bien! lui dit celui-ci, laisse-le, si tu ne peux l'emmener. — Mais, reprit l'autre, il ne veut pas me lâcher. »

1328

Le marquis de C..., voulant passer et faire passer ses amis dans une maison royale gardée par un suisse, range la foule, et, les prenant pour témoins, dit au suisse : « Rangez-vous. Ces messieurs sont de ma compagnie; je vous avertis que les autres n'en sont pas. » Le suisse se range et laisse passer; mais quelqu'un vit les trois jeunes gens rire et se moquer du suisse. On l'avertit; il court à eux, demande au marquis : « Monsieur, votre billet? — As-tu un crayon? — Non, Monsieur. — En voici un », dit un des jeunes gens. Le marquis écrit, et, tout en écrivant, dit au suisse : « J'aime qu'on fasse son devoir et qu'on garde sa consigne. » En même temps, il lui remet le billet, où était écrit : « Laissez passer le marquis de C... et sa compagnie. » Le suisse prend le billet, et, tout triomphant, dit à ceux qui l'avaient averti : « J'ai le billet! »

1329

Un homme disait un mal horrible de Dieu. Un de ses amis lui dit : « Tu dis toujours du mal du tiers et du quart. »

1330

M... à qui je disais : « Votre gouvernante est bien jeune et bien jolie », me répondit naïvement : « Les rapports d'âge ne sont pas nécessaires, celui des caractères suffit. »

1331

On demandait à un enfant : « Dieu le Père est-il Dieu? — Oui. — Dieu le Fils est-il Dieu? — Pas encore, que je sache; mais, à la mort de son père, cela ne saurait lui manquer. »

1332

M. le dauphin avait défini le prince Louis de Rohan un prince affable, un prélat aimable et un grand drôle bien découplé. Un M. de Nadaillac, personnage très ridicule, avait été présent à ce propos, qu'on répétait devant une femme qui vivait avec le prince Louis. Inquiète de ce qu'on en disait, elle demanda ce que le dauphin avait dit. M. de Nadaillac lui dit : « Madame, cela vous intéresse, et vous serez enchantée. » Il répéta le propos de M. le dauphin en substituant à la fin le mot d'*accouplé* à celui de *découplé*.

1333

M. de Lauraguais écrivait à M. le marquis de Villette : « Je ne méprise point du tout la bourgeoisie, monsieur le Marquis; je n'ai point ce travers, et vous êtes bien sûr, etc. »

1334

On venait de dire que M. de... était chicané sur ses preuves de noblesse, qui devaient venir de la Martinique et qui n'arrivaient point, ce qui pouvait bien lui faire perdre la place qu'il a à la cour. On lut ensuite une pièce de vers de sa composition, et les huit premiers vers se trouvèrent très mauvais. M. de T... dit tout haut : « Les preuves arriveront, ces vers ne valent rien. »

1335

M... disait que, quand il voyait un homme de qualité faire une lâcheté, il était toujours tenté de crier, comme le cardinal de Retz à l'homme qui le couchait en joue : « Malheureux! ton père te regarde[1]... » Mais, ajoutait-il, il faudrait crier : « Tes pères te regardent », car souvent le père ne vaut pas mieux.

1336

Laval, le maître de ballet, était sur le théâtre, à une répétition d'opéra. L'auteur, ou quelqu'un de ses amis, lui cria à deux fois : « Monsieur de Laval, monsieur de Laval! » Laval, s'avançant, lui dit : « Monsieur, voilà deux fois que vous m'appelez M. de Laval. La première fois, je n'ai rien dit, mais cela est trop fort. Me prenez-vous pour un de ces deux ou trois MM. de Laval qui ne savent pas faire un pas de menuet? »

1337

L'abbé de Tencin était accusé d'un marché simoniaque. Aubri, avocat adverse[2], ayant paru faiblir dans ses allégations, l'avocat de l'abbé redoubla ses clameurs. Aubri joua l'embarras. L'abbé, qui était présent, crut faire merveille de saisir ce moment pour achever de confondre la calomnie, offrant de s'en purger par serment. Alors Aubri l'arrêta, dit qu'il n'en était pas besoin, et produisit le marché en original. Huées, clameurs, etc. L'abbé parvint à s'évader et partit pour l'ambassade de Rome.

1338

M. de Silhouette, renvoyé, était accablé de sa disgrâce, et surtout des suites qu'elle pouvait avoir. Ce qu'il redoutait le plus, c'étaient les chansons. Un jour, après dîner (et il n'avait rien dit à table), il s'approche tremblant d'une femme en qui il avait confiance, et lui dit : « Parlez-moi vrai, n'y a-t-il pas de chansons? »

1339

La devise de Marie Stuart était une branche de réglisse avec ses mots : *Dulcedo in terra*[1] par allusion à François II, mort dès sa jeunesse.

1340

Pendant la guerre de 1745, l'empereur François Ier ayant été couronné à Francfort, une partie du peuple, vouée à la faction autrichienne, s'avisa d'aller sous les fenêtres des ambassadeurs de France et d'Espagne, alors ennemies de l'Autriche, témoigner sa joie par des cris de : *Vive l'Empereur!* L'ambassadeur de France jeta de l'argent à cette populace, qui cria : *Vive la France!* et se retira. Mais il en fut autrement devant le palais du cardinal Aquaviva, protecteur d'Espagne[2]. Celui-ci, se croyant bravé, ouvre sa fenêtre, et vingt coups de fusil, partis à la fois, jettent à terre autant de morts ou de blessés. Le peuple veut incendier le palais et y brûler Aquaviva; mais celui-ci s'était assuré de plus de mille braves dont il couvrit la place. Quatre pièces de canon, chargées à cartouches, en imposent au peuple. Qui croirait que le pape, avec l'autorité absolue et un corps de troupes, n'ait jamais songé à faire au peuple quelque justice du cardinal? Voilà de terribles effets de la *prepotenza*[3]. Ce n'est pas tout : ce cardinal Aquaviva eut, dans les derniers jours de sa vie, tant de remords de ses violences, qu'il voulut en faire publiquement amende honorable : on en a fait à moins; mais le Sacré Collège ne voulut jamais le permettre, pour l'honneur de la pourpre. Ainsi dans la capitale du monde chrétien, l'expression du remords, cette vertu du pécheur et sa seule ressource, fut interdite à un prêtre trop peu châtié par ses remords, et ce triomphe de l'orgueil sur une religion d'humilité fut l'ouvrage de ceux qui se portent pour successeurs de ses premiers apôtres. La religion durera sans doute, mais la *prepotenza* ne peut pas durer.

PETITS DIALOGUES PHILOSOPHIQUES

I

A. — Comment avez-vous fait pour n'être plus sensible?

B. — Cela s'est fait par degrés.

A. — Comment?

B. — Dieu m'a fait la grâce de n'être plus aimable; je m'en suis aperçu, et le reste a été tout seul.

II

A. — Vous ne voyez plus M...?

B. — Non, il n'est plus possible.

A. — Comment?

B. — Je l'ai vu, tant qu'il n'était que de mauvaises mœurs, mais depuis qu'il est de mauvaise compagnie, il n'y a pas moyen.

III

A. — Je suis brouillé avec elle.

B. — Pourquoi?

A. — J'en ai dit du mal.

B. — Je me charge de vous raccommoder; quel mal en avez-vous dit?

A. — Qu'elle est coquette.
B. — Je vous réconcilie.
A. — Qu'elle n'est pas belle.
B. — Je ne m'en mêle plus.

IV

A. — Croiriez-vous que j'ai vu Madame de... pleurer son ami, en présence de quinze personnes?
B. — Quand je vous disais que c'était une femme qui réussirait à tout ce qu'elle voudrait entreprendre.

V

A. — Vous marierez-vous?
B. — Non.
A. — Pourquoi?
B. — Parce que je serais chagrin.
A. — Pourquoi?
B. — Parce que je serais jaloux.
A. — Et pourquoi seriez-vous jaloux?
B. — Parce que je serais cocu.
A. — Qui vous a dit que vous seriez cocu?
B. — Je serais cocu, parce que je le mériterais.
A. — Et pourquoi le mériteriez-vous?
B. — Parce que je me serais marié.

VI

Le Cuisinier. — Je n'ai pu acheter ce saumon.
Le Docteur de Sorbonne. — Pourquoi?
Le C. — Un conseiller le marchandait.
Le D. — Prends ces cent écus; et va m'acheter le saumon et le conseiller.

VII

A. — Vous êtes bien au fait des intrigues de nos ministres!

B. — C'est que j'ai vécu avec eux.

A. — Vous vous en êtes bien trouvé, j'espère.

B. — Point du tout. Ce sont des joueurs qui m'ont montré leurs cartes, qui ont même, en ma présence, regardé dans le talon, mais qui n'ont point partagé avec moi les profits du gain de la partie.

VIII

Le Vieillard. — Vous êtes misanthrope de bien bonne heure. Quel âge avez-vous?

Le Jeune Homme. — Vingt-cinq ans.

Le V. — Comptez-vous vivre plus de cent ans?

Le J. H. — Pas tout à fait.

Le V. — Croyez-vous que les hommes seront corrigés dans soixante-quinze ans?

Le J. H. — Cela serait absurde à croire.

Le V. — Il faut que vous le pensiez pourtant, puisque vous vous emportez contre leurs vices... Encore cela ne serait-il pas raisonnable, quand ils seraient corrigés d'ici à soixante-quinze ans; car il ne vous resterait plus de temps pour jouir de la réforme que vous auriez opérée.

Le J. H. — Votre remarque mérite quelque considération : j'y penserai.

IX

A. — Il a cherché à vous humilier.

B. — Celui qui ne peut être honoré que par lui-même, n'est guère humilié par personne.

X

A. — La femme qu'on me propose n'est pas riche.
B. — Vous l'êtes.
A. — Je veux une femme qui le soit. Il faut bien
s'assortir.

XI

A. — Je l'ai aimée à la folie; j'ai cru que j'en mour-
rais de chagrin.
B. — Mourir de chagrin! mais vous l'avez eue?
A. — Oui.
B. — Elle vous aimait?
A. — A la fureur, et elle a pensé en mourir aussi.
B. — Eh bien! comment donc pouviez-vous mourir
de chagrin?
A. — Elle voulait que je l'épousasse.
B. — Eh bien! Une jeune femme belle et riche, qui
vous aimait, dont vous étiez fou.
A. — Cela est vrai, mais épouser, épouser! Dieu
merci, j'en suis quitte à bon marché.

XII

A. — La place est honnête.
B. — Vous voulez dire lucrative.
A. — Honnête ou lucratif, c'est tout un.

XIII

A. — Ces deux femmes sont fort amies, je crois.
B. — Amies! là... vraiment?
A. — Je le crois, vous dis-je; elles passent leur vie
ensemble; au surplus, je ne vis pas assez dans leur société
pour savoir si elles s'aiment ou se haïssent.

XIV

A. — M. de R... parle mal de vous.

B. — Dieu a mis le contrepoison de ce qu'il peut dire, dans l'opinion qu'on a de ce qu'il peut faire.

XV

A. — Vous connaissez M. le comte de...; est-il aimable?

B. — Non. C'est un homme plein de noblesse, d'élévation, d'esprit, de connaissances : voilà tout.

XVI

A. — Je lui ferais du mal volontiers.

B. — Mais il ne vous en a jamais fait.

A. — Il faut bien que quelqu'un commence.

XVII

Damon. — Clitandre est plus jeune que son âge. Il est trop exalté. Les maux publics, les torts de la société, tout l'irrite et le révolte.

Célimène. — Oh! il est jeune encore, mais il a un bon esprit; il finira par se faire vingt mille livres de rente, et prendre son parti sur tout le reste.

XVIII

A. — Il paraît que tout le mal dit par vous sur Madame de... n'est que pour vous conformer au bruit public, car il me semble que vous ne la connaissez point.

B. — Moi, point du tout.

XIX

A. — Pouvez-vous me faire le plaisir de me montrer le portrait en vers que vous avez fait de Madame
de...?

B. — Par le plus grand hasard du monde, je l'ai sur
moi.

A. — C'est pour cela que je vous le demande.

XX

Damon. — Vous me paraissez bien revenu des femmes,
bien désintéressé à leur égard.

Clitandre. — Si bien que, pour peu de chose, je vous
dirais ce que je pense d'elles.

Dam. — Dites-le-moi.

Clit. — Un moment. Je veux attendre encore quelques
années. C'est le parti le plus prudent.

XXI

A. — J'ai fait comme les gens sages, quand ils font
une sottise.

B. — Que font-ils?

A. — Ils remettent la sagesse à une autre fois.

XXII

A. — Voilà quinze jours que nous perdons. Il faut
pourtant nous remettre.

B. — Oui, dès la semaine prochaine.

A. — Quoi! sitôt?

XXIII

A. — On a dénoncé à M. le Garde des Sceaux une
phrase de M. de L...

B. — Comment retient-on une phrase de L...?

A. — Un espion!

XXIV

A. — Il faut vivre avec les vivants.

B. — Cela n'est pas vrai; il faut vivre avec les morts*.

XXV

A. — Non, Monsieur, votre droit n'est point d'être enterré dans cette chapelle.

B. — C'est mon droit; cette chapelle a été bâtie par mes ancêtres.

A. — Oui, mais, il y a eu depuis une transaction qui ordonne qu'après Monsieur votre père qui est mort, ce soit mon tour.

B. — Non, je n'y consentirai pas. J'ai le droit d'y être enterré, d'y être enterré tout à l'heure.

XXVI

A. — Monsieur, je suis un pauvre comédien de province qui veut rejoindre sa troupe : je n'ai pas de quoi...

B. — Vieille ruse, Monsieur, il n'y a point là d'invention, point de talent.

A. — Monsieur, je venais sur votre réputation...

B. — Je n'ai point de réputation, et ne veux point en avoir.

A. — Ah! Monsieur!

B. — Au surplus, vous voyez à quoi elle sert, et ce qu'elle rapporte.

---

* C'est-à-dire avec ses livres.

XXVII

A. — Vous aimez Mademoiselle..., elle sera une riche
héritière.

B. — Je l'ignorais : je croyais seulement qu'elle serait
un riche héritage.

XXVIII

Le Notaire. — Fort bien, Monsieur, dix mille écus
de legs; ensuite?

Le Mourant. — Deux mille écus au notaire.

Le N. — Monsieur, mais où prendra-t-on l'argent de
tous ces legs?

Le M. — Eh! mais vraiment, voilà ce qui m'embar-
rasse.

XXIX

A. — Madame..., jeune encore, avait épousé un
homme de soixante-dix-huit ans qui lui fit cinq enfants.

B. — Ils n'étaient peut-être pas de lui.

A. — Je crois qu'ils en étaient, et je l'ai jugé à la
haine que la mère avait pour eux.

XXX

La Bonne à l'Enfant. — Cela vous a-t-il amusée ou
ennuyée?

Le Père. — Quelle étrange question! Plus de simplicité. Ma petite?

La Petite Fille. — Papa?

Le Père. — Quand tu es revenue de cette maison-là,
quelle était ta sensation?

XXXI

A. — Connaissez-vous Madame de B...?
B. — Non.
A. — Mais vous l'avez vue souvent.
B. — Beaucoup.
A. — Eh bien?
B. — Je ne l'ai pas étudiée.
A. — J'entends.

XXXII

Clitandre. — Mariez-vous.
Damis. — Moi, point du tout; je suis bien avec moi, je me conviens, et je me suffis. Je n'aime point, je ne suis point aimé. Vous voyez que c'est comme si j'étais en ménage, ayant maison et vingt-cinq personnes à souper tous les jours.

XXXIII

A. — M. de... vous trouve une conversation charmante*.
B. — Je ne dois pas mon succès à mon partenaire, lorsque je cause avec lui.

XXXIV

A. — Concevez-vous, M..., comme il a été peu étonné d'une infamie qui nous a confondus!
B. — Il n'est pas plus étonné des vices d'autrui que des siens.

* C'était un sot.

XXXV

A. — Jamais la cour n'a été si ennemie des gens d'esprit.

B. — Je le crois, jamais elle n'a été plus sotte, et quand les deux extrêmes s'éloignent, le rapprochement est plus difficile.

XXXVI

Dam. — Vous marierez-vous?

Clit. — Quand je songe que, pour me marier, il faudrait que j'aimasse, il me paraît, non pas impossible, mais difficile, que je me marie; mais quand je songe qu'il faudrait que j'aimasse et que je fusse aimé, alors, je crois qu'il est impossible que je me marie.

XXXVII

Dam. — Pourquoi n'avez-vous rien dit quand on a parlé de M...?

Clit. — Parce que j'aime mieux que l'on calomnie mon silence que mes paroles.

XXXVIII

Madame de ... — Qui est-ce qui vient vers nous?

M. de C... — C'est Madame de Ber...

Madame de ... — Est-ce que vous la connaissez?

M. de C... — Comment? vous ne vous souvenez donc pas du mal que nous en avons dit hier!

XXXIX

A. — Ne pensez-vous pas que le changement arrivé dans la Constitution sera nuisible aux Beaux-Arts?

B. — Au contraire. Il donnera aux âmes, aux génies, un caractère plus ferme, plus noble, plus imposant. Il nous restera le goût, fruit des beaux ouvrages du siècle de Louis XIV, qui, se mêlant à l'énergie nouvelle qu'aura prise l'esprit national, nous fera sortir du cercle des petites conventions qui avaient gêné son essor.

XL

A. — Détournez la tête. Voilà M. de L...
B. — N'ayez pas peur : il a la vue basse.
A. — Ah! Que vous me faites de plaisir! Moi, j'ai la vue longue, et je vous jure que nous ne nous rencontrerons jamais.

XLI
SUR UN HOMME SANS CARACTÈRE

Dor. — Il aime beaucoup M. de B...
Philinte. — D'où le sait-il? qui lui a dit cela?

XLII
DE DEUX COURTISANS

A. — Il y a longtemps que vous n'avez vu M. Turgot?
B. — Oui.
A. — Depuis sa disgrâce, par exemple.
B. — Je le crois : j'ai peur que ma présence ne lui rappelle l'heureux temps où nous nous rencontrions tous les jours chez le roi.

XLIII
DE ROI DE PRUSSE ET DE DARGET

Le roi. — Allons, Darget, divertis-moi : conte-moi l'étiquette du roi de France : commence par son lever.

Alors, Darget entre dans tout le détail de ce qui se fait, dénombre les officiers, les valets de chambre, leurs fonctions, etc.

Le roi (en éclatant de rire). — Ah! grand Dieu! si j'étais roi de France, je ferais un autre roi pour faire toutes ces choses-là à ma place.

XLIV
DE L'EMPEREUR ET DU ROI DE NAPLES

Le roi. — Jamais éducation ne fut plus négligée que la mienne.

L'empereur. — Comment? *(à part.)* Cet homme vaut quelque chose.

Le roi. — Figurez-vous qu'à vingt ans je ne savais pas faire une fricassée de poulet; et le peu de cuisine que je sais, c'est moi que me le suis donné.

XLV
ENTRE MADAME DE B... ET M. DE L...

M. de L... — C'est une plaisante idée, de nous faire dîner tous ensemble. Nous étions sept, sans compter votre mari.

Madame de B... — J'ai voulu rassembler tout ce que j'ai aimé, tout ce que j'aime encore d'une manière différente, et qui me le rend. Cela prouve qu'il y a encore des mœurs en France; car je n'ai eu à me plaindre de personne, et j'ai été fidèle à chacun pendant son règne.

M. de L... — Cela est vrai; il n'y a que votre mari qui, à toute force, pourrait se plaindre.

Madame de B... — J'ai bien plus à me plaindre de lui, qui m'a épousée sans que je l'aimasse.

M. de L... — Cela est juste. A propos; mais un tel, vous ne me l'avez point avoué : est-ce avant ou après moi?

Madame de B... — C'est avant; je n'ai jamais osé vous le dire; j'étais si jeune quand vous m'avez eue!

M. de L... — Une chose m'a surpris.

Madame de B... — Qu'est-ce?

M. de L... — Pourquoi n'aviez-vous pas prié le chevalier de S...? Il nous manquait.

Madame de B... — J'en ai été bien fâchée. Il est parti il y a un mois, pour l'Isle de France.

M. de L... — Ce sera pour son retour.

XLVI
ENTRE MADAME DE L... ET M. DE B...

M. de B... — Ah! ma chère amie, nous sommes perdus : votre mari sait tout.

Madame de L... — Comment? Quelque lettre surprise.

M. de B... — Point du tout.

Madame de L... — Une indiscrétion? Une méchanceté de quelques-uns de nos amis?

M. de B... — Non.

Madame de L... — Eh bien! quoi, qu'est-ce?

M. de B... — Votre mari est venu ce matin m'emprunter cinquante louis.

Madame de L... — Les lui avez-vous prêtés?

M. de B... — Sur-le-champ.

Madame de L... — Oh bien! il n'y a pas de mal; il ne sait plus rien.

XLVII
ENTRE QUELQUES PERSONNES, APRÈS LA
PREMIÈRE REPRÉSENTATION DE L'OPÉRA DES *Danaïdes*
PAR LE BARON DE TSCHOUDY

A. — Il y a dans cet opéra quatre-vingt-dix-huit morts.

B. — Comment?

C. — Oui. Toutes les filles de Danaüs, hors Hypermnestre; et tous les fils d'Egyptus, hors Lyncée.

D. — Cela fait bien quatre-vingt-dix-huit morts.

E., médecin de profession. — Cela fait bien des morts; mais il y a en effet bien des épidémies.

F., prêtre de son métier. — Dites-moi un peu; dans quelle paroisse cette épidémie s'est-elle déclarée? Cela a dû rapporter beaucoup au curé.

XLVIII
ENTRE D'ALEMBERT ET UN SUISSE DE PORTE

Le Suisse. — Monsieur, où allez-vous?

D'Alembert. — Chez M. de...

Le S. — Pourquoi ne me parlez-vous pas?

D'Al. — Mon ami, on s'adresse à vous pour savoir si votre maître est chez lui.

Le S. — Eh bien, donc?

D'Al. — Je sais qu'il y est, puisqu'il m'a donné rendez-vous.

Le S. — Cela est égal; on parle toujours. Si on ne me parle pas, je ne suis rien.

XLIX
ENTRE LE NONCE PAMPHILI ET SON SECRÉTAIRE

Le Nonce. — Qu'est-ce qu'on dit de moi dans le monde?

Le Secrétaire. — On vous accuse d'avoir empoisonné un tel, votre parent, pour avoir sa succession.

Le N. — Je l'ai fait empoisonner, mais pour une autre raison. Après?

Le S. — D'avoir assassiné la Signora... pour vous avoir trompé.

Le N. — Point du tout; c'est parce que je craignais pour un secret que je lui avais confié. Ensuite?

Le S. — D'avoir donné la... à un de vos pages.

Le N. — Tout le contraire; c'est lui qui me l'a donnée. Est-ce là tout?

Le S. — On vous accuse de faire le bel esprit; de n'être point l'auteur de votre dernier sonnet.

Le N. — *Cazzo!* Coquin; sors de ma présence.

L

A. — Je n'en sais rien; mais on le dit, et je le crois.

B. — Vous commencez par croire, et c'est peut-être ce que n'ont pas fait ceux qui ont mis ce bruit-là dans le monde.

LI

A. — Vous m'aviez dit que c'était un honnête homme.

B. — Non; je vous ai dit que c'était un assez honnête homme.

LII

A. — Vous m'avez accusé de malhonnêteté!

B. — Cela n'est pas vrai. Au surplus, quel mal cela vous fait-il? On sait bien que l'on n'est pas pendu pour être malhonnête.

LIII

A. — Il n'a pu vous voir; il a eu des affaires.

B. — Je le crois : comme il n'en finit aucune, il ne saurait manquer d'en avoir toujours beaucoup.

LIV

Dovincourt. — Je le lui ferai entendre à lui-même; je lui dirai : *Monsieur*...

Aramont. — Si vous lui disiez *Monsieur,* toute conversation finirait, car il n'aime à être appelé que *Monseigneur*.

LV

ENTRE UN MAITRE ET SON VALET

Le Maître. — Coquin, depuis que ta femme est morte, je m'aperçois que tu t'enivres tous les jours. Tu ne t'enivrais autrefois que deux ou trois fois par semaine. Je veux que tu te remaries dès demain.

Le Valet. — Ah! Monsieur, laissez quelques jours à ma douleur!

LVI

— Je suppose, Monsieur, que vous me devez dix mille écus.

— Monsieur, prenez, je vous prie, une autre hypothèse.

LVII

D'UN HOMME BROUILLÉ AVEC UN ANCIEN AMI

A. — Je vous parle de M. de L...

B. — Je ne le connais pas.

A. — Que me dites-vous là? Je vous ai vus très bien.

B. — Je croyais le connaître.

LVIII

B. — Ne trouvez-vous pas M... très aimable?

C. — Pas autrement.

B. — Cela est extraordinaire.

C. — Il l'est davantage que vous le trouviez tel.

B. — Je n'en reviens pas. Vous ne l'avez peut-être jamais vu que chez lui; il faut le voir dans les maisons où il est à son aise. *(C'était un homme que sa femme maîtrisait au point de l'empêcher de parler.)*

LIX

A. — Cet homme a-t-il de l'esprit? *(Il parlait.)*

B. — Vous ressemblez aux gens qui demandent l'heure qu'il est tandis que la pendule sonne.

LX

A. — Vous avez trop mauvaise opinion des hommes; il se fait beaucoup de bien.

B. — Le diable ne peut pas être partout.

LXI

A. — N'auriez-vous pas besoin d'argent?

B. — Toujours.

LXII

Mademoiselle***. — Je lui ai confié notre amour; je lui ai tout dit.

B. — Comment avez-vous tourné cela?
Mademoiselle. — Je lui ai prononcé votre nom.

LXIII

A. — On dit que vous voulez épouser Mademoi-
selle ***.
B. — Non. Quel étrange propos!
A. — Pourquoi pas?
B. — Le nœud est trop fort pour l'intrigue.

LXIV

Cléon. — Je ne vous vois pas. C'est que votre mari
n'est pas fait comme un autre homme.
Céphise. — Il croit par là éviter de ressembler à tous
les maris.

LXV

A. — Madame de *** vous trouve très aimable.
B. — J'ai cela de bon que je fais peu de cas de mes
succès.

LXVI

Cidalise. — Vous aimez ma sœur : elle n'a pourtant
pas d'esprit.
Dorise. — Cela est vrai, et je ne m'en pique point.
Damon. — Vous avez plus d'esprit que moi : car sans
m'aimer vous avez l'esprit de me plaire, et moi je n'ai
pas celui de vous plaire en vous aimant.

LXVII

A. — Si vous faites cela, je ne vous le pardonnerai jamais.

B. — Parbleu! c'est bien ce que j'espère.

LXVIII

A. — Je dois me défier de tout le monde, à ce qu'il prétend.

B. — Eh bien?

A. — Je fais ce qu'il ordonne, à commencer par lui.

LXIX

A. — Vous avez beaucoup à vous plaindre de son ingratitude.

B. — Pensez-vous que lorsque je fais le bien je n'aie pas l'esprit de le faire pour moi?

LXX

Céline. — Il ne m'aime pas.

Damon. — Comment vous aimerait-il? vous réunissez presque toutes les perfections.

Céline. — Eh bien?

Damon. — L'amour aime qu'elles soient son ouvrage. Il n'a rien à parer chez vous. Son imagination ne peut ni créer ni embellir. Elle reste en repos.

LXXI

Chloé. — Madame, n'avez-vous jamais été jeune?

Artémise. — Jamais tant que vous, Madame.

LXXII

A. — Il faut le quitter.

B. — Le quitter! Plutôt la mort!... Que me conseillez-vous?

LXXIII

Damon (au bal, à Eglé sous le masque). — Êtes-vous jolie?

Eglé. — Je l'espère.

LA VIE ET L'ŒUVRE DE CHAMFORT

1740. Naissance à Clermont-Ferrand de Sébastien-Roch Nicolas. Est-il, ainsi que l'attestent les registres paroissiaux, fils légitime d'un épicier, François Nicolas, et de sa femme, Thérèse Croiset, ou bâtard d'un chanoine? Cette seconde hypothèse, la plus probable, en ferait — peut-être, mais l'identité même du chanoine reste douteuse — le neveu de la future marquise du Deffand. Guinguené lui-même, son ami et le premier éditeur de ses œuvres, insiste sur le « secret de sa naissance ». Ce qui est certain, c'est que le petit Nicolas fut élevé et choyé par Thérèse, qu'il l'a toujours aimée et traitée comme sa mère.

1745. A Paris, au Collège des Grassins où, très jeune, il est admis comme boursier, l'enfant se fait assez vite remarquer. En 3e, c'est un élève brillant, « grand remporteur de prix ». Mais c'est aussi une nature fougueuse que rebutent la monotonie et la discipline de la vie scolaire, et qui ne le dissimule pas.

1755-1757. Une incartade plus grave que les autres le fait exclure avant la fin de son année de philosophie. Il fait une fugue à Cherbourg, en compagnie de son condisciple, Letourneur — celui-là même qui deviendra le traducteur d'Ossian, de Young et de Shakespeare —, hésite un moment à s'embarquer pour l'Amérique, opte pour le raisonnable parti de revenir au collège et doit à l'indulgente compréhension du principal, M. d'Aireaux, d'y être accueilli. L'enfant prodige se souviendra plus tard de ce geste de bonté.

Nicolas porte déjà le petit collet des jeunes abbés quand il ruine, par une profession de foi parfaitement lucide, mais combien laïque! — les espoirs que l'on fondait sur une vocation imaginaire : « Je ne serai jamais prêtre; j'aime trop le repos, la philosophie, les femmes, l'honneur, la vraie gloire; et trop peu les querelles, l'hypocrisie, les honneurs et l'argent. »

1760. Mais il faut vivre... Gratte-papier chez un procureur qui bientôt en fait le précepteur de son fils, il exerce les mêmes fonctions dans d'autres familles dont il trouble la paix par de trop faciles conquêtes féminines. Il mène alors une vie instable, prête sa plume à quelques prédicateurs que n'embrase pas l'éloquence sacrée, goûte la société de compagnons dissipés et s'adonne, en même temps qu'à la poésie, au libertinage.

C'est vers cette époque qu'il substitue le nom de Chamfort à celui de Nicolas, en le faisant précéder d'une particule selon l'usage du siècle.

1761. De Cologne où il a suivi l'exil du comte Van Eyck comme précepteur de son neveu, il revient brouillé avec son puissant protecteur, dédaigneux des chances qui lui étaient offertes, en maugréant : « Je ne sache pas de chose à quoi j'eusse été moins propre qu'à être un Allemand. »

Travaux de journalisme dans la presse littéraire.

Collaboration au *Journal encyclopédique* avec Pierre Rousseau.

1764. Chamfort fait représenter une pièce de théâtre en un acte et en vers, *La Jeune Indienne,* remarquée surtout par ceux qui la dénigrent. Mais le dieu Voltaire prophétise : « Vous irez très loin... ».

Avec l'*Épître d'un père à son fils sur la naissance d'un petit-fils,* qui vaut à son auteur le prix de l'Académie, Chamfort est devenu un homme de lettres et noue de flatteuses amitiés : Thomas, d'Alembert, Marmontel, Delille, Sélis, Saurin, Duclos surtout, qui l'introduit dans une société dont l'accueil lui est favorable, et qu'il va fréquenter tout en la jugeant. Mais ses succès féminins lui ont fait contracter une maladie vénérienne dont il ne guérira jamais et qui, toute sa vie, influencera son caractère.

Malade, sans argent, il trouve une aide précieuse auprès de Mme Saurin, de l'abbé de La Roche, qui a été un ami d'Helvétius. A la perspective de restaurer ses pitoyables finances en servant de mentor à deux jeunes Anglais voyageant en Italie, Chamfort préfère sa liberté et la poursuite de ses travaux littéraires.

1765-1769. Quelques œuvres mineures, avant de se voir confier la rédaction du *Grand Vocabulaire français* dont il s'acquitte partiellement. Parmi une production qui lui attire quelques distinctions, il faut citer un remarquable *Éloge de Molière,* prix de l'Académie française.

1770. Dans une nouvelle tentative au théâtre, Chamfort s'aiguise les dents contre la société aristocratique. *Le Marchand de Smyrne* plaît au public mais pas du tout à la critique.

1771. Une violente manifestation cutanée du mal qui l'a frappé six ans plus tôt empêche le pauvre Chamfort de suivre dans la diplomatie le baron de Breteuil. Séjour à Contrexéville grâce aux généreux offices de Chabanon, puis à la campagne où il travaille au *Vocabulaire,* au *Journal encyclopédique,* et à un recueil d'anecdotes dont Louis XIV et la Régence feront les frais.

1774. Prix de l'Académie de Marseille pour son *Éloge de La Fontaine.* Chamfort éclipse un rival, La Harpe, pourtant favori de Necker.

Il fait une cure à Barèges, puis un séjour à Chanteloup, chez les Choiseul. C'est une période de détente et de relative félicité, ainsi qu'en témoigne une lettre à Mme Saurin.

Pressé par la nécessité, il s'installe à Sèvres, dans un appartement que met à sa disposition Mme Helvétius.

1776. Les 1er et 7 novembre, représentation à Fontainebleau, devant Louis XVI et Marie-Antoinette, de *Mustapha et*

Zéangir. Félicité et pensionné par la reine, l'auteur se voit offrir le même jour par le prince de Condé une place de secrétaire des commandements, une autre pension de 2 000 livres et un logement au Palais-Royal.

1777. Mais à la sécurité matérielle, aux faveurs les plus flatteuses dont il connaît cependant le prix, Chamfort préfère l'indépendance. Courtoisement, avec le souci de ne pas blesser son protecteur, il se démet de ses fonctions et cherche un autre asile, à Auteuil. Il adhère à la « Société des auteurs dramatiques » que vient de fonder Beaumarchais.

1779-1780. Jouissant de tous les avantages que réserve le monde à ceux qui ont le bonheur de lui plaire, mais épuisé par le mal qui le harcèle, il doute de sa vocation et, dans son petit appartement d'Auteuil, aspire à « retirer sa vie en lui-même ». Il s'occupe de recueillir les matériaux d'où naîtront *Les Produits de la Civilisation perfectionnée*.

Rares et épisodiques contacts avec les habitués du salon de Mme Helvétius.

Il se rend aussi parfois chez Mme Agasse. Il y fait la rencontre d'Anne-Marie Buffon, veuve d'un premier médecin du comte d'Artois. Elle a douze ans de plus que lui mais, encore belle, intelligente, et de sentiments élevés, elle va prendre dans la vie de Chamfort une place de choix. Ils se découvrent d'essentielles et profondes affinités.

5 avril 1781. Lors de sa quatrième candidature à l'Académie, Chamfort succède à Sainte-Palaye.

Printemps de 1783. L'écrivain s'installe au manoir de Vaudouleurs, près d'Étampes, avec celle qui est devenue sa compagne. Ce rare bonheur devait être de courte durée : Anne-Marie meurt brusquement le 28 août. A l'abbé Roman, à Mme Agasse, Chamfort fait la confidence de sa consternation. « C'est presque le seul temps de ma vie, écrit-il, que je compte pour quelque chose. »

Voyage en Hollande : diversion voulue par Choiseul, Gouffier et le comte de Narbonne, mais qui restera inefficace.

1784. Mort à quatre-vingt-quatre ans de Thérèse Croiset. Ce nouveau deuil est cruellement ressenti par Chamfort. Jusqu'à la Révolution, il habite chez le comte de Vaudreuil, grand ami des Lettres, dans son hôtel de la rue de Bourbon. Celui-ci lui procure également la place de secrétaire de Madame Élisabeth et une pension de 2 000 livres. Il faudra les premiers soubresauts de la Révolution et l'affirmation d'opinions antagonistes pour rompre partiellement ces liens d'amitié et de confiance.

1786. Chamfort se rend assidûment aux trois séances hebdomadaires de l'Académie, dont il deviendra le secrétaire.

1789. Quand Vaudreuil abandonne sa résidence pour une autre plus somptueuse, Chamfort se sépare de lui et s'installe modestement au Palais-Royal. Il pourra y observer la naissance d'un mouvement très actif de lutte contre le despotisme.

Les premiers troubles le trouvent prêt à entrer dans la lice. Il assiste à Versailles, aux côtés de Mirabeau, qui est son ami depuis plusieurs années, à l'ouverture des États généraux.

La collaboration que, sur les instances de Mme Panckoucke, il apporte au *Mercure,* en s'efforçant de le rendre moins conservateur, atteste ses sentiments républicains. Il sort de l'inaction, travaille de toute son énergie retrouvée à la refonte des institutions et des mœurs. Il est l'un des plus ardents à souhaiter l'effondrement de l'Ancien Régime, même en mesurant ce que, personnellement, il peut y perdre. C'est ainsi qu'il applaudit au décret qui, en supprimant les pensions, le prive de la sienne. Nul mieux que lui n'a compris la nécessité d'éduquer la raison humaine afin de la rendre capable d'élaborer une structure politique et sociale entièrement régénérée.

Les amitiés qu'il a nouées avec certains membres de l'aristocratie, les bons offices dont il leur est parfois redevable, lui laissent le jugement assez libre pour dénoncer les tares d'un régime auquel l'injustice sociale sert de clef de voûte. L'action révolutionnaire est désormais son seul objectif. « Pendant toute l'année 1789, écrit Guinguené, la Révolu-

tion fut sa seule pensée et les triomphes du parti populaire
ses seules jouissances. »

Avec Sieyès, La Fayette, Talleyrand, Condorcet, Brissot,
il fonde la « Société de 1789 » qui groupe trente-six patriotes.
Il s'en séparera plus tard, avec quelques « émigrants » qui
tiennent, comme lui, pour suspect le républicanisme de
certains membres.

1790-1791. Il continue à rédiger de nombreux articles politiques, de vigoureux pamphlets. C'est lui qui compose
le discours que Mirabeau doit prononcer à l'Assemblée;
mais l'orateur meurt le 2 avril. Chamfort collabore au
Tableau de la Révolution de Claude Fauchet, adhère au club
des Jacobins dont il devient le secrétaire, se lie avec
Mme Roland et les membres du parti girondin.

Août 1792. Sous le ministère de Roland de La Platière, il est
nommé administrateur de la Bibliothèque nationale. Mais
la modicité de ses appointements le contraint à restreindre
encore son train de vie; il emménage dans un appartement
de faible loyer et se contente désormais pour son service
d'une ancienne gouvernante.

1793. Cependant Chamfort est désenchanté, n'éprouve plus
pour la cause qu'il soutient le même enthousiasme. Rebuté
par les excès sanguinaires des Marat ou des Robespierre,
il a le courage de ne pas cacher sa pensée. Il a, à leur sujet,
ce mot terrible : « Ils parlent de la fraternité d'Étéocle et de
Polynice. »

Dénoncé à plusieurs reprises par un de ses subordonnés,
Tobiesen-Duby qui l'accuse, après l'assassinat de Marat, de
diffamer sa mémoire, l'écrivain est incarcéré aux Madelon-
nettes. Sa liberté bientôt reconquise sera pourtant surveillée
par un gardien qu'il lui faudra loger et nourrir, grevant
ainsi un budget déjà défaillant. Surtout, Chamfort a souffert
en prison; son état de santé nécessitait des soins dont il s'est
vu privé. Quand, dans le *Journal de la Montagne,* Tobiesen-
Duby réitère ses attaques, Chamfort démissionne de la
Bibliothèque nationale. Le 10 septembre, se croyant sous le

coup d'une nouvelle arrestation, il n'en peut supporter l'idée. Il choisit la mort et tente, avec un cruel acharnement, de se la donner. Dans la pièce où il s'est enfermé, « étonné de vivre » après le coup de pistolet qu'il s'est tiré sur le front et « résolu de mourir », il tente de s'égorger avec un rasoir, se frappe dans la région du cœur et « commençant à défaillir, tâche, par un dernier effort, de se couper les deux jarrets et de s'ouvrir toutes les veines ».

La douleur enfin a vaincu Chamfort qui s'est effondré. C'est le sang coulant sous la porte qui donna l'alerte. Il est soigné, mais sa détermination reste inchangée : « Je suis un homme libre, jamais on ne me fera entrer vivant dans une prison. » Les amis de Chamfort s'empressent à son chevet et l'on voit s'accomplir le miracle d'un homme rendu à la vie, faisant même le projet de fonder avec Guinguené un journal. Ce sera *La Décade philosophique*.

1794. La convalescence s'interrompt brusquement. Dans l'unique pièce de la rue Chabanais où il vient de s'installer, Chamfort ressent de cuisantes douleurs. D'après Guinguené, le chirurgien Dessault « se trompa sur la nature du mal ». Une opération de la vessie, peut-être pratiquée trop tard, reste sans effet et Chamfort meurt le 13 mai. Guinguené ajoute à la relation de sa mort que « ce fut un acte de courage de l'accompagner jusqu'à sa dernière demeure ».

NOTICE

A la mort de Chamfort, son ami Guinguené procéda à la première édition d'ensemble de ses œuvres. Elle parut l'an 3 de la République (1795) en quatre volumes in 8°, le dernier étant consacré aux *Produits de la Civilisation perfectionnée*.

Pour comprendre la façon dont ces textes sont parvenus jusqu'à nous, l'ordre qui a présidé à leur classement, il est indispensable de reproduire en son entier l'avertissement de leur premier éditeur :

Chamfort était, depuis longtemps, en usage d'écrire chaque jour sur de petits carrés de papier, les résultats de ses réflexions, rédigés en maximes; les anecdotes qu'il avait apprises; les faits servant à l'histoire des mœurs, dont il avait été témoin dans le monde; enfin les mots piquants et les réparties ingénieuses qu'il avait entendus ou qui lui étaient échappés à lui-même.

Tous ces petits papiers, il les jetait pêle-mêle dans des cartons. Il ne s'était ouvert à personne sur ce qu'il avait dessein d'en faire. Lorsqu'il est mort, ces cartons étaient en assez grand nombre, et presque tous remplis; mais la plus grande partie fut vidée et enlevée, sans doute avant l'apposition des scellés. Le juge de paix renferma dans deux portefeuilles, ce qu'il y trouva de reste. C'est du choix très scrupuleux fait parmi cette espèce de débris, que j'ai tiré ce qui compose ce volume.

Je ne serais peut-être jamais parvenu à y établir quelque ordre, si, parmi cette masse de petits papiers, je n'en avais trouvé un qui m'a donné la clef du dessein de l'auteur, et même le titre de l'ouvrage. Voici ce qui y est écrit :

PRODUITS *de la Civilisation perfectionnée.*

1ere PARTIE. *Maximes et Pensées.*

2e PARTIE. *Caractères.*

3e PARTIE. *Anecdotes.*

En lisant ceci, je ne doutai point que ce ne fût le titre et la division d'un grand ouvrage, dont Chamfort avait parlé à mots couverts à très peu de personnes, et dont il avait depuis si longtemps rassemblé les matériaux.

Le titre est parfaitement dans le genre de son esprit : il était dans sa philosophie de voir comme le produit de ce perfectionnement de civilisation que l'on vante, l'excessive corruption des mœurs, les vices hideux ou ridicules, et les travers de toute espèce qu'il prenait un plaisir malin à caractériser et à peindre.

Je fis donc, en suivant cette division établie par lui-même, un premier triage. La première partie se trouva très abondante, et me parut susceptible d'être subdivisée par chapitres. La partie des *Caractères* était la plus faible, soit qu'il se fût moins exercé dans ce genre, soit qu'elle soit plus riche dans les très nombreux papiers que je n'ai pas. Je la réunis à celle des *Anecdotes,* et ayant ainsi divisé le tout seulement en deux parties, je réduisis, par un examen sévère, à un seul volume, ce qui, si j'avais tout employé, en pouvait fournir plus de deux.

J'ai éprouvé dans tout ce travail, aussi fastidieux que pénible, que l'amitié donne plus de patience que l'amour-propre, et que l'on peut prendre, pour la mémoire d'un ami, des soins qu'il paraîtrait insupportable de prendre pour soi-même.

Je me serais fort trompé dans mon jugement, si ce volume, et surtout si la partie des *Maximes et Pensées* n'ajoute beaucoup à la réputation de Chamfort, assez connu comme écrivain et comme homme de lettres, mais trop peu comme philosophe.

Quant aux *Caractères et Anecdotes,* je n'ai pas cru devoir les diviser par chapitres. Leur mélange produit une variété que la classification eût fait disparaître. La Cour, la Ville, Hommes, Femmes, Gens de Lettres, figurent tour à tour et presque ensemble dans cette scène mobile, comme ils figuraient dans celle du monde, où Chamfort ayant été longtemps acteur et spectateur, était plus que personne, par sa position, à portée de saisir la ressemblance des personnages, comme il l'était par son talent de les représenter dans ses peintures.

On trouvera dans cette partie beaucoup de noms communs et d'indications faciles à reconnaître; je ne me suis cru permis ni de supprimer les uns, ni d'ôter aux autres le léger voile dont l'auteur les avait couverts.

J'ai placé en tête de la première partie, et comme une sorte d'avertissement de l'auteur, une *Question* qu'il s'était souvent entendu faire, et ses réponses, remplies d'originalité, à cette question triviale.

Je regrette infiniment de n'avoir pas eu à ma disposition le reste de ces matériaux précieux. Peut-être serais-je parvenu à en faire à peu près ce que l'auteur comptait en faire lui-même; et cet ouvrage, devenu complet, serait un des plus piquants de ce siècle.

J'exhorte, au nom de l'Amitié, de la Philosophie et des Lettres, ceux qui peuvent posséder ce trésor, à ne le pas enfouir, et à rendre à la mémoire du malheureux Chamfort tout ce qui lui appartient.

En 1808, Colnet, libraire à Paris, donne une seconde édition, revue et corrigée, des *Œuvres complètes,* enrichie de cent quarante-huit anecdotes inédites. La dernière en date des éditions des *Œuvres complètes,* celle qui réunit le plus grand nombre de textes, est due à P. R. Anguis. Elle paraîtra en 1824-1825. Désormais, l'œuvre « académique » de Chamfort est pratiquement délaissée au profit de ses écrits posthumes. Deux éditions des *Maximes et Pensées, Caractères et Anecdotes* sont à signaler dans le cours du xixᵉ siècle : celle de P. J. Stahl (1860) qui comporte cinquante maximes ou anecdotes inédites, et celle de M. de Lescure (1879) qui en ajoute cent quatorze. Ce dernier eut en communication les manuscrits de Chamfort que lui confia Feuillet de Conches. Ils disparurent à la mort du célèbre collectionneur et c'est en vain qu'on a depuis recherché leurs traces.

S'il continua de paraître, jusqu'à ce jour, de nombreuses éditions des *Produits de la Civilisation perfectionnée,* une seule les domine et de très haut : celle procurée par Pierre Grosclaude (Collection nationale des Classiques français, Imprimerie nationale, 1953, 2 vol.).

C'est la première et seule édition critique vraiment sérieuse que nous possédons et dont procèdent toutes celles qui l'ont suivie sans s'acquitter, pour la plupart, de cette dette de reconnaissance.

Nous voudrions souligner, au contraire, tout ce que la présente édition doit aux travaux si remarquables de Pierre Grosclaude tant pour l'établissement du texte, le choix des variantes significatives que pour maintes précisions historiques ou grammaticales. Les vérifications que nous avons été amené à effectuer sur les éditions antérieures, sur les références ici données, n'ont fait que confirmer notre jugement.

Nous n'avons pas trouvé nécessaire de conserver, à la suite des *Maximes et Pensées* comme à celle des *Caractères et Anecdotes* la distinction en deux, puis en trois appendices pour les ajouts successifs des éditions Colnet, Stahl et Lescure.

Pour faciliter le travail de consultation nous avons adopté

une numérotation continue des textes. Le lecteur se reportera utilement à l'*Index des noms* répertoriés.

Signalons enfin que la préface d'Albert Camus reproduit celle qu'il écrivit pour un choix de *Maximes et Anecdotes* paru, en 1944, aux Éditions Incidences à Monaco.

Très rares sont les études consacrées à Chamfort dont seules méritent d'être retenues :

MAURICE PELLISSON` *Chamfort, étude sur sa vie, son caractère, ses écrits*. Paris, 1895.

JULIEN TEPPE : *Chamfort, sa vie, son œuvre, sa pensée*. Préface de Jean Rostand. Éd. Pierre Clairac, 1950.

NOTES

I. MAXIMES ET PENSÉES

CHAPITRE PREMIER

P. 18

1. Ses éloges (de Descartes et de Marc-Aurèle) — ses essais témoignent d'une hardiesse de pensée qui le fit juger très sévèrement. Mais à sa mort, on se plut à célébrer unanimement ses vertus.

2. Les gentilshommes de la chambre réglaient le service et la dépense de la maison du roi. L'exemple de Beaumarchais illustre l'allusion aux avanies subies par un homme de lettres. Après la représentation du *Barbier de Séville* et sa querelle avec les Comédiens Français, il se vit longtemps refuser l'autorisation de faire jouer *Le Mariage de Figaro* et cinq fois la pièce fut censurée. L'auteur se vit même emprisonné à Saint-Lazare.

3. Saint-Ange, fort vaniteux, vécut médiocrement et ne fut élu à l'Académie que l'année même de sa mort. Murville qui ne connut jamais, lui non plus, l'aisance même la plus modeste, n'y entra pas malgré le désir qu'il en avait.

4. Dans le conte de Voltaire, *Jeannot et Colin,* les deux protagonistes sont, dans leur village auvergnat, d'inséparables amis. Mais le père de Jeannot a fait fortune à Paris. Devenu marquis, il envoie chercher son fils au collège. Jeannot, avec un sourire protecteur à l'adresse de Colin, s'éloigne, en chaise de poste, « dans toute la pompe de sa gloire ».

P. 26

1. Il s'agit des présentations à la Cour.

P. 28

1. Forme italienne de Cicéron. Par allusion à l'éloquence

de l'orateur, le terme désigne un guide dont le bagou fait parfois sourire.

P. 31

1. Ormuzd, dieu du bien, a créé la partie harmonieuse de l'univers. Ahriman, ou Orimane, est le principe du mal.

2. Dogue espagnol. Allusion à la conquête de Haïti (autrefois Saint-Domingue). Christophe Colomb, pour appuyer l'action de son artillerie, lâcha contre les Indiens une meute de chiens.

P. 33.

1. *Satire IX*, v. 207 :
   Il se tue à rimer, que n'écrit-il en prose?
2. Sans doute s'agit-il de Sénèque le Rhéteur.

P. 34

1. Boile : Robert Boyle, célèbre physicien irlandais dont les découvertes procèdent de la méthode expérimentale de Francis Bacon. Loke (Locke) développera ces principes dans son *Essai sur l'entendement humain* en rejetant la théorie des idées innées pour affirmer que toutes nos connaissances viennent de l'expérience.

P. 37

1. *Le Moulin de Javelle* est une comédie de Dancourt.

P. 38

1. *Le Paradis perdu,* I (fin). Allusion aux démons réunis par Satan dans le royaume des Enfers.

CHAPITRE II

P. 44

1. « Vous qui entrez ici, laissez toute espérance », Dante, *Enfer,* III, 9.

2. Roi légendaire de Thessalie. Il osa devenir amoureux d'Héra, épouse de Zeus qui façonna une nuée à l'image de la déesse. Ixion s'unit à ce fantôme et engendra Centauros, père des Centaures. Pour le punir, Zeus l'enchaîna à une roue enflammée qui tournerait éternellement.

P. 49

1. *Proverbes,* I, VII.

P. 54

1. Allusion à la Commedia dell'arte où sont fréquents de tels jeux de scène.

P. 56

1. Var. « L'amour-propre d'un cœur généreux est en quelque sorte l'égoïsme d'un grand caractère. »

2. Castor et Pollux.

CHAPITRE III

P. 63

1. Cf. Montaigne, *Essais,* I, xxvi.

     Rousseau, *Émile,* III : « Je hais les livres; ils n'apprennent qu'à parler de ce qu'on ne sait pas. »

P. 65

1. *Per la predica :* « Pour le sermon. »

Ad populum phaleras : « Clinquant bon pour le peuple, (Perse, *Satires,* III, v. 90.

P. 67

1. L'État cessa de s'acquitter de certaines dettes ou tout au moins en différa le paiement.

Le prince de Guéménée, grand chambellan, et sa femme qui était gouvernante des enfants de France, menaient grand train grâce à des emprunts considérables. Ils durent se démettre de leurs fonctions à la suite d'une scandaleuse faillite.

P. 71

1. Saint Augustin, qui dénie aux païens toute vertu, appelle leurs bonnes actions *peccata splendida.*

P. 74

1. Saint-Simon (*Mémoires,* 1704) cite ce mot de Mme de Grignan au sujet du mariage de son fils avec Mlle de Saint-Amant, fille d'un fermier général : « Madame de Grignan... disait qu'il fallait bien de temps en temps du fumier sur les meilleures terres ».

P. 75

1. Cf. La Bruyère, *Caractères,* VIII, 22, qui donne de la cour une peinture semblable.

P. 76

1. *Essais,* III, vii.

P. 77

1. Le philosophe s'était, par misanthropie, retiré sur une montagne où il se laissa mourir.

P. 78

1. « A Travers de » pour « à Travers ». Construction fréquente à l'époque.

P. 82

1. Ruban de la croix de Saint-Louis.

P. 85

1. Va : En quatre leçons.

CHAPITRE IV

P. 92

1. *Satires,* II, VII, v. 86 — Le sage est semblable « à une boule polie sur laquelle les événements n'ont pas de prise ».

P. 93

1. Corneille, *Médée,* I, V, v. 320 :
Nérine : « Dans un si grand revers, que vous reste-t-il?
Médée : « Moi ».

CHAPITRE V

P. 95

1. Séjan qui a séduit Livie, femme de Drusus, lui suggère le projet d'assassiner son mari : « Une femme qui a sacrifié sa pudeur n'a plus rien à refuser. »

P. 97

1. *Bucoliques,* III, v. 63 : *Et fugit ad salices...* (Elle s'enfuit vers les saules, *mais souhaite être vue auparavant.*)

P. 99

1. « Si tu m'adores à genoux » (*Saint Matthieu,* IV, ix).

P. 101

1. La citation exacte est : « Fais ce que voudras. » (Rabelais, *Gargantua*, LVII.)

P. 103

1. Var : le.

P. 104

1. Il s'agit de Mirabeau et peut-être est-ce une allusion à la collaboration de Chamfort aux *Considérations sur l'ordre de Cincinnatus*.

2. Cf., p. 383, *La vie et l'œuvre de Chamfort*.

CHAPITRE VII

P. 122

1. « O profondeur! » (Saint Paul, *Épître aux Romains*, XI, 33).

P. 124

1. Var. : *« qu'il ne peut »* et, dans la phrase suivante, *« qu'il choisisse »*.

2. Le Dictionnaire de Bayle cite La Mothe Le Vayer comme auteur de ce propos.

p. 125

1. *Rhétorique*, III, ɪv, § 5.

P. 126

1. Plutarque, *Vie de Thémistocle*, LIII.

P. 127

1. Var. : est.

P. 128

1. *De Natura rerum*, II, v. 11 : « Rivaliser de génie, se vouloir le premier par la naissance. »

2. Var. : *aux soupers*.

3. *Le Méchant*, comédie, II, vɪɪ.

P. 133

1. Racine, *Andromaque*, IV, ɪ, v. 1116.

Andromaque, qui a décidé de se donner la mort, confiant à Céphise l'éducation d'Astyanax, lui recommande d'apprendre à son fils l'histoire de ses aïeux.

P. 134

1. Var. : hors de France.

2. La cathédrale Notre-Dame.

3. Il semble qu'il y ait là une confusion : c'est Henri Estienne, fils de Robert, helléniste d'envergure, qui mourut à l'hôpital de Lyon. Charles, frère de Robert, incarcéré pour dettes au Châtelet, y finit ses jours.

P. 135

1. Confusion probable. Rien dans les travaux historiques d'Adrien de Valois ne semble concerner l'étude de l'histoire par les médailles. Par contre, son fils Charles avait constitué un cabinet de plus de six mille médailles et formulé diverses observations à ce sujet.

2. Ni Tallemant (encore faudrait-il préciser lequel) ni l'abbé Gallois ne prirent part à l'établissement de cette liste.

CHAPITRE VIII

P. 140

1. L'archevêque Roger, *Enfer*, XXXIII.

P. 144

1. A Versailles, dans l'antichambre où les courtisans attendaient le lever du roi, il y avait au-dessus de la fenêtre du fond, une ouverture ovale.

P. 146

1. Persécutés par les Stuarts sous Jacques Ier et Charles Ier, un grand nombre de puritains prirent le parti d'émigrer en Amérique du Nord et y fondèrent des colonies.

P. 147

1. Après la révolution de 1688 et jusqu'à George III (1760).

P. 148

. Des dents du Dragon tué par Cadmus et qu'il avait semées, naquirent des hommes armés qui se mirent à s'entretuer. Seuls survécurent cinq d'entre eux qui devaient être les ancêtres des Thébains.

2. *Novum Organum*, Préface.

P. 149

1. Palestrello, navigateur portugais.

2. *Histoire de l'Empire de Russie sous Pierre le Grand*, I, VI.

APPENDICE

P. 153

1. Var. : l'air de ma chambre. Dès ce moment, la conversation tomba.

P. 154

1. Charles-Anne-Sigismond de Montmorency-Luxembourg, duc d'Olonne, s'était marié trois fois. De ces trois épouses successives, on ne peut déterminer celle qui est en cause ici.

P. 155

1. Du baron d'Holbach.

P. 156

1. Louis de France, fils de Louis XV et père de Louis XVI, avait successivement épousé Marie-Thérèse d'Espagne et Marie-Josèphe de Saxe.

P. 157

1. Agrippa d'Aubigné se remaria à l'âge de soixante et onze ans avec une Italienne, Renée Barlamachi, veuve et âgée non pas de dix-sept mais de cinquante-cinq ans.

P. 158

1. Allusion probable à l'*Essai sur la critique*. Pope ne dit pas cela textuellement.

2. Var. (ms) : Un juge disait naïvement à *quelques-uns* de ses amis : « *Nous avons aujourd'hui...* »

3. « Qui mange des haricots ch... des diables ».

« Le berger romain ne veut pas de mouton sans laine. »

P. 159

1. En 1720. Il avait vingt-quatre ans.

P. 160

1. Légende athénienne suivant laquelle Athéna, s'irritant de ce que la flûte altérât sa beauté, avait, dans un geste de colère, jeté cet instrument aux pieds du satyre Marsyas.

P. 161

1. *De l'amour*, LII.

P. 163

1. Mme de Fourqueux sans doute (Cf. Index).

P. 164

1. La femme de Diderot, Antoinette Champion, était lingère.

P. 166

1. « Au-dessous du nombril, ni religion ni vérité. »
2. Cf. *La Cité de Dieu*, I, chap. VIII et IX.

Au chapitre VIII : « La patience de Dieu invite les méchants à la pénitence comme ses fléaux exercent la patience de ceux qui sont bons. »

P. 167

1. Virgile, *Bucoliques* III, v. 60 : *(Musis)* « *Ab Jove principium Musae* » : « Muses, commençons par Jupiter. »

Chamfort, suggère P. Grosclaude, a probablement modifié la citation pour une meilleure illustration de sa pensée. Avec *Musis,* le sens est : « Les Muses commencent par Jupiter. »

La variante *Ab Jove Musarum primordia* présente un sens très voisin : « Les éléments des Muses (donc de la poésie) viennent de Jupiter ». Mais on ne la trouve pas dans un texte latin.

II. CARACTÈRES ET ANECDOTES

P. 171

1. Vogue de la comédie de salon au XVIIIᵉ siècle. Les dames de la plus haute société ne dédaignaient pas d'y tenir un rôle — ni même d'écrire des pièces de théâtre comme le firent Mme de Genlis et Mme de Montesson.

2. Var. : Mme de Montesson, Mme de Genlis, Mme Necker et Mme d'Angiviller.

P. 172

1. Il s'agit de l'« Édit de Tolérance » dont Malesherbes était le promoteur et qui restituait aux protestants leur état civil.

P. 174

1. Sans doute s'agit-il de M. de Pont-de-Veyle et de Mme du Deffand.

P. 175

1. *Mérope*, I, III.

P. 176

1. « Rien sans son conseil. »
2. Lettre à Héliodore pour l'exhorter à s'éloigner du monde.
3. Rue de Sèvres. Quant à la rue Plumet, ce n'est pas celle qui porte ce nom actuellement. Elle se situerait entre les rues de Sèvres et de Babylone.

P. 178

1. Dès sa nomination au ministère de la Maison du roi, Malesherbes libéra les prisonniers injustement condamnés.

P. 179

1. La Roche-Aymon ne devint cardinal qu'en 1771. La Luzerne était évêque à trente-deux ans en 1770. Homonymie?

P. 181

1. Théâtre fondé par L'Écluse en 1777.
2. Sur ses propres terres, en Indre-et-Loire (1770).

P. 182

1. Allusion à la fable de La Fontaine, VIII, VII.

P. 183

1. Var. : M. d'Autrey.
2. Rade naturelle, entre l'île de Wight et Portsmouth, abri de la flotte de guerre anglaise.

P. 184

1. Vaucanson fabriquait des automates.

P. 185

1. Il ne fut appelé à occuper ce poste qu'un peu plus tard, en 1771. Plutôt que l'amant de Mme du Barry, il semble avoir été celui de sa belle-sœur.

P. 186

1. Raucoux ou plutôt Rocourt, en Belgique. Victoire française de Maurice de Saxe sur les Impériaux (1746).

2. D'Estaing, vice-amiral, avait été blessé en Georgie (1778-1779). Le « petit Laborde » était le fils de Jean-Joseph de Laborde, banquier du roi, qui avait largement financé les dépenses de la guerre.

P. 187

1. Aucun rapport possible entre une marque de beurre de l'époque et la « Communauté de l'Enfant-Jésus » fondée par Languet de Gergy. C'est, actuellement, l'hôpital des Enfants-Malades.

P. 188

1. Var. : On demandait à un ministre.

2. « Arrache-nous, Seigneur, à la bourbe de la lie. »

P. 190

1. Mirabeau.

P. 191

1. *Les Horaces,* ballet de Noverre (1777).

2. La « voie » d'eau, c'était le contenu des deux seaux qu'il portait, une trentaine de litres.

P. 192

1. Var. : Des six mille ans de Moïse, ou des six mille ans que Moïse donne au monde (Van Bever).

2. Elle était sa maîtresse.

P. 194

1. Veuve d'un premier époux, la duchesse se remaria en 1773 avec un jeune magistrat. Elle avait cinquante-cinq ans et fut vivement critiquée.

2. Insigne des chevaliers du Saint-Esprit.

P. 197

1. Le décret de 1791 sur la propriété littéraire interdisait

de porter à la scène des œuvres dramatiques sans l'autorisation des ayants droit.

P. 198

1. Les roués : surnom donné aux compagnons de plaisir du régent Philippe d'Orléans.

2. Le maréchal de Richelieu avait fait preuve d'une stupéfiante témérité au cours du siège de Mahon en 1756. Mais la capitale de l'île de Minorque, restituée aux Anglais en 1763, fut l'objet d'un nouveau siège, mené par Crillon en 1782.

P. 199

1. Miromesnil (Cf. Index).

P. 202

1. Aux échecs, donner la dame, ou la tour, c'est la retirer de son jeu dès le début de la partie, accordant ainsi un avantage gratuit à l'adversaire.

P. 204

1. Il avait lui-même occupé ce poste.

2. Elle fut la maîtresse non du Régent mais du duc de Bourbon (Cf. Index).

P. 205

1. Aiguillon et son beau-frère, La Vrillière, tous deux parents de Maurepas, firent agir auprès du roi sa tante, Madame Adélaïde. Maurepas, qui ne devait être que consulté, obtint le rang de ministre d'État mais avec le pouvoir effectif d'un premier ministre.

2. « *Les Jardins* », chant IV.

P. 207

1. Le « Prétendant », Charles-Édouard, avait perdu la bataille de Culloden. L'Écosse subit, pour l'avoir soutenu, d'atroces représailles. Charles-Édouard, qui était né à Rome, mourut à Florence.

P. 208

1. Lire : Luciennes, actuellement Louveciennes, en Seine-et-Oise. Mme du Barry y vécut, après la mort du roi, dans le pavillon qu'il lui avait fait bâtir.

P. 210

1. Loménie de Brienne.

P. 212

1. D'après Guinguené, allusion au proverbe : « On ne passe jamais le Pont-Neuf sans y voir un moine, un cheval blanc et une catin. »

P. 213

1. Il s'agit, très probablement, de Chamfort lui-même, ami intime de Vaudreuil.

2. Le 18 octobre 1752, devant le roi et la cour.

P. 218

1. Le Conseil de guerre de Lorient acquitta en 1784 le comte de Grasse défait par la flotte anglaise et fait prisonnier le 12 avril 1782.

P. 219

1. L'expression « petit ministre » désigne le ministre de la Maison du roi.

P. 221

1. Mme de Tessé était la fille et Mme de Duras la nièce du maréchal de Noailles, gouverneur de Saint-Germain.

2. Les jésuites avaient la réputation d'encourager le régicide. Cf. Index et numéro 993.

P. 223

1. Quintus Icilius était un aide de camp de César. Charles Guischardt, collaborateur militaire de Frédéric II, adopta ce surnom que lui donnait le roi.

P. 224

1. La maison des Laval se rattachait à celle des Montmorency.

P. 226

1. Neuchâtel appartenait au roi de Prusse depuis 1707.

P. 227

1. Malesherbes avait épousé en 1749 la sœur de Laurent Grimod de la Reynière.

P. 228

1. Passionnée de recherches scientifiques, Mme du Châtelet s'efforçait de détourner Voltaire de la poésie.

P. 229

1. Pendant la Fronde, le 18 janvier 1650.

P. 230

1. La Fontaine, *Le Singe et le Dauphin,* IV, VII.

P. 231

1. Quand Bolingbroke vint en France en 1712 pour la préparation de la paix d'Utrecht; la santé de Louis XIV était déjà très menacée.

2. Lire : Beauteville (Cf. Index).

En 1762, la condamnation à Genève de l'*Émile* et du *Contrat social* suscita des troubles entre la France et la République genevoise. Beauteville, en 1766, joua le rôle de médiateur.

P. 232

1. Probablement M. de Breteuil.

2. Var. : qui regardent.

P. 233

1. Pehméja devait hériter du docteur Dubreuil.

P. 235

1. Dans les terres de sa famille (1694).

2. Dans un « chapitre noble ».

Les chanoinesses, quoique soumises à l'observance de certaines règles, ne prononçaient pas de vœux, mais devaient produire leurs quartiers de noblesse.

P. 236

1. Vergennes, pendant son ambassade à Constantinople, avait épousé une veuve levantine, Anna Testa.

P. 237

1. Var. : M. et Mme d'Angeviler, M. et Mme Necker.

2. S'agit-il du maréchal Adrien Maurice ou de son fils Louis? (Cf. Index).

Le duc d'Aumont, premier gentilhomme de la Chambre, était responsable des spectacles de la cour.

3. Thomas vraisemblablement (Cf. Index).

P. 238
1. En 1759, pendant la guerre de Sept Ans.

P. 240
1. Voir à ce sujet la note 1, p. 185.
2. « Prendre une galanterie » : contracter une maladie vénérienne.

P. 241
1. A la suite des « Affaires de Bretagne » l'opposition du
parlement de Rennes obligea M. d'Aiguillon à abandonner sa
charge de gouverneur.
2. Les folles prodigalités de M. d'Épinay le firent rayer de
la liste des fermiers généraux.

P. 242
1. A soixante-huit ans, deux ans après la mort de Voltaire,
Mme Denis, sa célèbre nièce — qui passe aussi pour avoir
été sa maîtresse — se remaria. Les Philosophes s'en gaussèrent.

P. 243
1. Une variante de l'édition Lescure indique, plus exactement, Sabatier de Castres. En 1772, Voltaire s'enticha, un
moment, de ce « scélérat d'abbé » Sabatier, chassé du sémi-
naire de Castres et qu'il chassa à son tour de Ferney. Consulter
Jean Orieux, *Voltaire* (Flammarion, 1966, p. 686-687).

P. 244
1. Le prince de Conti mourut à cinquante-neuf ans.
2. Cf. la note 1, p. 198.

P. 245
1. Cf. Index.

P. 246
1. La première version de la pièce, qui accordait moins de
place à la mise en scène, ne fut pas imprimée.

P. 248
1. Loménie de Brienne. Dès 1788, la Révolution s'annonçait
dans les provinces par de graves troubles. Brienne se déclarant
prêt à résister même à la guerre civile, Breteuil se retira.

P. 252

1. Les ana du xviiie siècle citent le propos en l'attribuant à Duclos ou à Diderot.

P. 253

1. Une politique de stricte économie et des augmentations d'impôts avaient rendu impopulai l'abbé Terray.

P. 254

1. Colbert.

P. 256

1. Attristée par la mort prématurée de son mari (elle avait 21 ans) et celle de sa fille unique, Mme de la Ferté-Imbault se montrait hostile aux Philosophes que sa mère prisait si fort.

P. 257

1. D'après Voltaire (*Le siècle de Louis XIV,* chap. xxxvii) la bulle Unigenitus, en 1713, suscita l'opposition de huit évêques.

2. L'anecdote est d'une authenticité douteuse. Le comte de Gramont mourut en 1707, six ans avant la publication des *Mémoires* de Hamilton.

P. 259

1. Des dogues étaient lâchés la nuit pour protéger la ville contre les malfaiteurs.

2. Ancien royaume birman. L'identité du roi n'est pas connue.

P. 260

1. Rousseau était à « l'Ermitage » en 1757 quand s'éleva cette querelle, bientôt suivie d'une rupture entre Rousseau d'une part, Mme d'Épinay, Grimm et Diderot d'autre part. Castries était l'ami intime de Grimm (Cf. *Les Confessions,* IX).

P. 262

1. *Thétis et Pélée* (1689).

P. 264

1. Cf. note, 1, page 236.

2. Bertin administrait la cassette royale.

3. On ignore tout des fonctions de ce Francis, peut-être conseiller auprès de Sartines, ministre de la Marine?

P. 266

1. Des deux sœurs du cardinal de Tencin, l'une, comtesse de Ferriol, mourut en 1736. L'autre, Mme de Tencin, mère de d'Alembert, en 1749. Or, c'est en 1759 que Montazet succéda à Tencin à l'archevêché de Lyon. Il y a donc là une confusion, fait remarquer P. Grosclaude.

2. Le 1er novembre 1755.

P. 269

1. Calonne, destitué et décrété d'accusation, s'enfuit en Angleterre quand, en 1787, il avoua un déficit annuel d'une centaine de millions. Sa politique, fondée sur l'emprunt, loin de paraître suspecte, avait pourtant inspiré la plus vive confiance.

P. 272

1. La Commedia dell'Arte.
2. Var. : Sainte-Foix.

P. 273

1. Var. : Au plus honnête homme.

P. 274

1. *Bajazet,* II, III, vers 649-650.
2. M. Émile Dousset suggère que le propos pourrait concerner Julie Carreau (Cf. Index).

P. 284

1. Le baron de Breteuil était diplomate. Il devint ministre en 1783. Vergennes qui, en 1774, avait succédé au duc d'Aiguillon aux Affaires étrangères, occupa ce poste jusqu'à sa mort (1787).

P. 285

1. On connaît de cet almanach une édition datant de 1636. Dû à l'initiative d'un chanoine liégeois, il véhiculait et entretenait dans les campagnes les plus niaises superstitions.

P. 286

1. Frappé de cécité et déjà veuf deux fois, Milton épousa

en 1663 Elizabeth Minshull. Il avait rempli d'importantes fonctions que lui fit perdre en 1660 le retour de Charles II.

P. 289
1. Vergennes avait conduit les négociations du traité de Versailles qui mettait fin à la guerre d'Amérique.

P. 290
1. L'héroïne du roman de Richardson, *Clarisse Harlowe*.

P. 291
1. C'était, à Paris, un de ces jardins-casinos, assez analogues au Vauxhall de Londres. On y donnait des bals.

P. 292
1. Le règlement militaire de 1781 exigeait la preuve de quatre quartiers de noblesse pour entrer dans l'armée comme officier.

P. 293
1. L'incident, fait remarquer P. Grosclaude, est antérieur à 1749, date à laquelle Hurson quitta le Parlement pour l'Intendance de la Martinique. Il ne peut donc s'agir que du maréchal Adrien-Maurice (1678-1766).
2. Ovide a immortalisé deux couples célèbres : Pyrame et Thisbé, jeunes tous deux (*Métamorphoses,* IV, v. 55-166) alors que Philémon et Baucis symbolisent l'attachement réciproque de deux vieillards.

P. 296
1. Var. : Mme de Staël.

P. 298
1. Titus, se reprochant d'avoir laissé s'écouler un jour entier sans avoir rien fait pour les autres, dit à ceux qui l'entouraient : « Amis, j'ai perdu ma journée. » — Cité par Suétone, *Titus,* VIII.

P. 299
1. « L'homme intérieur est tout nerfs. »

2. Var. : M. de Condorcet (trois fois) — M. d'Anville —
M. Talleyrand.

P. 301

1. Turgot étant contrôleur général des Finances, Maurepas,
ministre dirigeant, contribua à son renvoi, en 1776.

2. Var. : Necker, ici et plus loin.

3. Var. : Hénin (Cf. Index).

P. 302

1. On procéda sous Louis XVI à une révision de la délimi-
tation des frontières franco-espagnoles. Le comte d'Ornano,
gouverneur de Bayonne, représentait la France.

P. 304

1. Charles-René d'Hozier, en vertu d'un édit de 1696, avait
dressé l'*Armorial général de France* — (qui ne fut édité qu'en
1903-1904).

APPENDICE

P. 305

1. Philippe V, roi d'Espagne, était le frère cadet du duc de
Bourgogne.

P. 306

1. Cf. Voltaire, *Essai sur les mœurs,* CLXXIV, De Henri IV :
« Le siècle de Louis XIV a été beaucoup plus grand sans doute
que le sien; mais Henri IV est jugé beaucoup plus grand que
Louis XIV. »

P. 307

1. Le fait est-il exact? P. Grosclaude énumère, au contraire,
les marques de faveur dont les frères Montgolfier ont été
l'objet après leurs expériences de 1783 et de 1784.

2. L'une des phases de la « Querelle des Anciens et des
Modernes » — vers 1680.

P. 308

1. Mlle Clairon et Lekain, souvent interprètes de Voltaire, voulurent plus de vérité dans la mise en scène et dans les costumes. La première, en 1755, dans le rôle d'Électre, se vêtit de haillons. La robe à paniers, peu à peu, disparut de la scène quand rien ne l'y justifiait.

P. 311

1. Le 25 juin 1786. — Allusion à l'Affaire du Collier. Cf. Index.

P. 312

1. Molière, *Les Femmes savantes,* III, ii, vers 761-764. Le sonnet est de l'abbé Cottin.

P. 314

1. C'est exagéré. Le maréchal d'Estrades en particulier occupait ses fonctions auprès du duc de Chartres depuis une année pleine quand il mourut, en 1686.

P. 316

1. Bourdaloue, lors de ses premières prédications, en province, connut un succès considérable.

P. 317

1. Cf. la note 1 de la page 253.
2. Sur la recommandation de Malesherbes et de Turgot, Saint-Germain avait été nommé ministre de la Guerre (1775).

P. 322

1. Roy à plusieurs reprises fut bâtonné et emprisonné pour ses épigrammes souvent féroces.
2. Cf. la note 1 de la page 67.
3. De la salle qu'elle occupait rue des Fossés-Saint-Germain (actuellement rue de l'Ancienne-Comédie) la Comédie-Française s'était transportée aux Tuileries. Elle y joua de 1770 à 1782.

P. 325

1. Cette anecdote est déjà citée numéro 778, page 217.
2. Cf. *Maximes et Pensées,* chap. II, numéro 93, page 44.

P. 326
1. *Abrégé de l'histoire de Port-Royal,* 1re partie.

P. 327.
1. Rousseau raconte dans *les Confessions* (livre X) les visites que lui faisait le prince de Conti à Montmorency et les parties d'échecs qu'ils disputaient.
2. Var. : Mme de Coislin.

P. 328
1. On pouvait y consulter la liste du haut personnel de l'administration.

P. 329
1. A Kolin ou Kollin, en Bohême, les Autrichiens avaient infligé à la Prusse une lourde défaite (1757).
2. *Le philosophe anglais ou Histoire de Monsieur Cleveland, fils naturel de Cromwell, écrite par lui-même,* en 8 volumes.

P. 330
1. Var. : Se confessa à la façon...
2. Par allusion à ses ouvrages historiques : *Histoire des révolutions de Suède* (1695), *Révolutions de Portugal* (1711), *Histoire des révolutions de la République romaine* (1719).

P. 331
1. Selon Voltaire, la bataille de Ramillies (1706) fut « une déroute totale ».
2. Il s'agit d'un petit roman de Montesquieu, d'inspiration galante. dont l'intrigue est des plus minces et le style assez fade.

P. 332
1. Yves-Alexandre de Marbeuf, à qui succéda Talleyrand à l'évêché d'Autun en 1788.

P. 333
1. Mazarin, pendant la Fronde, dut s'exiler près de Cologne pour une durée de quelques mois.

P. 334

1. Henri V, en 1420, avait été reconnu héritier de la couronne de France par le traité de Troyes et son fils, Henri VI, proclamé roi de France en 1422, à la mort de Charles VI. Louis XIV accueillit à Saint-Germain, de 1688 à 1711, Jacques II, fils de Charles Ier, que son gendre, Guillaume d'Orange, venait de détrôner.

P. 335

1. Il pourrait s'agir de Chamfort lui-même à son retour de Cologne en 1761 (Cf. la chronologie).

P. 339

1. *Armide et Renaud,* opéra de Quinault. Lulli, en 1686, en écrivit la musique. Beaucoup plus tard, en 1777, Glück reprit le même thème.

P. 340

1. « Heureux ceux qui n'ont pas vu et qui ont cru (Saint Jean, XX, 29).

P. 343

1. Beaujon était insomniaque. Le docteur Bouvard lui conseilla de se faire bercer par des jeunes femmes vêtues de gaze.
2. Lors de la réunion du Béarn à la France, en 1620.

P. 344

1. Cf. la note 1 de la page 334.

P. 345

1. Cent et une propositions extraites des *Réflexions morales sur le Nouveau Testament* du P. Quesnel avaient été condamnées par la Constitution *Unigenitus* du 8 septembre 1713.

P. 350

1. Bicêtre était un hospice mais aussi une prison.

P. 351

1. Lors du procès de la Voisin.

P. 355

1. Confusion probable : P. Grosclaude n'a pu identifier cette jeune personne. Tandis que l'infante d'Espagne, née en 1718, fille de Philippe V, fut effectivement renvoyée en Espagne en 1725, bien qu'elle eût été « fiancée » à Louis XV en 1721.

2. Chauffoir. Littré donne cette définition : « Pièce de linge qu'on fait chauffer pour réchauffer un malade ou garnir une femme en couches. »

P. 356

1. Mme Clotilde, sœur de Louis XVI, épousa en 1775 le prince de Piémont qui devait régner en Sardaigne sous le nom de Charles-Emmanuel IV.

2. Le cardinal de Fleury.

P. 360

1. « Ah! malheureux! Si ton père te voyait... » (Retz, *Mémoires*). L'incident est relatif à l'arrestation de Broussel, le 26 août 1648.

2. L'édition Grosclaude relève l'erreur qui consiste à présenter Aubri comme l'adversaire de Tencin : c'est lui qui était son avocat, Julien de Prunay représentait la partie adverse. Saint-Simon cite l'anecdote en faisant la même erreur.

P. 361

1. « Ma douceur est sous la terre. » François II, son premier mari, était mort à seize ans.

2. Protecteur : les cardinaux chargés des affaires ecclésiastiques se donnaient abusivement ce titre.

3. Prepotenza : abus du pouvoir exercé par les cardinaux.

INDEX DES NOMS

TABLE DES MATIÈRES

Impression Bussière
à Saint-Amand (Cher), le 6 juin 2005.
Dépôt légal : juin 2005.
1ᵉʳ dépôt légal dans la collection : janvier 1982.
Numéro d'imprimeur : 052322/1.
ISBN 2-07-037356-8./Imprimé en France.

137436